Lisa Glauche · Matthias Löwe
Endstation Siegfriedplatz

Als Bröker sich an einem Samstagnachmittag nach einem siegreichen DFB-Pokalspiel der Arminia in Hochstimmung befindet, ahnt er noch nicht, welch dramatischen Verlauf der Tag nehmen wird. Mit sich und der Welt zufrieden sitzt der gemütliche Privatier bei einem großen Glas Weizen im Biergarten auf dem Siegfriedplatz, als ihm plötzlich eine in Tränen aufgelöste Mutter ihr Kleinkind anvertraut. Auch Stunden später ist sie noch nicht zurück und Bröker nimmt den kleinen Julian mit nach Hause. Dort kümmert er sich mithilfe seiner Journalisten-Freundin Charly und seines rebellischen Mitbewohners Gregor um ihn, bis die Mutter doch noch auftaucht. Bröker erfährt, dass der Vater des Kleinen ermordet wurde und die Mutter Drohbriefe erhält. Dadurch wird nicht nur sein detektivischer Spürsinn geweckt, sondern auch sein bekanntermaßen großes Herz gerührt. Er bietet den beiden in seiner kleinen Stadtvilla Unterschlupf und schon nimmt für den Mr. Marple von der Sparrenburg ein neuer Fall seinen Lauf.

Lisa Glauche • Matthias Löwe

ENDSTATION
SIEGFRIEDPLATZ

PENDRAGON

Kapitel 1
Auf ein Neues

„Bielefeld, Bielefeld, Bielefeld!", schallte es noch lautstark durch die Stadionreihen der Bielefelder Alm, als
Bröker sich in den Zuschauerstrom schob, der Richtung Ausgang drängte. Weiter vorne in der Schlange
nahm eine Gruppe von Fans den Schlachtruf auf.

„Bielefeld, Bielefeld, Bielefeld!", echote es von
dort zurück. Bröker spürte, wie ihn ein heißes Gefühl durchströmte. Er atmete so tief ein, dass sich
sein Stefan-Kuntz-Trikot, das er vor mehr als 15
Jahren erstanden hatte, eng über Brust und Bauch
spannte. Ein kehliger Laut stieg tief aus seinem Inneren nach oben und einem Urschrei gleich entlud
sich die Spannung, mit der er 90 Minuten lang mit-
gefiebert hatte.

„Bielefeld, Bielefeld, Bielefeld!", fiel er in das Tri-
umphgeheul der Fans ein. Einen Moment lang vergaß er alles und jeden um sich herum, den heißen
Sommertag, seinen Durst, auch seinen Hunger. Ja,
er vergaß sogar, sich selbst zu beobachten. Zusammen mit dem Chor aus Stimmen, die ihn umgaben,
schrie er sich in einen Rausch. „Bielefeld, Bielefeld,
Bielefeld!"

Endlich, endlich war es wieder so weit. Die Arminia war der fußballerischen Bedeutungslosigkeit, in
die sie in Brökers schlaflosen Nächten abzurutschen
drohte, entstiegen. 2:1 hatte man in der ersten Run-

de des DFB-Pokals gesiegt, 2:1 – gegen einen Bundesligisten. So konnte das Fußballjahr beginnen!

Als Bröker im Pulk in die Melanchthonstraße einbog, sah er auf der gegenüberliegenden Straßenseite einen Polizisten zu ihm herüberblicken. Er kniff die Augen zusammen und erkannte einen ihm wohlbekannten Schnauzbart. Hatte er es doch geahnt, das war sein Freund Mütze, der, obwohl schon vor Jahren zum Kommissar aufgestiegen, noch immer bei den Heimspielen der Arminia Dienst tat. Und das, obschon er vorgab, getreuer Anhänger des VfL Bochum zu sein, dem Verein seiner Heimatstadt. Bröker winkte Mütze begeistert zu, brach jedoch seinen Schlachtgesang ab. Auch wenn Mütze und er schon so manches Spiel in der *Wunderbar* begossen hatten, ein wenig genierte er sich doch, dass ihn sein Polizistenfreund bei derartigen Begeisterungsstürmen sah.

Ach was, dachte er dann und schüttelte seine Scham ab. Vermutlich würde Mütze ebenso jubeln, wenn der VfL Bochum mal wieder einen Bundesligisten schlüge. Der aber hatte am Tag zuvor zwar auch gewonnen, 3:1 sogar, aber nur gegen einen Oberligisten. Das kam ja beinahe einer Niederlage gleich! Dennoch beschloss Bröker auf weitere Jubelschreie zu verzichten und schob sich zusammen mit den Massen in Richtung Oetkerhalle. Dabei wischte er sich mit seinem Trikot den Schweiß von der Stirn. Heiß war es an diesem Augustnachmittag. Die Spieler hatten sogar eine Trinkpause vom Schiedsrichter verordnet bekommen. Und die vielen Menschen sorgten auch nicht gerade für Abkühlung.

Als er in den Schacht der Stadtbahn hinabstieg, roch es nach Schweiß, Bier und dem öligen Geruch, der U-Bahn-Tunneln unvermeidlich anzuhaften scheint. Unter der Erde schraubten sich die Schlachtrufe des Pulks in die Höhe und wurden nun außerdem tatkräftig von den mitgeführten Drucklufthupen begleitet. Die Akustik der Haltestelle lud dazu regelrecht ein.

„Schalalala, schalalala, heeey DSC!", hallte das Echo ohrenbetäubend von den Wänden wider, als der Zug der Linie 4 einfuhr. Bröker schätzte, dass mehr als 100 Menschen versuchten, sich in die Waggons der Stadtbahn zu drängen. Er wusste selbst nicht, wie er unter diejenigen geriet, die es ins Wageninnere schafften. Die Freude darüber dauerte jedoch nicht lange an. Wurde er doch von der Masse der anderen Fahrgäste derart zusammengedrückt, dass er kaum Luft bekam. Das lag natürlich auch daran, dass sein Körper nicht gerade wenig Platz verbrauchte. Eigentlich müsste so jemand wie er zwei Fahrkarten kaufen, befand er tadelnd, und wünschte den Tag herbei, an dem die 100-Kilo-Marke wieder in Sicht wäre. Doch weiter kam Bröker mit seinen selbstkritischen Betrachtungen nicht. Der Zug bremste so abrupt, dass die Insassen mit einiger Wucht nach vorne geschleudert wurden. Während er sich Mühe gab, das Gleichgewicht wiederzuerlangen, gestand er sich zufrieden ein, dass ein kleines Bäuchlein durchaus auch seine

Vorteile hatte. Aufgrund seines natürlichen Airbags war ihm nichts passiert.

Kurz hatte der plötzliche Halt das Gehupe und die Fangesänge zum Erliegen gebracht. Doch just als Bröker eine Durchsage zu vernehmen meinte, hoben die Anhänger schon wieder an zu singen: „Oohoho-ho, Oohohohoho Forza DSC!", schallte es lautstark durch den Waggon. Bröker konnte nur Wortfetzen der Durchsage verstehen. „Außerplanmäßiger ...", sagte die Stimme. Und dann: „Verlassen ... äußerste Vorsicht ... Personal ..."

Bröker blickte sich fragend um. Was wurde von den Fahrgästen erwartet? Doch niemanden der anderen Insassen schien das zu interessieren. Sie ließen sich in ihrer Feierlaune nicht bremsen und begannen munter hin und her zu schunkeln.

„Bielefeld, Bielefeld, Bielefeld!", donnerte es schon wieder, als sei man nicht in einem Waggon der Stadt-bahn gefangen, sondern noch immer im Stadion, und Bröker schien es, als begänne der Wagen zu wa-ckeln. Ihm war nicht mehr nach Singen zumute. Er fühlte sich mulmig. Am Ende kippte der Waggon noch um. Was, wenn dann eine Panik ausbrach? Und hatte die Ansage nicht etwas von äußerster Vorsicht gesagt? Bröker schwitzte und schloss die Augen. Hof-fentlich nahm das hier einen guten Ausgang.

In diesem Moment öffneten sich die Türen der Stadtbahn mit einem lauten Zischen. Im Dunkel des Tunnels stand ein Angestellter von *moBiel* mit einer Stabtaschenlampe, vermutlich der Fahrer der Bahn.

„Bitte steigen Sie aus und bewahren Sie Ruhe!", forderte er die Fahrgäste auf. „Und dann folgen Sie bitte meinem Kollegen zur Haltestelle Siegfriedplatz."

Zu Brökers Erstaunen leistete der Pulk den Anweisungen widerspruchslos Folge. In einem langen Gänsemarsch zogen die Fans durch den U-Bahn-Tunnel zu besagtem Platz, der kaum 200 Meter entfernt lag – ohne allerdings die Gesänge zu unterbrechen. Und schon bald antworteten vom Siegfriedplatz aus andere Fanchöre auf die Schlachtrufe aus dem Tunnel. Ja, als der kleine Trupp die Haltestelle erreicht hatte, sah Bröker, dass dort sogar Anhänger der Arminia auf den Gleisen tanzten. Das also war der Grund für den abrupten Stopp des Zugs gewesen: Die Fans der Arminia waren über den unerwarteten Sieg so aus dem Häuschen geraten, dass sie den Schienenverkehr lahmgelegt hatten.

Bröker drängte sich durch die Menschenmassen und nahm die stillstehende Rolltreppe hinauf ins Freie. Erleichtert atmete er auf. Vor ihm lag der Siegfriedplatz. Er mochte diesen belebten Fleck im Bielefelder Westen seit jeher, aber heute, da er in die Farben der Arminia und des Sommers getaucht war, schien er ihm besonders schön. In den Biergärten drängten sich Gäste, denen man ansah, dass sie wie Bröker noch kurz zuvor im Stadion gewesen waren. Und wer auf den Bänken keinen Platz mehr gefunden hatte, ließ sich einfach auf dem Pflaster nieder. In der Mitte saßen ein paar Jugendliche mit Gitarren und setzten ihre Musik den allmählich abebbenden Bielefeld-Rufen entgegen.

Ja, es war schön hier. Und wenn ihn der außerplanmäßige Stopp der Stadtbahn schon auf diesem Platz ausgespien hatte, so konnte er die Gelegenheit doch nutzen und die sommerliche Atmosphäre einsaugen. Vielleicht kam ja auch noch Mütze vorbei! So manches Mal hatten sie sich in den vergangenen 20 Jahren nach einem Heimspiel der Arminia zusammengesetzt. Zu dumm, dass Bröker mal wieder vergessen hatte, sein Telefon aufzuladen, und seinen Freund daher nicht anrufen konnte.

Aber ein Bier wäre nun trotzdem nicht verkehrt, entschied er. Und ein kleiner Happen zu essen auch nicht. Das Frühstück, das er vor dem Pokalspiel eingenommen hatte, war zwar gewohnt opulent gewesen – Lachs, Rührei, alter Gouda – aber es war eben auch schon wieder fünf Stunden her und in der Halbzeitpause hatte er nur zwei kleine Bratwürstchen vertilgt. Versonnen strich sich Bröker über den Bauch und schaute sich um. Ob vielleicht in einer der Lokalitäten doch noch ein Plätzchen für ihn frei war? Und tatsächlich, als habe er ihm den mentalen Befehl dazu erteilt, erhob sich in diesem Moment ein Pärchen in dem Biergarten, der dank der vor ihm postierten alten Straßenbahn den Namen *Supertram* trug. In einer

Schnelligkeit, die man ihm nicht zugetraut hätte, und noch bevor das Pärchen wirklich aufgebrochen war, drängte Bröker sich auf den frei gewordenen Platz auf der Bierbank. Nur um gleich darauf festzustellen, dass es unmöglich war, gleichzeitig den soeben eroberten Sitzplatz zu sichern und eine Bestellung an dem Straßenbahnwagen aufzugeben.

Unruhig blickte er umher. Nicht wenige der Umstehenden schienen auf eine frei werdende Sitzgelegenheit zu spekulieren. Einfach aufstehen und die vielleicht 15 Meter zu der so originell untergebrachten Theke gehen, konnte er also nicht. Eine Jacke, die man auf der Bierbank deponieren konnte, hatte er bei der Hitze natürlich auch nicht dabei. Kurz erwog er, sein schweißnasses Trikot vom Leib zu streifen, um damit sein Anrecht auf den Sitzplatz zu markieren. Er musste sich aber eingestehen, dass vermutlich nur sehr wenige Menschen auf dem Siegfriedplatz gesteigerten Wert darauf legten, einen unverhüllten Blick auf seine Basstrommel zu erhalten. Andererseits hätte er dann vielleicht sogar gänzlich freie Platzwahl. Schließlich gab sich Bröker einen Ruck und stupste seinen Sitznachbarn an. Dieser war jedoch so in eine Unterhaltung mit drei Blondinen vertieft, dass er zunächst nicht reagierte. Bröker stupste noch einmal.

„Ja, was denn?" Sein Nebenmann wandte sich ihm ungehalten zu. Bröker schaute ihn verlegen an.

„Könnten Sie, ich meine, würden Sie vielleicht kurz ein Auge auf meinen Platz haben? Ich muss mir noch was bestellen und sonst ist er weg." Es fiel Bröker nicht leicht, um etwas zu bitten, aber noch schwerer fiel es ihm gerade, auf das Bier zu verzichten, das er schon kühl seine Kehle hinabrinnen spürte.

„Ja, geht in Ordnung", brummte der Mann und wendete sich wieder seinen Bekanntschaften zu. Bröker hätte maximal die dritten Zähne seiner verstorbenen Mutter darauf verwettet, dass der Mann im Notfall wirklich seinen Platz verteidigen würde. Trotzdem begab er sich in Richtung des alten Straßenbahnwaggons. Immer wieder drehte er sich zu seiner Bank um, während er darauf wartete, dass die Reihe an ihm war, eine Bestellung aufzugeben. Aber anscheinend waren die meisten, die auf eine Sitzgelegenheit warteten, genügsam genug, ihm den Platz zu überlassen. Nur einmal sprang sein Sitznachbar tatsächlich ein und verteidigte Brökers Recht. Innerlich bat dieser ihn um Verzeihung.

„Was kann ich Ihnen Gutes tun, junger Mann?" Bröker war derart mit der Bewachung seiner Ansprüche beschäftigt, dass er gar nicht bemerkt hatte, wie die Bedienung inzwischen auf seine Bestellung wartete. Ein kurzer Blick auf sein Gegenüber bestätigte ihm, dass es sich bei der jungen Frau vermutlich um eine Studentin handelte und die Anrede „junger Mann" pure Ironie gewesen war.

„Ich hätte gerne ein helles Hefeweizen", orderte Bröker.

Die Frau nickte.

„Ach, und dann würde ich gerne noch eine Kleinigkeit essen."

„Aber gerne doch! Da hätten wir eine Portion eingelegte Oliven, Kartoffelspalten mit Knoblauchdip oder Aioli mit Brot", bot die Bedienung routiniert an. Bröker verzog enttäuscht das Gesicht.

„So klein muss die Kleinigkeit nun auch wieder nicht sein", monierte er.

„Ach, Sie wollen etwas Richtiges essen", lachte die Frau. „Sagen Sie das doch gleich! Sie können natürlich auch die Gerichte unserer normalen Speisekarte hier draußen bekommen!"

Bröker überlegte kurz. „Haben Sie vielleicht ein schönes Steak, am besten englisch, damit das Fleisch richtig zu schmecken ist, und dazu Kartoffeln und Salat?"

Die Bedienung lächelte. „Ein Filetsteak – wenn es auch Pommes frites statt der Kartoffeln sein dürfen."

Bröker nickte und zahlte. Zufrieden griff er sich sein Bier. Das Problem seines längst aufgekeimten Hungers schien also gelöst. Als er jedoch zu seinem Platz sah, verfinsterte sich seine Miene. Genau vor dem Platz, auf dem er eben noch gesessen hatte, war eine schwarzhaarige, etwa 30-jährige Frau stehen geblieben. Schlimmer noch: Wenn sie beschließen sollte, sich niederzulassen, würde er sie nicht so einfach vertreiben können, denn in einer Art Rucksack trug sie ein kleines Kind vor dem Bauch, das offensichtlich mit etwas unzufrieden war. Gegenwärtig war die

13

Frau noch damit beschäftigt, ihr Kind zu beruhigen, aber sie konnte sich jeden Moment hinsetzen. Eilig drängte sich Bröker deshalb an der Frau vorbei, ließ sich nieder und bereitete sich innerlich darauf vor, einen bissigen Kommentar an sich abprallen zu lassen. Er würde sich diesen Sommertag mit einem Sieg der Arminia über einen Bundesligisten nicht vermiesen lassen. Doch die befürchtete Schelte blieb aus. Anscheinend hatte die Frau sich gar nicht hinsetzen wollen, sondern war nur stehen geblieben, um nach ihrem Kind zu sehen. Umso besser, befand Bröker und entspannte sich wieder. Gänzlich versöhnt war er, als wenig später sein Teller mit wunderbar zartem Fleisch darauf kam. Er gedachte noch einmal seiner Arminia, nahm einen tiefen Schluck Bier, kaute genussvoll und prostete genüsslich der allmählich tiefer stehenden Sonne zu. Auf ein Neues!

Kapitel 2
Vater werden ist nicht schwer

Erst als Bröker die ersten Bissen seines ansehnlichen Steaks verzehrt hatte, war er in der Lage, seine Aufmerksamkeit zwischen der Mahlzeit und etwas anderem zu teilen. Auch wenn er immer noch zwei von drei Blicken liebevoll auf das Fleisch vor ihm richtete, so konnte er doch nicht länger übersehen, dass seine mutmaßliche Platzkonkurrentin sichtbare

Schwierigkeiten hatte, ihr Kind zu beruhigen. Obwohl sie es inzwischen aus seiner Trage befreit hatte und ihm gut zuredete, schrie es wie am Spieß. Die Mutter schien den Tränen nah. Vielleicht hat sie das Kind ja entführt, kam es Bröker in den Sinn. Doch im selben Moment musste er schon innerlich über seine Vermutung lachen. Manchmal fragte er sich, ob es ihm wirklich gutgetan hatte, dass er begonnen hatte, sich in die Ermittlungsarbeit der Polizei einzumischen. Seine Fantasie jedenfalls schien seitdem das eine oder andere Mal mit ihm durchzugehen. Versonnen schüttelte er den Kopf und sah auf seinen Teller. Dort lag vereinsamt nur noch ein letztes Stückchen Fleisch. Genüsslich schob er es sich mit der Gabel in den Mund und spülte mit einem kräftigen Schluck Weizen nach. Mit einem tiefen Seufzer beendete er sein Mahl. Das hatte gutgetan!

Der Frau mit dem Kind jedoch ging es weniger gut. Auch wenn das Kind noch sehr klein war – Bröker hatte bei so kleinen Würmern stets Mühe zu schätzen, ob sie ein halbes Jahr alt waren oder schon ein ganzes oder vielleicht doch erst eben geboren – spürte es doch, dass seine Mutter ihm gerade nicht geben konnte, wonach es begehrte. Es schrie nicht nur herzzerreißend, sondern strampelte dazu mit den Beinen und ruckte mit seinem inzwischen krebsroten Köpfchen hin und her.

Schließlich bekam Bröker Mitleid mit dem kleinen Wesen. Wenn er auch keinerlei Erfahrung mit

Kindern hatte, so konnte er sich doch sehr gut in ihre Welt hineinversetzen, in der alles entweder ganz und gar oder eben ganz und gar nicht in Ordnung war. Dazwischen gab es auch für Bröker nicht viel. Als das rote Köpfchen sich wieder in seine Richtung drehte, winkte Bröker ihm mit den Händen hinter den Ohren zu. Und tatsächlich weiteten sich die Augen des Kindes und es unterbrach sein Schreien. Bröker stutzte. Sein Vorhaben schien wirklich geklappt zu haben. Aber was nun? Vielleicht sollte er mit dem Kleinen sprechen. Doch wie sprach man mit so einem Winzling? Bröker räusperte sich.

„Buuutzi-butzi-butzi-butzi", versuchte er sich und blubberte dazu mit den Lippen. Doch diesmal verfehlten seine Versuche ihre Wirkung, mochten sie auch noch so beherzt sein. Das Kind verzog skeptisch das Gesicht und schien bereit, einen neuen Schrei auszustoßen. Bröker gratulierte dem kleinen Wesen innerlich zu seiner Reaktion. Es hatte Recht. Diese idiotische Babysprache! Dass jemand noch nicht sprechen konnte, bedeutete ja nicht, dass er auch nichts verstand. Und wenn das Kind etwas von dem verstanden hatte, was Bröker gerade „gesagt" hatte, war seine Abneigung nur allzu verständlich.

Das hieß aber auch: Eine andere Lösung musste her und zwar schnell. Es musste doch noch etwas anderes außer debilen Lautäußerungen geben, das man zu einem kleinen Kind sagen konnte. Ach, beschloss er, Reden wurde sowieso überschätzt! Das hatte schließlich auch schon einer der hellsten Sprachphilosophen befunden. Kurzerhand nickte er dem Kind fröhlich zu und stellte sich sein Bierglas auf den Kopf. Die Augen des Kindes weiteten sich erneut. Es holte Luft und Bröker kniff die Augen zusammen. Doch anstelle des erwarteten Schreis ertönte ein gurgelndes Lachen. Vorsichtig öffnete Bröker die Augen wieder. Tatsächlich, das Kind hampelte im Arm seiner Mutter vergnügt auf und ab und quietschte dazu. Angespornt durch diese positive Reaktion stellte Bröker nun auch noch seinen Teller auf das Bierglas. Hoffentlich kennt mich hier keiner, schoss es ihm dabei durch den Kopf. Unangenehm, wenn in diesem Moment etwa Mütze über den Siegfriedplatz spazierte. Dem Kind aber gefielen Brökers Einfälle. Es kreischte nun so begeistert auf, dass auch seine Mutter auf Brökers Treiben aufmerksam wurde. Sie lachte und war sichtlich erleichtert.

„Danke, Sie haben mir gerade wirklich geholfen. Sie haben wohl auch Kinder?"

„Ich? Nein, Gott bewahre!", entfuhr es Bröker, wobei er schnell mit einer Hand den Teller auf seinem Kopf festhielt. Er wurde rot, als ihm klar wurde, dass diese Bemerkung gegenüber einer jungen Mutter wohl eher unpassend war. „Also, ich meine: Ich wüsste nicht, wie das gehen sollte", korrigierte er sich schnell.

Die Frau musste wieder lachen.

Gottverdammt, dachte Bröker und stellte endgültig Glas und Teller wieder auf den Tisch.

„Also, ich lebe allein", versuchte er sich zu verbessern. Doch dann fiel ihm ein, dass dies ja auch nicht ganz der Wahrheit entsprach. „Um genau zu sein, nicht allein, aber eben mit keiner Frau", korrigierte er daher erneut, „sondern mit einem guten Freund von mir am Sparrenberg."

„Sie wohnen am Sparrenberg?" Die Frau sah ihn prüfend an.

„Genau da", nickte Bröker.

Noch immer schien die Frau ihn zweifelnd zu mustern.

„Sagen Sie, kenne ich Sie vielleicht?", fragte sie dann plötzlich mit einem Lächeln und strich sich die dunklen Haare aus dem Gesicht. Dabei wurde ein Feuermal auf ihrer linken Wange sichtbar, das, wie Bröker fand, aussah wie ein geschlossener Regenschirm.

Erneut wurde Bröker rot. Er hatte natürlich schon gehört, dass dieser Satz eine beliebte, wenn auch nicht gerade originelle Art war, durch die Männer und Frauen miteinander ins Gespräch kamen. Er selbst allerdings war noch nie auf diese Weise mit jemandem bekannt geworden.

„Ich … ich wüsste nicht, woher", stotterte er verunsichert. Wie sollte er der Frau nur klar machen, dass sich sein Interesse an jungen Müttern in Grenzen hielt? „Ich … also ich bin Bröker!", stellte er sich dann kurz entschlossen vor und reichte der Frau vom Biertisch aus die Hand.

„Und wir sind Judith und Julian", antwortete diese und ihre Skepsis schien nun verflogen. „Aber noch mal zu eben. Also verstehen Sie … versteh mich nicht falsch", wechselte sie zum Du. Bröker nickte. „Ich dachte gerade nur, ob ich nicht vielleicht schon mal etwas von dir gehört oder vielmehr über dich gelesen habe. Bist du nicht so eine Art Detektiv? Genau, jetzt weiß ich es wieder, der Mr. Marple von der Sparrenburg!"

Bröker atmete erleichtert auf. Darum ging es also. Ja, unter diesem Spitznamen hatte ihn Charly, eine befreundete Journalistin, die er schon seit Studienzeiten kannte, nach seinem ersten Fall bekannt gemacht. Und seine Popularität war nach der Aufklärung des zweiten Falles vor gut anderthalb Jahren sogar noch gestiegen. Bröker kam damit nicht sonderlich gut zurecht, es war ihm peinlich, auf der Straße angesprochen zu werden.

„Es kann schon sein, dass du mal etwas über mich gelesen hast", gab er leicht beschämt zu. „Aber das ist ja schon eine Weile her." Um über seine Verlegenheit hinwegzutäuschen, wandte er sich noch einmal dem Kind zu.

„Und du bist also der kleine Julian!" Das Kind lächelte ihn an.

Seine Mutter jedoch ließ sich nicht ablenken.

„Also, wenn du wirklich dieser Detektiv bist …", begann sie das vorherige Thema wieder aufzugreifen.

„Ach was, ich bin doch kein Detektiv", widersprach Bröker vielleicht etwas heftiger, als es notwendig gewesen wäre. „Ich bin irgendwie in die Fälle hineingerutscht. Einmal ist mein Nachbar ermordet worden und ein zweites Mal war ich zufällig anwesend, als eine Leiche entdeckt wurde. Und beide Male hatte ich bloß ziemliches Glück, dass ich zur Aufklärung beitragen konnte."

Dass da noch etwas mehr war, so dass selbst Mütze ihm schon einmal gesagt hatte, er wisse zwar nicht genau, wie Bröker das hinbekomme, aber anscheinend habe dieser die Gabe, in manchen Augenblicken genau das Richtige zu tun, obwohl es genau nach dem Gegenteil aussähe, verschwieg er. Wenn er das laut aussprächе, so fühlte er, könnte er es nicht mehr glauben.

„Jedenfalls", unterbrach die Frau Brökers Gedanken, „könnte ich gerade wirklich gut so jemanden wie dich gebrauchen." Sie seufzte hörbar.

„Worum geht es denn?", fragte Bröker vorsichtig interessiert nach. Die ersten Male, die er nach dem Lösen der Mordfälle von wildfremden Menschen um Hilfe gebeten worden war, hatte er noch offener reagiert. Doch meist hatte sich dann herausgestellt, dass nur ihr Hund oder ihre Katze fortgelaufen war und sie besser einen Kammerjäger oder Veterinär gefragt hätten, auf jeden Fall aber jemanden, der deutlich besser laufen und klettern konnte als Bröker.

„Nun ja", begann sie und blickte sich unsicher um, als könnten die folgenden Worte den falschen Menschen zu Ohren kommen. „Vor ein paar Tagen ist mein Mann umgebracht worden."

Bröker schaute Judith entgeistert an. „Was?",
brachte er bloß heraus.

Doch bevor Judith ausführlicher werden konnte,
klingelte ihr Mobiltelefon. Sie zögerte einen Moment,
doch dann drückte sie dem verdutzten Bröker einfach
Julian auf den Schoß und zog ihr Handy hervor.

„Ja, Linnenbrügger?"

Bröker konnte dabei zusehen, wie sich Judiths Gesicht durch die Worte am anderen Ende der Leitung
in Sekundenschnelle verfinsterte.

„Was? Das glaube ich einfach nicht", rief sie dann
aufgebracht. Vermutlich ohne es zu bemerken, lenkte
sie ihre Schritte von Bröker weg in Richtung einer
Gruppe feiernder Arminenfans. Dort würde sie vielleicht reden können, ohne gehört zu werden, aber
dafür auch nichts verstehen können, dachte Bröker.
Dann spürte er, wie ihm etwas auf den Bauch klopfte.
Der Täter war schnell gefunden und schaute ihn von
seinen Knien aus vergnügt an.

„Hey, das sieht vielleicht aus wie eine Trommel,
aber es ist keine!", protestierte Bröker lachend. Doch
Julian sah das anders und machte munter weiter mit
seiner kleinen Musikstunde, bis Judith aufgelöst an
Brökers Tisch zurückkehrte.

„Alles in Ordnung?", fragte dieser, um das Gespräch wieder aufzunehmen. Die junge Mutter schüttelte den Kopf.

„Nein, nichts ist in Ordnung", sagte sie, „überhaupt nichts!"

„Kann ich helfen?", fragte Bröker, da er nicht wusste, was er sonst hätte sagen sollen. Niedergeschlagen schüttelte Judith den Kopf. „Ich brauche nur einen Moment, um wieder klarzusehen." Dann schien ihr wirklich ein Gedanke zu kommen.

„Willst du wirklich helfen?", fragte sie.

„Ja!", antwortete Bröker.

„Okay, es gäbe schon etwas, was du für mich tun könntest", eröffnete sie ihm. „Es ist wegen des Anrufs eben."

Bröker nickte.

„Ich müsste kurz weg. Aber ich kann Julian nicht mitnehmen. Und ich habe jetzt so schnell niemanden, der auf ihn aufpassen könnte. Könntest du, ich meine, würdest du vielleicht?"

Bröker schluckte. Er hatte mit vielem gerechnet, aber damit nicht. Mit einem Mal erschien es ihm geradezu eine Verlockung, eine hysterische Katze von einem Baum zu retten.

„Aber …", begann er leise zu stottern. Dann aber fand er, dass er sein Angebot zu helfen nun auch schlecht zurückziehen konnte. „Ja gut, ich pass auf den Kleinen auf", stimmte er daher zu. „Aber ich sage gleich, ich habe wenig Erfahrung mit Kindern …"

„Ach, das klappt schon!", zeigte sich Judith optimistisch. „Ihr seid doch bis jetzt prima miteinander ausgekommen. Und es ist nur für ganz kurz. Geh einfach mit ihm zu dir nach Hause. Wenn er quengelt, gibst du ihm ein bisschen Tee." Sie kramte ein

Fläschchen aus ihrer Tasche hervor. „Und hier ist auch noch ein Schnuller. Den habe ich vorhin so verzweifelt gesucht."

Bröker, dem die ganze Situation surreal vorkam, nickte nur.

„Am besten schnallst du ihn dir vor den Bauch wie ich", fuhr Judith fort.

Na, das wird aussehen, dachte Bröker, blieb aber weiterhin stumm. Ungeschickt wand er sich durch die Halterungen des Babyrucksacks. Erst beim dritten Anlauf war alles in der richtigen Position, da sämtliche Gurte der Tragehilfe auf Brökers Körperumfang, das hieß auf die maximal mögliche Länge eingestellt werden mussten.

Verlegen sah Judith Bröker an. „Du hältst mich jetzt sicher für eine schlechte Mutter. Oder zumindest für ein bisschen verrückt. Aber ich erkläre es dir nachher. Und ich bin natürlich so schnell wie möglich zurück."

Bröker nickte.

Schnell notierte Judith noch ihre Adresse und Handynummer auf einem Zettel und ließ sich im Gegenzug Brökers geben. Dann schnappte sie sich ihre Tasche und eilte über den Platz davon. Bröker setzte sich wieder und sah ihr nach. Julian schien das Verschwinden seiner Mutter nicht zu stören. Erwartungsvoll sah er Bröker an, was nun geschehen würde. Doch der hätte das nur allzu gern selbst gewusst.

Kapitel 3

Vater sein dagegen

Zur Stärkung leerte Bröker deshalb erst einmal den Rest seines Bierglases in einem Zug. Sogleich fühlte er sich schon etwas mutiger. Doch dass dieser Zustand nie lange anhielt, dafür sorgten Menschen wie die Passantin, die nun an Brökers Tisch vorbeikam und seine soeben gefundene innere Harmonie mit einem spitzen Entsetzensschrei störte, noch bevor er sein Glas wieder abgestellt hatte.

„Sagen Sie, schämen Sie sich denn gar nicht, vor dem Kind zu trinken?", schimpfte sie ohne Vorwarnung. Bröker blickte sich um. Nein, es war weit und breit niemand anderes zu sehen, der gemeint sein könnte. Die Frau sprach mit ihm. Zögernd blickte er sie an. Konnte es sein, dass es neuerdings Eltern verboten war, im Beisein ihrer Kinder Alkohol zu trinken? Nein, das war zu absurd. Die Frau schien einfach nur eine strikte Alkoholgegnerin zu sein. Ein Wunder, dass sie sich zu dieser Jahreszeit überhaupt auf den Siegfriedplatz traute.

„Er bekommt ja nichts ab", gab Bröker lapidar zurück.

„Aber haben Sie noch nie daran gedacht, was für ein schlechtes Vorbild Sie abgeben?", entgegnete die Frau.

In diesem Moment streckte Julian seine kleinen Hände nach dem Glas aus, das Bröker noch immer vor sich hielt. Vermutlich erinnerte er sich, wozu man diesen Gegenstand gebrauchen konnte, und wollte nun zeigen, was er gelernt hatte. Doch Bröker fand, dass ein Bierglas auf seinem Kopf gerade nicht zur Klärung der Situation beitragen würde.

„Da sehen Sie, was Sie angerichtet haben!", triumphierte die Frau nun auch schon.

Bröker stöhnte auf. „Ich glaube kaum, dass der Kleine Bier schon von Apfelschorle unterscheiden kann", gab er schnippisch zurück. „Und außerdem sehe ich vielleicht so aus, als ob ich stille, aber ich tue es nicht. Oder, Julian?"

Der Junge lachte. Er jedenfalls war auf Brökers Seite! Die Frau bedachte die beiden noch mit einem missbilligenden Blick und zog dann ohne ein weiteres Wort von dannen. Dennoch war Bröker der Aufenthalt im Biergarten nun vergällt. Gut, dass er sowieso gerade hatte gehen wollen. Er stopfte sich Fläschchen und Schnuller des Jungen in die Hosentasche und stand auf. Kaum hatte er sich 20 Schritte von seinem Platz entfernt, beobachtete er, wie ein etwa zehnjähriges Mädchen sich sein Glas schnappte und das Pfand dafür kassierte. Das hatte er vor lauter Ärger ganz vergessen einzulösen. Nun war es futsch. Gleichzeitig lieferten sich zwei Pärchen ein Duell um seinen Platz, das in einen echten Streit auszuarten drohte. Ja, es war wirklich an der Zeit aufzubrechen.

Die verdüsterte Stimmung, in der Bröker sich inzwischen befand, schien sich auf Julian zu übertragen, denn dieser gab nun leise, quäkende Laute von sich. Bröker begann wieder zu schwitzen. Er konnte sich kaum etwas Schlimmeres vorstellen als einen Verzweiflungsausbruch von Julian auf offener Straße.

Womit aber nur konnte er seinen Ziehsohn bis zur Rückkehr seiner Mutter beschäftigen? Das Bierglas hatte er nicht mehr. An Kindergeschichten erinnerte er sich nicht. Er konnte dem Kleinen aber auch schlecht mit Goethe kommen, ganz davon abgesehen, dass ihm spontan neben Passagen aus dem Erlkönig nur noch das immer wieder bemühte Zitat des Götz von Berlichingen einfiel. Beides schien ihm wenig passend. Er blickte sich um.

„Ah, ich weiß etwas Schönes!", sagte er dann triumphierend und steuerte auf das direkt am Siegfriedplatz gelegene Restaurant *Der Koch* zu. Vor der Speisekarte hielt er an und versuchte sich so zu stellen, dass auch Julian einen Blick darauf werfen konnte.

„Guck mal, was es hier alles gibt!", erläuterte er dem Jungen und es war offensichtlich, dass Bröker etwas gefunden hatte, das nicht nur die Laune des Jungen heben könnte. „,Gebackener Tilsiter mit Zwiebeln und Preiselbeeren', das ist sicherlich sehr gut, das Süße der Preiselbeeren mit dem kräftigen Käse, oder hier ,Filetspitzen mit Champignons in Rahmsauce', das probieren wir das nächste Mal. Dazu gibt es als Beilage Kroketten, die werden dir gefallen. Und das

‚Filetsteak in Pfeffersoße' kann ich nur empfehlen, das hatte ich schon mal." Bröker schwelgte in Erinnerungen an die mitgereichte Kräuterbutter.

Julian hörte Bröker zunächst mit schief gelegtem Köpfchen zu und schien an den Beschreibungen Gefallen zu finden. Ha, es interessiert ihn, dachte dieser und freute sich über seinen Einfallsreichtum. In diesem Moment aber entschied der Junge, dass er nun genug von der Speisekarte gehört hatte, und begann wieder weinerlich zu werden.

„Aber wir sind doch noch nicht fertig", warb Bröker. „Ich habe dir noch gar nicht die Namen der leckeren Pizzen vorgelesen."

Aber Julian war nicht zufrieden. Sein Wimmern wurde kräftiger und in seiner Fantasie hörte Bröker dessen Schreien schon über den ganzen Siegfriedplatz tönen. Er war so besorgt, dass er wider besseres Wissen auf sein „Buuutzi-butzi-butzi-butzi" verfallen wäre, hätte er hinter sich nicht mit einem Mal eine ihm vertraute Stimme gehört.

„B., was machst du denn hier?"

Bröker wirbelte herum. Der rote Schopf mit dem geflochtenen Zopf war ihm noch vertrauter als die zugehörige Stimme.

„Charly!", rief er erleichtert. „Dich schickt der Himmel!"

Seine Freundin lachte. „Ich glaube nicht, dass mich von da oben jemand schicken würde! Aber ich freue mich auch, dich zu sehen." Ihr Blick fiel auf

Julian, der das neue Gesicht fröhlich aus dem Tragerucksack heraus anlächelte, als wäre nichts gewesen.
„Na, wenn ich den kleinen Nachwuchs hier sehe,
weiß ich natürlich, womit du die ganze Zeit beschäftigt warst." Der Gesichtsausdruck der Journalistin
bei diesen Worten verriet jedoch, dass sie an alles
eher glaubte als an Brökers Vaterschaft.

„Nachwuchs ja, aber nicht meiner", entgegnete
der bestimmt. „Die Sache ist die …" Mit wenigen
Sätzen umriss er die Situation. „Und nun droht Julian zu weinen und ich weiß nicht, an was es ihm
fehlt", schloss er seinen Bericht.

„Ach B., es gibt Geschichten, die wirklich nur dir
passieren können", zog Charly ihren Freund auf.
Dann warf sie vorsichtig einen Blick auf den Jungen. „So richtig helfen kann ich dir aber auch nicht.
Ich meine, diese großen Kulleraugen sind schon un-
widerstehlich, aber das ist so gar nicht meine Welt.
Diese kleinen Wesen jagen mir eher Angst ein. Eine
Idee habe ich aber. Vielleicht möchte Julian nicht
nur Speisekarten vorgelesen bekommen, sondern
wirklich etwas essen oder trinken?"

„Hm", brummte Bröker. „Auf die Idee hätte ich
auch selbst kommen können." Umständlich zog er die
Flasche mit Tee aus seiner Hosentasche und steckte
sie Julian vorsichtig zwischen die Lippen. Der saugte
gierig daran. Charly schien Recht gehabt zu haben.
Alle Freude darüber, wie gut er mit seinem Pflegesohn
zurechtgekommen war, war verschwunden.

„Wann wollte die Mutter denn zurück sein?", fragte seine Freundin.

„Das hat sie nicht genau gesagt", musste Bröker zugeben.

„Und wie lange ist sie schon weg?"

Bröker schaute auf die Uhr. „Oh Schreck, es ist ja schon halb neun!", entfuhr es ihm. „Dann sollte ich wirklich langsam zu mir nach Hause. Nicht dass Judith dort wartet und sich sorgt, wo wir bleiben."

„Na, dann haben wir doch einen Plan! Bis zu dir schaffen wir es schon, ohne das Kind kaputt zu machen", zwinkerte Charly.

„Meinst du?", zweifelte Bröker noch leise, um dann jedoch hoffnungsfroh nachzuschieben: „Heißt das, du kommst mit?"

„Ja, und nun komm, bevor ich es mir anders überlege!", lachte seine Freundin und knuffte ihn die Seite, damit er sich Richtung Stadtbahn in Bewegung setzte.

Schon eine Viertelstunde später standen sie vor der Haustür von Brökers kleiner gelber Stadtvilla am Sparrenberg. Und Julian war bester Laune. Die schwankenden Bewegungen von Brökers Anstrengungen, den Sparrenberg samt Kind vor dem Bauch zu erklimmen, hatten Wunder gewirkt. Bröker schob den Schlüssel ins Schloss, aber umzudrehen brauchte er ihn nicht, denn schon zog Gregor die Tür von innen auf. Er hatte die drei durchs Fenster kommen sehen.

Ungläubig blickte er das ungleiche Trio mit seinen nahezu schwarzen Augen an. Doch er fasste sich schnell. „Ich wusste doch schon immer, dass ihr mir etwas verheimlicht!", rief er mit gespielter Entrüstung. „Aber wenn ich so deinen Leibesumfang mit Charlys vergleiche, dann siehst du eher aus wie die Mutter."

„Siehst du etwa, dass er deutlich kleiner geworden wäre?", fragte Bröker seinen 19-jährigen Mitbewohner und drehte sich zum Spaß hin und her, als stünde er vor einem Spiegel. Dann erzählte er, was er am Nachmittag erlebt hatte, wobei er es nicht versäumte, dem Sieg der Arminia über einen Bundesligisten den ihm gebührenden Platz einzuräumen.

Als er seinen Bericht beendet hatte, seufzte Gregor theatralisch. „Man kann dich noch nicht einmal allein zum Fußball gehen lassen, ohne dass dir jemand ein Kind unterjubelt. Und schlimmer noch: Du verzichtest ganz auf den Spaß, den das machen könnte!" Charly, die daneben stand, grinste und nickte heftig. Bröker wollte gar nicht wissen, welchem der beiden Teile von Gregors Aussage sie mehr zustimmte.

„Du hättest ja mit auf die Alm kommen können", versuchte er sich offensiv zu verteidigen.

„Genau, damit ein Mittvierziger ein Kindermädchen hat", scherzte Gregor. „Du weißt genau, dass ich mich sonntags immer mit den anderen *CyberHoods* treffe."

„Wer sind denn die *CyberHoods*?", fragte Charly, die neugierig geworden war.

„Ach, so heißt die Gruppe, die Gregor mit ein paar anderen gegründet hat. Das sind so Alles-wird-gut-Futzis und Gregor hängt dauernd mit ihnen rum", brummelte Bröker. Bevor er aber eine Grundsatz-diskussion über Gregors zunehmendes Engagement in dieser Gruppe und seine mangelnde Bereitschaft, ein Studium zu beginnen, vom Zaun brechen konn-te, meldete sich Julian lautstark zu Wort.

„Charly meint, er habe vielleicht Hunger", ver-suchte sich Bröker kundig zu geben.

„Ja, besonders nachdem du ihm die Speisekarte vom *Koch* vorgelesen hast", lachte die Journalistin.

Gregor fiel in ihr Lachen ein. „Und nun habt ihr beide den Kleinen hierhergebracht, weil bei uns der Kühlschrank ja vor Babynahrung nur so überquillt. Ich hoffe, du willst ihm nicht eines deiner Fläsch-chen geben!"

Bröker sah seinen Freund hilfesuchend an. Der rollte mit den Augen. „Dann kommt doch erst mal rein. Ich hab da vielleicht eine Idee."

Und tatsächlich wusste Gregor eine Lösung. Er stiftete eine seiner Bananen und half so, eine kleine Mahlzeit für Julian zusammenzustellen. Wenig spä-ter saß dieser auf Brökers Schoß und Charly löffelte ihm ungeschickt einen Bananenbrei in den Mund, während Gregor mit seinem Handy Fotos machte.

„Das glaubt mir ja sonst keiner", begründete er sein Tun. „Wie eine richtige kleine Familie! Hey, habt ihr vielleicht mal darüber nachgedacht?"

Doch sei es, weil ihn die Fürsorge um das kleine Kind in Beschlag nahm, sei es, weil ihm keine passende Erwiderung einfiel, ausnahmsweise gelang es Bröker, die Sticheleien seines Mitbewohners zu ignorieren.

Wenig später schob Charly den letzten Löffel Brei in Julians Mund. Bröker zog ein Taschentuch hervor und wischte ihm die Reste seiner Mahlzeit aus dem Gesicht.

„So, das war's, kleiner Mann", sagte er lächelnd und Julian lächelte zurück. Dann lehnte er sich langsam gegen Brökers Bauch, gluckste noch einmal und schlief ein. Charly schaute versonnen und auch Bröker sah zufrieden auf das schlafende Gesicht des Kleinen, wenn er nun auch nicht mehr wagte, sich zu bewegen. Nur Gregor konnte die Szene nicht unkommentiert lassen: „Wenn ihr so weitergrinst, verkaufe ich euer Bild für den Pfarrbrief der katholischen Kirche. Seliger können Maria und Josef auch nicht ausgesehen haben."

Dann aber war auch er still. Für einen Moment waren nur die ruhigen Atemzüge des Kindes an Brökers Bauch zu hören.

„Er schnarcht ein bisschen", beanstandete Charly.

Gregor hingegen wurde mit einem Mal ernst: „Was machen wir denn nun mit ihm? Auch wenn er bestimmt nicht so nervig ist wie Ulf, kannst du ihn ja nicht einfach zu dir nehmen."

Dabei spielte er darauf an, dass Bröker im Zuge seiner letzten Ermittlungen einen neuen Mitbewohner aufgegabelt hatte, der sich schon nach wenigen Tagen als nervender Fernsehjunkie entpuppt hatte.

„Nein, natürlich nicht", flüsterte Bröker aus Angst, Julian aufzuwecken. „Seine Mutter weiß doch, wo ich wohne. Sie wird schon im Laufe des Abends hier auftauchen und wenn nicht, gehe ich morgen früh zu ihr. Das verspreche ich dir."

In diesem Moment schellte es.

Kapitel 4
Von ungebetenen und gebetenen Gästen

Bröker wollte Julian an Charly übergeben, doch die winkte ab, und so musste Gregor einspringen. Er nahm den schlafenden Kleinen in den Arm und Bröker öffnete die Tür. Draußen stand Judith. Die Mutter seines vorübergehenden Pflegekindes wirkte noch aufgelöster, als sie es schon wenige Stunden zuvor gewesen war.

„Oh, ein Glück, die Adresse stimmt!", stieß sie als Erstes hervor. Ängstlich schaute sie Bröker an. „Du hast doch Julian noch?"

„Natürlich habe ich Julian noch", versuchte Bröker sie zu beruhigen.

„Entschuldige", nickte sie. „Aber gerade läuft alles

so furchtbar schief. Da würde es nur noch fehlen, dass nun auch noch Julian …" Bröker sah, dass Judith Tränen in die Augen stiegen.

„Komm doch erst einmal rein", bat er sie ins Haus. „Du wirst sehen, Julian geht es prima. Auch wenn ich wie gesagt nicht viel Erfahrung mit Kindern habe. Aber meine Freunde haben mir geholfen."

Als Judith ihren Sohn in Gregors Armen schlummern sah, musste sie trotz allem lächeln.

„Gottseidank", flüsterte sie.

„Setz dich doch!", forderte Bröker sie auf, der sich immer ein wenig hilflos vorkam, wenn Menschen so emotional wurden. Immerhin konnte er sich hier an die Regeln der Höflichkeit klammern. „Das ist Charly", stellte er daher die Journalistin vor. „Und der junge Kerl hier ist Gregor. Von ihm habe ich dir ja schon erzählt. Judith ist die Mutter von Julian."

„Bröker, wenn du so weitermachst, kannst du noch als Conférencier anfangen", spottete Charly. Gregor aber hatte ein viel praktischeres Anliegen.

„Sag mal, Judith, du hast doch bestimmt eine Windel dabei?", fragte er. „Wenn ich richtig liege, könnte dein Sohn gut eine frische gebrauchen." Dabei drehte er den Kleinen vorsichtig herum und schnupperte an dessen Hinterteil. Bröker hatte schon einen strengen Geruch bemerkt, ihn aber als Kaffeeduft eingeordnet und sich gefragt, wieso seine Wohnung plötzlich so intensiv nach diesem Heißgetränk roch.

„Na klar!", rief Judith und zog eine Windel und

Feuchttücher hervor. Bröker war erstaunt. Anscheinend musste eine junge Mutter so etwas stets im Handgepäck haben.

Während sich Judith in den nächsten Minuten um das Wohl des kleinen Julians verdient machte, stieg Bröker in seinen Weinkeller hinab und trug nach einiger Überlegung zwei Flaschen eines Riesling Kabinett nach oben. Der schmeckte ihm einerseits und andererseits war er so leicht, dass es ihm zumindest möglich schien, dass Judith auch dann ein Glas mittrank, wenn sie noch stillte. Auch wenn ihn der Tag heute eher anderes gelehrt hatte.

Zufrieden über sein weitsichtiges Verhalten entkorkte er eine der beiden Flaschen und goss vier Gläser ein. Als er diese auf einem Tablett ins Wohnzimmer balancierte, hatten Charly und Judith gerade auf den beiden Cordsesseln Platz genommen. Bröker, der so viel Besuch nicht gewohnt war, holte sich einen Stuhl, während Julian im Gästezimmer des Obergeschosses ruhig vor sich hin schlummerte. Nicht einmal vom Wickeln war er wach geworden. Gregor dagegen hatte sich schon seit geraumer Zeit im Schneidersitz auf den Boden gefläzt und tippte auf seinen Laptop ein.

Bröker verteilte den Wein und ließ sich dann selbst in seinen Stuhl sinken. Als er sich umblickte, sah er, dass alle darauf warteten, dass er das Gespräch in Gang brachte.

„Was läuft denn nun alles schief, Judith?", versuchte er den Faden von vorhin aufzunehmen. Dass er mit dieser harmlosen Frage allerdings eine solche Wirkung erzielte, hatte er nicht erwartet. Sofort schossen der Frau wieder Tränen in die Augen und sie vergrub das Gesicht in ihren Händen.

„Oh", sagte Bröker und kam sich wie ein Trampel vor. „Vielleicht trinken wir erst einmal was zur Beruhigung." Er erhob sein Glas. „Also: Prost!"

Charly winkte ab.

„B., du bist wirklich ein ganz miserabler Tröster", attestierte sie und nahm Judith in den Arm. „Komm", sagte sie. „Beruhige dich erst einmal und wenn du magst, erzählst du uns dann, was passiert ist. Das hilft meist. Und wir beißen nicht."

Judith schluchzte noch ein paar Mal laut auf, dann fasste sie sich. Bröker blickte Gregor an, doch selbst sein junger Mitbewohner schien mit der emotional aufgeladenen Situation besser klarzukommen als er. Er hatte seinen Laptop zusammengeklappt und wartete gefasst, was Judith berichten würde.

Und wirklich, ein wenig später begann sie ihre Geschichte zu erzählen.

„Max hat bei der *Sparbank* gearbeitet. In der Hauptgeschäftsstelle in der Bahnhofstraße, die kennt ihr bestimmt." Bröker nickte. „Das war eine sichere Stelle, wisst ihr, und die Arbeitszeiten sind familienfreundlich. Abends war er meist vor halb sechs wieder zurück. Sicher, es gab auch stressige Zeiten, dann konnte es bis sechs oder halb sieben gehen. Aber das war die Ausnahme."

Die junge Frau nippte an ihrem Weinglas. Die Erinnerung schien ihr gutzutun. Vielleicht half der Riesling auch ein bisschen, dachte Bröker. Zumindest ihm war er in Momenten wie diesem ein guter Freund. Er goss sich nach.

„So spät wie es letzten Montag wurde, ist Max jedenfalls nie von der Arbeit nach Hause gekommen. Als er um sieben immer noch nicht zurück war, habe ich versucht, bei ihm im Büro anzurufen. Normalerweise sieht er das nicht gerne. Ich meine, als Julian frisch geboren war und ich nicht weiterwusste, habe ich manchmal bei Max angerufen. Aber das mochte er nicht, denn es konnte ja immer gerade ein Kunde in seinem Büro sein oder sogar einer seiner Chefs. Ich habe da also wirklich nur noch in Notfällen angerufen. Ach, ist ja auch egal." Wieder nippte Judith an ihrem Weinglas und Bröker tat es ihr gleich.

„Am Montag jedenfalls habe ich mich um sieben Uhr durchgerungen und ihn angerufen. Aber es hat niemand abgenommen. Zehn Minuten später habe ich es noch einmal probiert. Wieder ging keiner ran. Ab da habe ich angefangen, mir Sorgen zu machen."

Bröker konnte sehen, wie Judith versuchte, sich zu beherrschen. Dennoch rannen zwei Tränen ihre Wange hinab. Ihm fiel wieder das Mal ins Auge. Charly legte Judith tröstend eine Hand auf die Schulter.

„Um neun Uhr habe ich es dann nicht mehr ausgehalten und die Polizei angerufen", berichtete Judith. „Aber der Beamte dort meinte, zu einem so frühen

Zeitpunkt könne man nichts tun. ‚Wenn wir jeden suchen lassen wollten, der mal zwei oder drei Stunden zu spät kommt, hätten wir halb Bielefeld auf unseren Fahndungslisten!‘, hat er gesagt. Aber ich kannte Max, er war wirklich zuverlässig! Erst um neun nach Hause zu kommen, das sah ihm überhaupt nicht ähnlich. Und wenn, dann hätte er auf jeden Fall Bescheid gegeben!“ Eine Pause entstand. Dann fuhr Judith fort. „Max kam die ganze Nacht nicht nach Hause. Am nächsten Morgen bin ich dann zur Polizei gegangen. Auch da hieß es zwar noch, nach einer Nacht könne man noch nichts machen, aber als ich ihnen geschildert habe, wie regelmäßig unser Tagesablauf war, hat man mir zugehört und ich konnte eine Vermisstenanzeige aufgeben. Genützt hat es nichts, Max blieb verschwunden.“

Bei diesen Worten wurde Judiths Stimme ganz leise. Auch Bröker wagte nichts zu sagen und selbst Charly und Gregor, die sonst jede Situation zu kommentieren wussten, waren still.

„Erst am Donnerstag haben sie Max gefunden – tot!“, sagte die junge Frau schließlich. Ihr Schluchzen erschütterte ihren ganzen Körper.

„Oh, war das in der Nähe der Hünenburg?“, schaltete sich nun Charly ein. „Dann haben wir über den Fall berichtet, also einer meiner Kollegen.“

Judith nickte nur.

„Spaziergänger haben ihn dort entdeckt. Die Polizei hat mich am Donnerstagnachmittag angerufen.

Ob ich wüsste, was er an der Hünenburg wollte, haben sie mich als Erstes gefragt. Aber woher hätte ich das wissen sollen? Ich wusste ja noch nicht einmal, dass er dort war!" Wieder entstand eine Pause.

„Ihm wurde anscheinend aufgelauert, es kam zu einem Kampf. Dabei wurde er so stark am Kopf verletzt, dass er verblutet ist. Das müsst ihr euch mal vorstellen, Max, überfallen und getötet! Der hat doch nie jemandem was getan!" Sie schluchzte so laut auf, dass Bröker betreten zu Gregor sah.

„In der Redaktion ging zuletzt das Gerücht um, dass die Polizei schon eine Spur hat", ergänzte Charly Judiths Bericht.

„Ach ja? Davon weiß ich nichts", schniefte Judith. „Mich jedenfalls haben sie schon zweimal verhört. Aber ich weiß wirklich niemanden, der Max so etwas angetan haben könnte. Er war wirklich … auch immer so korrekt in allem."

Während Judith sich mit einem von Bröker angebotenen Taschentuch schnäuzte, warf Charly, in der die Journalistin erwachte, ein: „Auch solche Menschen werden umgebracht, manchmal sogar gerade die."

„Ja, stimmt", gab Judith ihr Recht. „Trotzdem kann ich das nicht begreifen. Ich meine, vielleicht war unser Leben ein bisschen spießig. Wir standen früh am Morgen auf, Max ging zur Arbeit und verwaltete dort die Konten irgendwelcher Leute, während ich mich um Julian kümmerte. Und zwischen fünf und sechs Uhr abends kam Max wieder heim. Dann haben wir gegessen, zusammen Julian ins Bett gebracht, Max ist noch kurz an seinen Computer und dann gab es vielleicht noch einen Krimi im Fernsehen. Meist waren wir um halb elf im Bett. – Das klingt für mich so normal und geordnet, dass es für die meisten wahrscheinlich schon langweilig ist. Ich meine, selbst mich hat es manchmal gelangweilt und ich hätte mir gewünscht, dass Max ...“ Die junge Frau brach ab. „Genug davon“, sagte sie harsch. „Erklärt mir bitte, wieso man so jemanden umbringt!“

„Und die Polizei hat dir wirklich nichts von ihren Ermittlungen erzählt?“, hakte Bröker nach.

„Nein. Keiner der beiden Verantwortlichen, mit denen ich zu tun hatte, hat was gesagt“, schüttelte Judith den Kopf. „Der eine war Hauptkommissar und hat eigentlich einen ganz kompetenten Eindruck gemacht. Mit dem anderen hatte ich das Vergnügen, als wir den Tatort besucht haben. Das war ein Polizeipsychologe, van Rabenirgendwas. Muss ein Holländer oder Belgier sein. Der kam mit der Theorie, dass es sich um einen rituellen Mord handeln könnte, weil doch die Hünenburg schon in vorrömischer Zeit eine Kultstätte war.“

Gregor und Charly unterdrückten ein Kichern und Bröker griff sich an den Kopf. „Der Hauptkommissar muss Schewe gewesen sein, der ist etwas steif, aber ganz in Ordnung“, kommentierte er, „aber Ravenstijns Ideen kannst du in neun von zehn Fällen vergessen!“

„Ja, das habe ich mir gedacht", pflichtete Judith bei. Sie schwieg für einen Augenblick. „Aber das ist ja noch nicht alles ...", raunte sie dann.

„Bitte erzähl weiter", bat Gregor und auch seine beiden Freunde waren gespannt, was noch geschehen sein konnte.

„Na ja, ihr werdet euch vielleicht schon gedacht haben, dass ich heute Nachmittag nicht einfach grundlos verschwunden bin", begann sie. „Bröker hat ja mitbekommen, dass ich einen Anruf erhalten habe."

Dieser nickte.

„Nun, das waren meine Nachbarinnen."

„Und was wollten sie?", fragte Charly. Ihr Blick zeigte gespannte Neugier.

Judith zögerte.

„Vielleicht sollte ich euch das besser gar nicht sagen", murmelte sie dann.

„Wieso nicht?", versuchte nun auch Gregor hinter die geheimnisvollen Andeutungen zu kommen.

„Aus dem gleichen Grund, aus dem ich bisher noch nicht die Polizei eingeschaltet habe", antwortete die junge Frau.

„Und wir haben gehofft, dass wir vielleicht einen besseren Eindruck hinterlassen hätten als Ravenstijn", versuchte Bröker die Situation aufzulockern.

Judith winkte lachend ab. „Ja klar, habt ihr ja auch ..." Kurz schien sie noch unschlüssig zu sein. „Also gut, ich erzähle euch, was ich weiß."

Einmütig nickten die drei Freunde.

„Meine Nachbarinnen sind schon sehr alte Damen, müsst ihr wissen. Sie haben den ganzen Tag über nicht viel zu tun. Deshalb haben sie vermutlich auch mitbekommen, dass jemand in unserer Wohnung war."

„Jemand war in eurer Wohnung?", fragte Bröker. „Wer denn?"

„Das weiß ich nicht. Aber als die eine Nachbarin nach Hause kam, stand die Wohnungstür offen und alles sah zerwühlt aus. Sie ist dann aus Angst zu der anderen rüber und zusammen haben sie mich angerufen."

„Vielleicht versteht ihr, dass ich Julian da nicht mit hinnehmen wollte. Es hätte ja gut noch jemand in der Wohnung sein können."

Die drei Freunde nickten.

„Also habe ich dir Julian überlassen und nachgesehen. Die Wohnung ist nur noch ein einziges Schlachtfeld!" Wieder überkam Judith ein Weinkrampf. „Die Schränke sind aufgerissen, alle Sachen auf den Boden geworfen und das Schlimmste …"

„Das Schlimmste?", konnte es Bröker nicht erwarten.

„Die haben eine Nachricht hinterlassen." Judith zog ein zerknittertes Blatt Papier hervor und reichte es Bröker.

„Schaff das Geld ran!!! Keine Polizei. Sonst ist dein Sohn dran!!!", las er vor.

Gregor pfiff durch die Zähne. „Da hätten wir

42

doch das Motiv! Das gute alte Geld. Mir scheint, Judith, dein Max hatte neben seiner Tätigkeit als Bankangestellter noch ein paar andere Geschäfte am Laufen."

Judith schluchzte bitterlich. „Ich kann das einfach nicht glauben. Ich meine, wir haben Tag ein Tag aus zusammengelebt. Muss man da so was nicht mitbekommen?" Sie blickte zu Bröker, doch der zuckte bloß mit den Schultern.

„Was mache ich denn jetzt bloß!", rief Judith verzweifelt. „Ich habe eine Scheißangst!"

Bröker stand auf. Dies war einer der Momente, in denen er nicht lange nachdenken musste und es, zugegebenermaßen, auch nicht vermochte. „Die musst du nicht haben. Wir helfen dir! Du kannst fürs Erste hier einziehen. Hier seid ihr zwei in Sicherheit."

Judith sah ihn ungläubig an.

„Wirklich, das ist kein Problem, ihr könnt das Zimmer oben nehmen, in dem Julian gerade schläft."

Als Judith noch immer nicht zu begreifen schien, sprang Gregor seinem Freund bei: „Mach dir keine Gedanken! Mich hat Bröker auch bei sich aufgenommen, als es mir schlecht ging. Ich verstehe mich nicht gerade gut mit meinen Eltern, weißt du, und Probleme mit der Polizei hatte ich damals auch. Wir haben hier schon eine Menge Leute beherbergt. Und unter uns gesagt: Da waren viel schrägere Vögel dabei als du und dein Sohn!"

Eingedenk Ulfs mussten Charly, Gregor und be-

43

sonders Bröker lachen. Verlegen und erleichtert lachte Judith mit. „Na gut, einverstanden."

Damit war der Einzug beschlossen.

Kapitel 5
Schmutzige Angelegenheiten

Bröker erwachte, weil Uli, seinen rot gestreiften Kater mit notorischem Übergewicht, mitten in der Nacht der Hunger zu plagen schien. Jedenfalls begann er zu schreien wie ein kleines Kind.

„Sei still, Uli", brummte sein Herrchen und warf sich auf die Seite. Der Kater aber fuhr unbeeindruckt fort, klagende Laute von sich zu geben. Mit noch halb geschlossenen Augen fischte Bröker nach einem der zerfledderten Hausschuhe seines Vaters, die er seit einem schlimmen Husten getreulich auftrug, damit er sich nicht verkühlte. Er war schon im Begriff, den Schlappen nach dem Kater zu werfen, als er zu seinem Erstaunen sah, dass Uli ruhig und friedlich auf dem Sessel lag, den er schon vor Jahren zu seinem Schlafplatz auserkoren hatte. Die Schreie mussten anderen Ursprungs sein.

Richtig, dämmerte es Bröker nun. Er hatte ja Judith mit ihrem Jungen bei sich aufgenommen. Wenn er die Schreie richtig verortete, stand sie gerade in der Küche und wollte eine Flasche Milch oder Ähnliches für Julian warm machen. Besorgt ließ Bröker die Küche und dann auch die anderen Zimmer seines Hauses vor seinem geistigen Auge vorüberziehen. Dabei wurde er zunehmend unruhig. Sicher, für seine Begriffe war das Haus sauber. Und auch Gregor hatte sich trotz seiner spitzen Zunge nie über Brökers mangelnde Ordnungsliebe mokiert. Aber ob der Zustand der Wohnung auch eine Frau zufrieden stellen würde, noch dazu eine junge Mutter, die sicherlich bezüglich Hygiene ganz besondere Maßstäbe anlegte, bezweifelte Bröker.

Trotz der sicherlich noch sehr frühen Stunde, schälte sich Bröker aus den Laken. Draußen war es schon hell, aber das war es Anfang August morgens immer. Ein Blick auf die Uhr, die halb acht zeigte, bestätigte ihm, dass er mit der sehr frühen Stunde nicht völlig danebengelegen hatte. Müde schlich er ins Bad.

Als er eine Viertelstunde später hinunter in die Küche ging, traute er jedoch seinen Augen nicht. Nicht nur Judith und Julian waren schon auf den Beinen, nein, auch Gregor war bereits äußerst munter. Tatkräftig unterstützte er Judith dabei, das Haus zu putzen. Während diese mit ihrem Sohn auf dem Arm die Arbeitsplatte wischte – etwas, das sich Bröker seit dem letzten größeren Kochgelage auch schon des Öfteren vorgenommen hatte – hatte Gregor sich einen Eimer samt Feudel geschnappt und schrubbte den Boden. Julian schien neben Bröker der Einzige zu sein, dem das Treiben ein wenig unheimlich war. Er schrie zwar nicht mehr und nuckelte an einem

45

Milchfläschchen, unterbrach sein Frühstück jedoch immer wieder durch skeptisches Quäken.

„Guten Morgen", sagte Bröker und versuchte sich dabei nicht anmerken zu lassen, wie unangenehm ihm die Putzaktion seiner Mitbewohner war.

„Guten Morgen", grüßten die beiden zurück.

„Hört mal, ihr müsst hier nun wirklich nicht saubermachen", unternahm Bröker einen Versuch, dem Großreinemachen ein Ende zu bereiten. „Das kann ich doch auch selbst!"

„Dass du das kannst, habe ich Judith auch gesagt", grinste Gregor. „Wir haben dann aber beschlossen, nicht so lange zu warten, bis du es uns zeigen willst."

Bröker wand sich vor Verlegenheit.

„Weißt du, Bröker", setzte Gregor nach, „wir haben jetzt einen kleinen Mitbewohner und dem bekommt es nicht, wenn er Käsekrümel in den Mund steckt, die so alt sind, dass sogar die Katze sie verschmäht."

Seitdem Gregor im letzten Jahr sein Abitur gemacht hatte, konnte er manchmal enorm altklug daherreden, fand Bröker. „Ich hole dann mal den Staubsauger", sagte er, um sich nützlich zu machen. Doch Judith wiegelte freundlich ab. Die Aufgabe, Brökers Küche zu reinigen, schien sie zu beruhigen. Jedenfalls wirkte sie deutlich gefasster als noch am Abend zuvor.

„Lass mal, Bröker", sagte sie. „Wenn du uns helfen möchtest, könntest du ein paar Minuten auf Julian aufpassen. Der wird sonst so schnell ungeduldig. Wir sind auch gleich fertig!" Ohne Brökers Antwort abzuwarten, hielt sie ihm ihren Sohn entgegen.

Da ihn die Aktion seiner Mitbewohner nervös machte, verzog sich Bröker mit Julian nach nebenan ins Wohnzimmer.

Dem schien der Umzug zu gefallen. Mit leuchtenden Augen schaute er in das Gesicht des Hausherrn und begann dann an dessen Nase herumzudrücken.

„Es gibt in diesem Haus eindeutig zu wenig Spielsachen!", befand Bröker näselnd und sah sich im Zimmer um. Dann fiel ihm der Glasschrank ins Auge, in dem die Porzellanfigürchen seiner verstorbenen Mutter standen. Wie oft hatte sie vor den Scheiben gestanden und die Figuren liebevoll betrachtet. Verlassen hatten sie die Vitrine allerdings höchstens, um abgestaubt zu werden.

„Warte mal kurz", sagte Bröker und legte Julian auf dem Teppich ab. Er ging zur Vitrine und öffnete sie. „Was haben wir denn da … und hier, nein, das passt nicht, aber das hier … ja, das ist genau das Richtige."

Als Bröker seine Wahl getroffen hatte und sich wieder zu Julian umdrehte, sah er, dass dieser sich in der Zwischenzeit aufgesetzt hatte. Er war dabei zwar leicht in sich zusammengesackt, aber er saß. „Hey, du kannst sitzen, prima!", rief Julians Aufpasser und ließ sich neben dem Jungen auf den Teppich plumpsen. Der sah ihn an, als wollte er sagen: „Hey, du kannst auch sitzen, prima!" Bröker musste lachen.

„Da staunst du was? Aber es kommt noch besser!" Vorsichtig öffnete Bröker seine Hände und ließ eine ganze Porzellanelefantenherde und ein kleines Schweinchen auf den Teppich gleiten. Dann stellte er alle Figuren ihrer Größe nach auf und ließ sie nacheinander an dem Jungen vorüberziehen und an den Teppichfransen naschen. „Das Schwein hat es freilich etwas schwer. Das wird etwas ausgegrenzt aus der Herde", diagnostizierte Bröker. Julian quietschte begeistert auf und griff nach einem der Elefanten. Bröker sah seine Mutter die Hände über dem Kopf zusammenschlagen. Doch er schüttelte das Bild ab. Das fiel ihm mit der Zeit immer leichter, auch wenn er bis zu ihrem Tod vor ein paar Jahren mit ihr zusammengelebt und kaum zu einer anderen Menschenseele Kontakt gehabt hatte.

„Sollen wir einen Turm bauen?", fragte er Julian und stellte die drei größten Elefanten aufeinander. „Das gibt eine tolle Tierpyramide, du wirst sehen. So, jetzt bist du dran." Bröker bedeutete dem Jungen, nun seinen Elefanten auf die anderen zu stellen. Julian schaute Bröker mit großen Augen an. Dann ließ er den Elefanten fallen, nahm das Schwein und stieß mit ihm die Pyramide um.

„Ja, man muss seinem Ärger Luft machen!", lachte Bröker. „Die Elefanten haben es dem Schweinchen bestimmt nicht leicht gemacht. Wer weiß, wie viele Jahre sie es in der Vitrine gepiesackt haben. Da muss man Verständnis haben!"

„Bröker?" Gregor linste ins Wohnzimmer. „Was machst du da?"

Bröker fühlte sich ertappt und grinste schief. „Na ja, Julian soll doch nicht so enden wie ich. Also versuche ich ihn schon mal in die Mechanismen sozialer Strukturen einzuführen."

Gregor zog die Augenbrauen hoch. „Ich wollte dir nur Bescheid geben, dass wir jetzt so gut wie fertig sind."

„Oh, dann zaubere ich euch als Dankeschön aber ein ordentliches Frühstück", rappelte sich Bröker auf. „Dafür musst du aber kurz ein Auge auf Julian haben, ja?" Gregor nickte. Es war merkwürdig und Bröker hätte es vermutlich nie zugegeben, aber es war nicht nur Erleichterung, die ihn durchströmte, als er Julian verließ und sich in die Küche begab, die nun deutlich nach Zitrone roch.

Bald schon duftete es aber nicht mehr nur danach, sondern auch intensiv nach Kaffee und einer anderen Lieblingszutat eines Brökerschen Frühstücks, nämlich nach Rührei mit Schinken.

„Lasst es euch schmecken!", forderte er seine Mitbewohner auf, als er noch Lachs, alten Gouda, Salami und einen Akazienhonig, den er vor Kurzem bei seinem angestammten Feinkostladen entdeckt hatte, auf den Tisch gestellt hatte. Kurz schielte er unter den Tisch, ob auch nichts heruntergefallen war, dann begann er, sein erstes Brot zu belegen. Sein Appetit war unbestreitbar groß, doch ein Blick auf Judith verriet ihm, dass dies nicht für alle am Tisch galt. Sicher, sie hatte ganz andere Probleme zu lösen, als sich den Bauch mit Leckereien zu füllen.

„Was machen wir denn heute?", versuchte er daher kauend den Tag zu organisieren. Judith sah ihn fragend an. „Ich meine, wir wollen dir natürlich helfen und herausfinden, wer hinter dem seltsamen Drohbrief steckt." Dabei nickte er in Gregors Richtung, der kräftig kauend zustimmende Laute von sich gab.

„Das ist lieb von euch", sagte Judith und schaute nachdenklich in ihre Kaffeetasse. „Und auch wichtig. Ich kann ja schließlich nicht ewig bei euch wohnen …" Bröker versuchte zu intervenieren, doch Judith ließ sich nicht unterbrechen. „Bloß heute kann ich euch nicht gut helfen. Morgen wird doch Max beerdigt. Und ich muss gleich los in die Stadt. Es ist noch so viel dafür vorzubereiten." Nun war sie endgültig wieder in der Realität angekommen.

„Ist schon gut. Das macht doch nichts!", versicherte Bröker schnell. Er wusste, es wäre richtig, Judith in den Arm zu nehmen, aber das konnte er nicht. Also blieben ihm nur Beteuerungen. „Du wirst sehen, Gregor und ich kümmern uns heute darum und dann sieht alles schon viel besser aus!"

„Und was unternehmen wir nun in Sachen Drohbrief?", fragte Gregor, nachdem Judith mit Julian in der Babytrage aufgebrochen war und die beiden Freunde nach dem Frühstück noch am Küchentisch saßen. „Ich muss nämlich gleich auch noch mal kurz weg."

„Ja, ja, lasst mich doch alle allein. Am liebsten würde ich sowieso sagen, dass ich mich um die Sache kümmere, und du machst dir endlich mal Gedanken, was du im Herbst studieren willst. Es kann doch nicht sein, dass du dich noch ein weiteres Jahr fragst, was denn ein sinnvolles Studium für dich wäre!", lenkte Bröker das Gespräch auf ein heikles Thema, obwohl er das selbst eigentlich nicht wollte.

„Ja, Papa", antwortete Gregor gespielt ergeben. „Du bist in puncto Zielstrebigkeit ja stets ein leuchtendes Vorbild gewesen."

Bröker verzog das Gesicht. Sein junger Freund spielte auf seine abgebrochenen Studiengänge an. Es stimmte. Er hatte keinen von ihnen zu Ende gebracht. Dennoch hatte er nie den Eindruck gehabt, dass all das vergeblich gewesen war. Schließlich hatte ihn das, was er studierte, wirklich interessiert.

„Nun ja", gab er sich versöhnlich. „Ich hab ja auch nur gesagt, ich würde es am liebsten sagen. Aber ich hab Judith jetzt so große Versprechungen gemacht, dass ich eh nicht auf deine Hilfe verzichten kann."

Gregor lachte und war besänftigt. „Ich schlage vor, du rufst erst mal Mütze an. Er weiß bestimmt, wie weit die Polizei mit den Ermittlungen ist, und erzählt vielleicht etwas, was für uns nützlich sein kann."

„Gute Idee!", stimmte Bröker zu und stand auf. Zielstrebig lenkte er seine Schritte in den Flur, in dem ein moosgrünes Telefon auf einem kleinen Telefontischchen stand. Den Apparat hatte Brökers Mutter zu Weihnachten geschenkt bekommen. Bröker erinnerte sich, dass er damals sehr modern gewesen war. Denn erstens war er nicht in dem zu dieser Zeit üblichen Grau gehalten und zweitens besaß er schon Tasten anstelle einer Wählscheibe. Aus Gregors Kommentaren in den vergangenen zweieinhalb Jahren hatte er jedoch geschlossen, dass das Telefon inzwischen ein wenig seinen Flair von Novität eingebüßt hatte.

Im mittleren Fach des Telefontischchens befanden sich zwei Telefonbücher. Eines, das Bielefeld und seine Umgebung abdeckte und aus dem gleichen Jahr stammte wie das Telefon, und ein verschlissenes, in dem Bröker handschriftlich seine wichtigsten Telefonnummern notiert hatte. Bröker wählte die Nummer von Mützes Büro.

„Schikowski", meldete sich Mütze und Bröker war stolz, dass er nicht mehr wie früher damit gerechnet hatte, dass sich Mütze am Telefon mit seinem Spitznamen meldete.

„Hallo Mütze, hier ist Bröker", sagte er deshalb fröhlich. Mütze war einer der wenigen Menschen, mit denen er telefonieren konnte, ohne ständig das Gefühl zu haben, etwas Falsches zu sagen.

„Bröker!", rief Mütze erstaunt. „Das ist ja eine seltene Ehre. Sag nicht, du willst mir noch einmal nachträglich aufs Brot schmieren, dass ihr gestern einen Bundesligisten geschlagen habt."

„Besser noch, Bochum hätte beinahe gegen einen Fünftligisten verloren", witzelte Bröker. „Das 3:1 war doch mehr als schmeichelhaft!"

„Ja, ja", brummte Mütze in den Hörer. „Aber wir sind genauso in der zweiten Runde wie ihr!" Dann machte er eine kurze Pause. „Aber darum rufst du nicht an, oder?"

„Du hast es erraten", gestand Bröker. „Ich brauche mal wieder deinen polizeilichen Rat."

„Oh, oh Bröker, ich ahne Schlimmes", antwortete Mütze prompt. „Wenn du mir so kommst, willst du ja keinen Rat, wie du dein Haus vor Einbrechern schützt. Hast du wieder mal eine Fährte aufgenommen?"

„Nein", wehrte Bröker ab, „so kann man das nicht sagen." Er überlegte, wie er seine Frage nun am klügsten einleiten sollte. Dann entschied er, dass er sie Mütze auch direkt stellen konnte. „Aber du weißt nicht zufällig, wie weit ihr mit dem Hünenburg-Fall seid?" Auf der anderen Seite des Hörers hörte er Mütze lachend ins Telefon schnaufen.

„Bröker, ich muss sagen, du hast wirklich ein glückliches Händchen bei der Wahl deiner Fälle. Für den Hünenburg-Fall ist Schewe zuständig. Dem bist du doch auch schon bei den letzten Ermittlungen in die Quere gekommen."

„Ich will ja gar nicht richtig ermitteln", entgegnete Bröker rasch, wobei er sich eingestand, dass das eher eine Lüge als die Wahrheit war. „Aber, ich meine, könntest du, würdest du … ihn vielleicht mal fragen, wie weit er denn ist?"

Mütze seufzte vernehmbar. „Gut, weil du es bist. In einer guten Stunde ist Mittagspause. Wenn ich jemanden aus seinem Team in der Kantine treffe, hast du vielleicht Glück."

„Mütze, du bist ein Schatz!", rief Bröker begeistert. Dann fand er, das sei nun doch ein wenig unpassend einem Polizisten gegenüber. „Ich meine, du bist ein wahrer Freund", korrigierte er sich schnell.

„Ja, ja", dämpfte Mütze Brökers Euphorie. „Gucken wir erst einmal, ob Schewe oder jemand anderes überhaupt heute Mittag da ist. Aber wenn, dann kostet dich das mindestens ein Bier in der *Wunderbar*!"

„Klar, gerne auch zwei!", antwortete Bröker großzügig und legte auf.

Nun hieß es warten. Doch keine zwei Stunden später schellte Brökers Apparat.

„Du hast Glück, ich hab Schewe tatsächlich erwischt", meldete er. „Er ist natürlich gleich hellhörig geworden, als ich versucht habe, ihn auszuquetschen. ‚Dahinter steckt doch wohl nicht unser gemeinsamer Freund', hat er gemeint. Ist mir schwer gefallen, das abzustreiten."

„Na, der soll sich mal nicht so haben", wandte Bröker ein. „Schließlich verdankt er mir zwei schöne Ermittlungserfolge!"

„Ja, aber auch den Spott der Presse", gab Mütze erheitert zurück. „Jedenfalls scheinen sie eine erste

Fährte zu haben. Der Tote war Bankangestellter, eigentlich eine Art Sachbearbeiter mit stinknormalen Kunden. Ein Kunde, oder besser eine Kundin, sticht aber heraus. Und ausgerechnet auf ihren Konten ist es vor Kurzem zu Unregelmäßigkeiten gekommen. Es fehlen große Summen."

„Aha?", sagte Bröker und lauschte interessiert. Immerhin ging es schon einmal um Geld. Damit konnten die Drohbriefe durchaus zusammenhängen.

„Ja. Es ist ein bisschen kurios, wem die Konten gehören", spannte Mütze seinen Freund auf die Folter.

„Wieso, wem gehören sie denn?"

„Bianca Ebbesmeyer, besser bekannt als Bombi!", verkündete Mütze.

„Bombi?" Vor Brökers geistigem Auge stieg das Bild eines überdimensional großen, äsenden Rehkitzes auf.

„Dass du Bombi nicht kennst, wundert mich nicht!", lachte Mütze, der sich selten eine Gelegenheit entgehen ließ, auf Brökers Leibesfülle anzuspielen, obwohl er selbst nicht der Schlankeste war. „Sie betreibt hier in Bielefeld mindestens drei Fitnessstudios und im Umland hat sie auch noch etliche. In ganz NRW kommt sie locker auf ein Dutzend. Allerdings sind die nur für Frauen. Du bist also halb entschuldigt."

„Ja, ja, macht euch nur alle lustig über mich", spielte Bröker den Beleidigten.

„Ich hör ja schon auf", feixte Mütze. „Jedenfalls ist das Ganze eine ziemliche Erfolgsnummer. Es dreht sich nicht nur um Fitness. Teilweise sind das wahre Wellness-Tempel. Du bekommst Massagen, es gibt Dampfbäder, man kann sich sogar maniküren lassen und weiß der Geier was noch alles."

„Na, das kannst du bald auch in der Stadtbücherei", kommentierte Bröker, dem erst kürzlich bei einem Gang durch die Bahnhofstraße aufgefallen war, dass dort die Nagelstudios wie Pilze aus dem Boden schossen. „Und jetzt ist diese Bombi also in euer Visier geraten?"

„Lass dir von Gregor einfach mal ein paar Bilder von ihr googeln. Dann wirst du sehen, was sie für ein, na ja, sagen wir mal, schräger Vogel ist."

Bei diesen Worten wurde Bröker skeptisch. Wusste er doch selbst zu gut, was es bedeutete, nicht dem üblichen Klischee zu entsprechen. „Und das alleine macht sie verdächtig?"

„Nein, natürlich nicht. Aber es sind halt große Summen von ihren Konten verschwunden und sie hat das nicht gemeldet."

„Das ist in der Tat auffällig", begann Bröker zu sinnieren.

„Du, Bröker, ich muss jetzt Schluss machen. Wir hören voneinander, in Ordnung?"

„Ja. Und danke, Mütze. Du hast mir sehr geholfen!"

„Wobei auch immer, wo du doch gar nicht auf Detektivpfaden wandelst."

„Nun ja …", stotterte Bröker.

„Dass das klar ist: Von mir weißt du jedenfalls

nicht, wen Schewe gerade auf dem Kieker hat!",
warnte ihn Mütze. „Und vergiss meine drei Bier in
der *Wunderbar* nicht!"

„Nein, natürlich nicht. Mach's gut!"

Bröker hielt noch den Hörer in der Hand, als sein
Freund schon lange aufgelegt hatte, so sehr war er in
Gedanken verfallen. Die ganze Geschichte klang mys-
teriös. Wieso hatte diese Bombi nicht die Polizei eingeschaltet, wenn ihr angeblich so viel Geld gestohlen
worden war? In was für schmutzige Geschäfte war sie
verwickelt? Und hingen diese mit den Drohungen gegen Judith zusammen? Bröker hatte Lunte gerochen.

Kapitel 6
Ein gefundenes Fressen

„Na, da haben deine Bullenfreunde ja ausnahmsweise
mal was herausgefunden", kommentierte Gregor den
Bericht über Brökers Telefonat mit Mütze, als sie am
späten Nachmittag wieder in der Küche zusammen-
saßen. Seitdem er als 16-Jähriger beim Hacken erwischt und dafür zu Sozialstunden verurteilt worden
war, war er auf die Polizei schlecht zu sprechen und
vermied es, mit ihr zu tun zu haben, wann immer es
möglich war. Nur Mütze bildete da gelegentlich eine
Ausnahme, zumindest wenn er Bröker und ihm bei
Ermittlungen half.

„Na komm", verteidigte Bröker, obwohl er selbst

eine angeborene Skepsis gegenüber dieser Institution besaß, die im Namen des Staates für Ruhe und Ordnung sorgte. „Du musst bedenken, dass sie ja noch nicht mal von dem Drohbrief wissen."

Gregor verzog das Gesicht bei der Vorstellung, der Polizei Ermittlungserfolge zugestehen zu müssen.

„Und wer weiß", überlegte Bröker weiter. „Vielleicht ist ja die Vermutung gar nicht so abwegig, dass diese Bombi oder einer ihrer Kumpanen an dem Tod von Max schuld ist. Denk mal nach. Wenn wirklich so viel Geld von ihren Konten verschwunden ist, hätte sie ein Motiv. Vielleicht hat sie das Geld nicht ganz legal erworben oder an der Steuer vorbeigeschleust. Wenn sie den Diebstahl dann anzeigt, riskiert sie, dass ihr ein Teil des Geldes oder sogar alles wieder weggenommen wird. Und eine Strafe natürlich auch. Ich traue jedenfalls jemandem, der eine Mutter mit einem Drohbrief einschüchtert, auch einen Mord zu!"

„Ich hätte ehrlich gesagt nicht gedacht, dass du Bombi kennst", wunderte sich Gregor.

„Na ja, vom Hörensagen eher", gab Bröker zu und feixte innerlich. Oft genug hatte der Junge ihn aufgezogen, weil er nicht up to date war. Andererseits konnte er ihn nun schlecht bitten, ihm ein paar Fotos und Infos zu der Fitnessstudiobesitzerin aus dem Netz auf den Bildschirm zu zaubern. Nun, das musste er dann eben später selber schaffen.

Gregor indessen hatte sich festgebissen. „Trotzdem, bei allem, was du ins Feld führst: Jemanden zu bedrohen oder ihn zu ermorden, das sind schon zwei verschiedene Paar Schuhe!", protestierte er. Dabei war er nicht mal von der Unschuld der Fitnessstudio-Inhaberin überzeugt. Die Umstände gaben es durchaus her. Aber so einfach wollte er sich den Vermutungen der Polizei nicht anschließen.

„Ja, vielleicht hast du Recht!" Brökers Meinung schwankte hin und her. „Aber eine andere Idee, wer am Tod von Judiths Mann die Schuld tragen könnte, haben wir auch nicht."

„Kein Wunder!", entgegnete Gregor. „Wir kennen sie ja kaum und ihr Umfeld schon gar nicht. Wie sollen wir dann ahnen, wer ihren langweiligen Max um die Ecke gebracht hat."

„Na, na, ,de mortuis nihil nisi bene'", versuchte Bröker Gregors Lästereien einzudämmen. Das aber stachelte den nur weiter an. Nicht zuletzt weil Bröker stets versuchte, ihm Lateinbrocken hinzuwerfen, die er nicht verstand. Diesmal jedoch schlug der Versuch fehl.

„Das sagst du doch nur, weil du dem Tod selbst schon so nah bist!", lachte er und seine schwarzen Augen blitzten Bröker an. Der fiel in das Gelächter seines Freundes ein.

Die Küchentür öffnete sich und Judith trat ein. Ihr Gesicht war eine traurige Maske. Das Lachen der Freunde verstummte schuldbewusst. Aus dem Flur hörte man Julian, der das Verschwinden seiner Mutter beklagte.

„Ich wollte euch nur kurz Bescheid geben, dass ich wieder da bin", sagte sie und machte Anstalten wieder aus der Küche zu verschwinden.

„Warte mal! Wie war es denn?", hielt Gregor sie auf.

„Nun ja, wie soll es schon sein, wenn man eine Beerdigung vorbereitet", entgegnete Judith niedergeschlagen. „Noch dazu die des eigenen Mannes."

„Komm, setz dich doch auf einen Kaffee zu uns!", forderte Gregor sie anteilnehmend auf.

„Ja, okay", erwiderte Judith und ihre Miene schien sich ein wenig aufzuhellen. „Ich hole nur eben Julian."

Erhaben wie ein König thronte der auf ihrem Arm, als sie ihn in die Küche trug. Beim Anblick seiner Mutter hatte er aufgehört zu weinen und als er Bröker sah, glitt ein Lächeln über sein Gesicht. Bröker lächelte zurück. Meinte der Kleine wirklich ihn?

„Magst du ihn vielleicht einen Moment nehmen?", fragte Judith prompt.

„Ja, warum nicht", erwiderte Bröker und ließ sich den Jungen auf den Schoß setzen. Julian quietschte vor Vergnügen, als er Brökers Bauch vor sich sah, und begann wieder darauf herumzuklopfen.

„Bröker, du bist wirklich ein Naturtalent", neckte Gregor seinen Freund. „Du bringst einfach alles mit, was es so braucht."

„Ha ha", machte Bröker nur und sah Julian vergnügt bei seinem Treiben zu. Trotz Gregors Spott spürte er eine Spur Stolz in sich aufsteigen. Dann wandte er sich Judith zu. Ihm war eine Idee gekommen.

„Sag mal, Judith, wann ist denn die Beerdigung eigentlich?"

„Morgen Mittag", erwiderte die. Beim Gedanken daran zuckte ihr Mund und ließ das Feuermal auf ihrer Wange hüpfen. „Um eins."

„Und wird es eine große ... Beerdigung?" Beinahe hätte Bröker ‚Feier' gesagt. Offiziell nannte man das vielleicht sogar so. Dennoch konnte er sich vorstellen, dass Judith gerade nicht sehr nach Feiern zumute war. Viel Erfahrung hatte er in diesen Dingen jedenfalls nicht. Eigentlich war er in den vergangenen Jahren nur auf einer Beerdigung gewesen und zwar auf der seiner Mutter. Dort hatte er schlecht fehlen können.

„Ich kann gar nicht sagen, wie viele Leute kommen", gab Judith Auskunft. Brökers Frage hatte sie wieder zum Weinen gebracht. „Die Eltern von Max sind schon tot und meine zu alt, um anzureisen. Die leben in Karlsruhe. Vielleicht kommen ein paar Nachbarn und Arbeitskollegen. Freunde hatte er eigentlich keine. Und bei mir hat sich mit Julians Geburt auch alles mehr oder weniger zerschlagen. Jedenfalls mag ich niemand von ihnen einladen." Ein Schluchzen begleitete die letzten Sätze.

„Hm." Bröker machte einen Moment Pause. Dann nahm er vorsichtig Anlauf. „Hilft es ... Ich meine, würde es dir vielleicht helfen, wenn ich dich begleite?"

Judith sah Bröker erstaunt an. Solch ein Angebot hatte sie nicht erwartet.

„Das musst du nicht", entgegnete sie zögerlich. „Aber ja, natürlich würde es helfen", fügte sie dann leise hinzu. „Ich meine, es ist immer schön einen, also so was wie einen Freund an der Seite zu haben. Und außerdem hätte ich dann jemanden, der mir Julian zwischendurch mal abnehmen könnte. Meine Kräfte sind einfach so langsam aufgebraucht."

Bröker freute sich über die Bezeichnung ‚Freund', bekam aber gleichzeitig ein schlechtes Gewissen, denn ganz ohne Hintergedanken war sein Angebot nicht gewesen. War die Beerdigung doch eine ideale Gelegenheit, um sich einmal unter denen umzusehen, die Max genauer gekannt hatten. Meist, so hieß es doch immer, stammte der Täter aus dem persönlichen Umfeld des Opfers. Bröker leuchtete dies ein. Je besser man einen Menschen kannte, umso eher fand man einen Grund, ihm etwas anzutun.

Auch Gregor schien ein schlechtes Gewissen zu haben, vermutlich weil er nicht vorgeschlagen hatte, seinen Freund zu begleiten. Aber das musste er auch nicht, fand Bröker. Irgendwo hatte jeder seine Grenze.

„Vielleicht kann uns ja Bröker heute Abend etwas Leckeres zu essen machen. Als einen kleinen Lichtblick sozusagen, der dich auch wieder zu Kräften kommen lässt", bot er eilfertig Brökers Dienste an. „Du musst nämlich wissen, Judith: In der Küche ist er ein kleiner Zauberer. Na ja, von nichts kommt nichts", fügte er dann mit einem Seitenblick auf Brökers Bauch hinzu.

Diesmal war es aber an Bröker schnell abzuwinken.

„Oh, das tut mir leid", sagte er rasch. „Heute passt es nicht."

„Aber Bröker, seit wann schlägst du es denn aus zu kochen?", fragte Gregor verdutzt. „Sag bloß, ich muss mir ab jetzt mein Essen selber machen?"

„Keine Sorge. Das könnte ja keiner verantworten!", gab Bröker zurück. „Aber heute Abend kann ich halt nicht, da habe ich noch eine ... Verabredung." Das Blut stieg ihm in den Kopf und bevor Gregor dies mit einer bissigen Bemerkung kommentieren konnte, stand er auf und reichte Julian seiner Mutter.

„Also abgemacht, Judith, ja? Ich komme morgen mit."

Judith lächelte und nickte ihm dankbar zu.

Anderthalb Stunden später stand Bröker vor einer Klassentür der Realschule Jöllenbeck. Vor der Tür hatte sich etwa ein Dutzend Leute eingefunden. Außer ihm alles Frauen, wie er mit einem schnellen Blick feststellte. Bröker schüttelte lachend den Kopf. Gregor hatte ihn schon häufiger damit aufgezogen, dass die einzigen beiden Frauen in seinem Leben Charly und seine tote Mutter seien. Dabei suchte der Junge mit Sicherheit viel eher nach einer Freundin.

Hier jedenfalls hatte Bröker reichlich Gelegenheit Frauen kennenzulernen. Allerdings trugen die meisten einen Ehering. Aber aus diesem Grund hatte er sich ja auch gar nicht auf den beschwerlichen Weg nach Jöllenbeck gemacht.

Inzwischen war eine weitere Frau aufgetaucht. Sie war etwa 60 Jahre alt, trug lange, glatte graue Haare und einen Blazer samt Hose, die sie wie eine Dressurreiterin aussehen ließen, die gerade vom Pferd gestiegen war. Fehlt nur noch die Peitsche, dachte Bröker. Entschlossen schritt sie auf die Klassentür zu und schloss auf. Als Bröker mit dem weiblichen Pulk in den dahinterliegenden Raum strömte, erblickte er etwa zehn Arbeitstische, in die jeweils ein Herd eingelassen war. Das also war die Lehrküche der Realschule.

Die Frau in Reiterkluft hatte sich inzwischen als Frau Poggemann vorgestellt. Mit den Worten: „Ich begrüße Sie alle zum Sommerkurs der Volkshochschule ‚Gesund kochen, gesund essen‘“, eröffnete sie die Unterrichtsstunden. Bröker verzog das Gesicht. Das klang einfach grässlich. War es wirklich klug von ihm gewesen, sich für diesen Kurs anzumelden? Andererseits hörte er nicht nur von Gregor immer wieder, dass er zu viel und vor allem zu ungesund aß, sondern er wusste es auch selbst und schämte sich dafür. Darum war ihm der Aushang der Volkshochschule auch überhaupt erst ins Auge gefallen. Zunächst hatte er den Kurs „Die schlanke ostwestfälische Küche" wählen wollen, mochte er doch seine Heimat. Dann jedoch hatte er sich an sein Wurstebreierlebnis in einer Gaststätte in Avenwedde erinnert und befürchtet, dass es damit eher darauf hinauslaufen würde, dass er gar nichts mehr essen könnte. Und an sich war an den Wörtern „gesund", „kochen" und „essen" ja auch nichts verkehrt. Jedes von ihnen klang für sich genommen sehr gut. Warum ergab dann bloß ihr Zusammenspiel so eine Disharmonie? Aus der Mathematik wusste man ja, dass minus mal minus plus ergibt, wie konnte aber aus drei Plus ein Minus werden?

Während Bröker noch so vor sich hin philosophierte, hatten sich die restlichen Kursteilnehmer schon in Zweiergruppen vor den Arbeitsecken aufgestellt. Bröker blieb alleine zurück. Auch die Leiterin sah das.

„Oh, wir sind eine ungerade Zahl, aber das macht nichts!", erklärte sie. „Bestimmt ist eine der anderen Gruppen so freundlich und versichert sich männlicher Unterstützung!" Dabei lächelte sie in die Runde. Niemand schien Interesse an Brökers Mitarbeit zu haben. Vielleicht lag das daran, dass er nicht nur der einzige Mann in der Runde war, sondern auch der Einzige, dem man ansah, dass er bislang gegen die Prinzipien der Selbstzüchtigung gesündigt hatte. Die Kursteilnehmerinnen hatten durch die Bank hagere Züge, die von einem eher zurückhaltenden Lebenswandel kündeten.

„Ach, ich koche auch sehr gerne alleine!", sagte

Bröker schnell, bevor er zwangsweise in eine der Asketengruppen gesteckt wurde, und stellte sich kurzerhand hinter eine noch freie Arbeitsplatte.

„Gut, wenn Sie meinen!", stimmte Frau Poggemann zu. „Dann darf ich alle bitten, ihre mitgebrachten Werkzeuge auszupacken!"

Diese bestanden für den heutigen Termin aus einem scharfen Messer und Tupperdosen, um die zubereiteten Leckereien auch mitnehmen zu können. Auch Bröker holte diese Utensilien nun aus seinem Jutebeutel, der, wie Bröker erst jetzt bemerkte, mit dem Schriftzug seines angestammten Fleischers bedruckt war. Das musste in dieser Umgebung ja geradezu ketzerisch wirken. Schnell faltete er den Beutel zu einem kleinen Stoffquadrat zusammen und steckte ihn in die Hosentasche.

„Gesunde Ernährung ist ein wichtiger Schritt zu einer höheren Lebensqualität", referierte die Kursleiterin unterdessen. „Wir wollen in diesem Kurs lernen, dass man gesund kochen und trotzdem lecker essen kann!"

Sicher geht das, dachte Bröker. Man darf nur nicht essen, was man kocht. Dann aber versuchte er sich zusammenzureißen. Wenn er mit solch einer negativen Einstellung an die Sache heranging, konnte er den Kurs auch gleich hinschmeißen. Außerdem würden die Gesundheitsapostel ihn noch finsterer anblicken, wenn sie seine Gedanken von seinem Gesicht ablesen konnten. Freundlich lächelte er in die Runde.

„Wir fangen heute mit einem ganz einfachen, aber leckeren Gericht an: Wir machen Grünkernbratlinge!", fuhr die Dressurreiterin fort.

Einfach und lecker müsste es nicht sein, einfach lecker würde reichen, dachte Bröker, lächelte aber weiter vor sich hin. Immerhin klangen Bratlinge nicht so schlecht. Bei ihm hieß so etwas Frikadelle, aber auf diese Feinheiten kam es sicherlich nicht an. Wenn er Lust auf etwas Herzhaftes hatte und ihm die Zeit für einen Braten fehlte, so machte er sich auch manchmal drei, vier Frikadellen und aß sie mit einer großen Portion Bratkartoffeln und einem ebenso großen Appetit. Was konnte es da schaden, wenn man den Frikadellen da noch etwas von diesem Grünkern beimengte?

„Dazu brauchen wir natürlich Grünkern", sagte die Kursleiterin erwartungsgemäß. „Pro Portion rechnet man so etwa 50 Gramm."

Bröker wusste nicht, ob das viel oder wenig war. Er beobachtete, wie sich einige Teilnehmerinnen die Zahl in einem mitgebrachten Schulheft notierten. Daran hatte er natürlich nicht gedacht. Also zog er sein kleines, abgegriffenes Notizbuch hervor, in dem er sich gelegentlich Aufzeichnungen machte. Auch seine Gedanken, die ihm während des Lösens seiner Mordfälle kamen, hielt er stichpunktartig darin fest, und so gesellte sich der Grünkern also zu einer Reihe von Verdächtigen hinzu. Es würde sich zeigen, wie er am Ende dastehen würde.

„Dazu kommen noch einmal 50 Gramm Hafer", fuhr Frau Poggemann fort. „Beides habe ich für den heutigen Anlass schon geschrotet gekauft, aber wir haben natürlich auch Expertinnen hier, die lieber selbst schroten." Dabei verteilte sie auf jedem Arbeitsplatz je ein kleines Häufchen Grünkern und Hafer.

„Beides weichen wir erst einmal 20 Minuten in Wasser ein", erläuterte sie das Rezept weiter. „Unterdessen können wir die Zwiebel und den Knoblauch für den späteren Gebrauch kleinschneiden. Die sind gesund und fördern die Verdauung!"

So genau hätte Bröker das gar nicht wissen wollen, aber die Kursleiterin wollte schließlich die Kenntnisse der Teilnehmer über gesunde Ernährung erweitern. Folgerichtig bekam jeder Tisch von diesen Knollen etwas zugeteilt, dazu noch ein Ei und Semmelbrösel. Beides Zutaten, die Bröker erwartet hatte.

Folgsam schnitt er die Zwiebel und den Knoblauch in kleine Stücke. Zumindest für sein Messer musste er sich nicht schämen, stellte er mit einem Blick in die Runde fest. Er besaß zwar nur wenige Messer, die aber waren von ausgesuchter Qualität. Kein Vergleich zu den Plastikmessern einiger anderer Teilnehmer. Als Bröker fertig war, wartete er wieder. Die Leiterin ging von Tisch zu Tisch, wies einige der Köche an, ihre Zwiebeln etwas feiner zu schneiden, nickte bei anderen beifällig, so auch bei Bröker. Dann wartete auch sie.

„Wenn das Getreide dann eingeweicht ist, vermischen wir es mit Zwiebeln, Knoblauch, Ei und den Semmelbröseln und formen daraus kleine Bällchen."

Bröker zögerte. Eine wichtige Zutat fehlte doch noch. Er blickte irritiert umher. Von den anderen Kursteilnehmern schien niemand etwas zu vermissen. Vorsichtig meldete er sich. Doch Frau Poggemann bemerkte ihn nicht. Die anderen kneteten schon fleißig. Vermutlich waren die meisten von ihnen noch Kochnovizen, die noch nie eine Frikadelle zubereitet hatten. Er räusperte sich. Wieder keine Reaktion der Kursleiterin.

„Entschuldigung!", rief er vor Aufregung so laut, dass er sich nun der Aufmerksamkeit sämtlicher Kursteilnehmerinnen sicher sein konnte. „Wann geben wir denn das Hackfleisch dazu?" Er lächelte. Die Leiterin konnte froh sein, jemanden in den Reihen zu wissen, der sich ein wenig in der Küche auskannte.

Auch Frau Poggemann lächelte. Ein wenig nachsichtig, wie Bröker fand.

„Aber, aber, das ist doch ein Grünkernbratling", korrigierte sie Bröker. „Der ist fleischlos. Darum ist er ja so gesund!"

Fleischlos. Bröker schluckte. Jetzt dämmerte ihm, dass er Grünkernbratlinge schon unter „Vegetarisches" in Speisekarten gesehen hatte. Er musste allerdings zugeben, dass er dieser Abteilung nie besondere Beachtung schenkte. Nicht, dass er etwas gegen fleischlose Gerichte hatte. Wenn es ein schönes Stück

Lachs oder eine Forelle gab, konnte er auch gut einen Tag auf Fleisch verzichten. Aber nur Getreide? Er schluckte abermals, einerseits gepeinigt von dieser Vorstellung, andererseits aus Scham über seinen Fauxpas. Mit hochrotem Kopf begann auch er, den Getreidebrei zu Bällchen zu formen. Natürlich hatte die Gesundheitsfrau auch keine Gewürze verteilt. Diesmal aber musste Bröker nicht fragen.

„Grünkern ist sehr kräftig im Geschmack", verkündete die Kursleiterin. „Das hat den Vorteil, den Bratling nicht würzen zu müssen. So habe ich heute bewusst auf Salz, Pfeffer oder Paprika verzichtet." Immerhin kannte sie ein paar der Zutaten, mit denen Bröker versucht hätte, der Getreidemasse etwas Geschmack zu verleihen. „Gerade Salz ist ja so ungesund!", erklärte sie noch. Bröker verkniff sich jeden Kommentar.

„Und zum Schluss braten wir unsere Getreidebällchen in etwas Olivenöl aus", strahlte Frau Poggemann wenige Minuten später.

Als ob das noch etwas helfen würde, dachte Bröker, goss aber gehorsam etwas Olivenöl in eine beschichtete Pfanne.

„Nicht so viel!", griff die Kursleiterin sogleich korrigierend ein und wischte mit einem Küchenkrepp über den Pfannenboden. „Das reicht völlig, die Pfanne muss nur leicht benetzt sein. Fett ist zwar ein Geschmacksträger, aber es macht leider auch dick", fügte sie mit einem Seitenblick auf Bröker hinzu. Der lief schon zum zweiten Mal an diesem Abend rot an. Warum nur hatte er sich diesen Kurs angetan?

Nachdem er gespült hatte, packte Bröker die Bratlinge lustlos in seine Tupperdose. Sollte das wirklich sein heutiges Abendessen sein?

Auf dem Weg in Richtung Jahnplatz kam er in einer Seitenstraße an einem hohen Zaun vorbei. Dahinter bellte ein wütender Hund, der in Bröker einen Eindringling witterte. Entschlossen griff er in seine Tupperdose und warf dem Tier die Grünkernbratlinge zu. Der lief schwanzwedelnd auf die Bällchen zu, roch an dem dargebotenen Futter, schüttelte sich und lief davon.

Noch nicht einmal du, dachte Bröker und lenkte seinen Weg zu einem nahegelegenen Imbiss.

Kapitel 7
Nichts ist vorbei

Als Bröker erwachte, grummelte sein Magen. Sicher: Viel hatte er gestern Abend nicht mehr gegessen. Zumindest für seine Verhältnisse. Eine doppelte Portion Pommes mit Majo und zwei Currywürste. Aber fettig war es gewesen. Zumindest wenn man die Maßstäbe der Grünkernfrau zugrunde legte. Er konnte sich also überlegen, ob sein Bauch vor Hunger seltsame Geräusche von sich gab oder weil er noch das ungesunde Essen vom Vorabend verarbeitete.

Er horchte in sich hinein. Nein, ausnahmsweise einmal hatte sein Bauchgefühl weder mit Essen noch mit Hunger zu tun. Eine merkwürdige Unruhe hatte sich Brökers bemächtigt. Allmählich dämmerte es ihm: Was ihn beschäftigte, ja, was ihn anscheinend schon die ganze Nacht beschäftigt hatte, war die anstehende Beerdigung. Er setzte sich im Bett auf und rieb sich den Schlaf aus den Augen. Sein zwiespältiges Gefühl aber blieb. Innerlich verfluchte er sich dafür, dass er am Vortag seine Teilnahme an dem Begräbnis so eilfertig zugesagt hatte. Noch dazu ohne Not! Gregor war da wieder einmal so viel schlauer gewesen. Auf der anderen Seite fand er seine Idee, auf diese Weise Personen aus dem Dunstkreis von Judith und Max kennenzulernen, auch im Abstand von einem Tag nicht schlecht. Außerdem konnte er nach Judiths dankbarer Reaktion auf seine Zusage gestern nun sowieso keinen Rückzug mehr machen. Ächzend quälte er sich aus dem Bett.

Schon die Wahl seiner Kleidung stellte Bröker vor das nächste Problem. Wenn er sich an die Worte seiner Mutter erinnerte, so musste man für eine Beerdigung anständig gekleidet sein, worunter sie vermutlich einen schwarzen Anzug mit Hemd und Krawatte verstanden hätte. Tatsächlich besaß er solch einen Anzug – er hatte ihn sich zur Beerdigung seiner Mutter vor drei Jahren gekauft. Eine Anprobe zeigte jedoch, dass dieser einige Herausforderungen an ihn stellte. Er hatte sich ja schon daran gewöhnt, dass seine Kleidung stets etwas über dem Bauch spannte, die Anzughose aber ließ sich selbst bei angehaltener Luft nicht schließen. Er probierte es noch ein paar Mal, aber es war nichts zu machen. Mit zweifelndem Blick inspizierte er seinen Kleiderschrank und schüttelte seinen Kopf. Nein, von den Sachen, die ihm gut passten, war wenig für ein Begräbnis geeignet. Er konnte ja schlecht in einem Torwarttrikot der Arminia auf dem Friedhof erscheinen, auch wenn dies ein Kleidungsstück war, das er durchaus schon bei Traueranlässen getragen hatte.

Ein Blick auf die Uhr zeigte ihm, dass es für den Kauf eines neuen Kleidungsstücks ebenfalls zu spät war. Die Beerdigung würde in anderthalb Stunden beginnen. Es blieb nur der eine Anzug. Entschlossen zog er sich die Hose über den Bauch und raffte sie mit einem Gürtel zusammen, den er so fest zuzog, dass die Schnalle in sein Fleisch schnitt. So würde es schon gehen.

Als Bröker in die Küche kam, fütterte Judith gerade ihren Sohn. Schmatzend mümmelte der seinen Brei.

„Ich dachte, ich gebe ihm besser noch was, bevor er auf der Beerdigung Hunger bekommt und zu schreien beginnt", erklärte sie. Bröker nickte. Das war wirklich sehr vorausschauend von ihr.

„Wann müssen wir denn los?", erkundigte er sich.

„Oh, gleich wenn wir hier fertig sind – es ist ja doch ein ganz schöner Weg bis zum Sennefriedhof, besonders mit der Stadtbahn."

Eine Stunde später wusste Bröker, dass Judiths Einschätzung richtig gewesen war. Nur knapp hatten sie es rechtzeitig zur Beerdigung geschafft. Als sie mit Julian die Friedhofskapelle betraten, saßen dort schon ein paar Menschen. Vorne stand der Sarg aufgebahrt, darauf lagen Blumen, darum herum waren ein paar Kränze aufgestellt.

„Unserem lieben Mann und Vater", las Bröker eine Schleife. Eine andere sagte: „In stiller Trauer – *Sparbank Bielefeld*". Üppig konnte man den Blumenschmuck nicht nennen. Judith schien mit ihrer Behauptung, ihr Mann habe nicht viele Freunde gehabt, Recht zu haben.

Instinktiv folgte er ihr durch die Kapelle. Zielstrebig ging sie auf die erste Reihe zu und nahm den Platz direkt vor dem Sarg ein. Bröker setzte sich mit etwas Abstand neben sie. Es war ihm, als höre er ein Raunen, das aus der kleinen Gemeinde hinter ihm aufstieg. Bröker drehte sich irritiert um, konnte aber nichts Merkwürdiges entdecken. Als er sich wieder umwandte, sah er, dass nun auch Judith dezent mit den Armen wedelte. Aber wieso? Sie saß ja kaum drei Meter entfernt. Verhalten winkte er zurück. Das aber schien das Problem nicht zu lösen. Ihr Gewedel wurde kräftiger. Auch das Gemurmel in seinem Rücken wurde lauter. Hatte er etwas falsch gemacht? Bröker war beileibe kein Experte für Begräbnisfeierlichkeiten, aber er konnte sich nicht vorstellen, dass etwas an seinem Verhalten gegen die Konvention verstieß. Er hatte extra alles genau so gemacht wie bei der Beerdigung seiner Mutter vor ein paar Jahren. Ja, er saß sogar beinahe am selben Platz. Genauer gesagt saß Judith dort.

Er stutzte. Richtig. Damals hatte er in der ersten Reihe gesessen, weil er der nächste Angehörige seiner Mutter gewesen war. Seine Tante hatte sich direkt in die Reihe hinter ihm gesetzt, dann folgte die restliche Trauergemeinde. Wenn er jetzt neben Judith in der ersten Reihe saß, dann sah es ja beinahe so aus, als habe sie mit Bröker einen schnellen Trost gefunden. Verschämt stand er auf und schlich geduckt in die letzte Reihe, in der sich außer ihm niemand befand.

Immerhin hatte dieser Platz auch Vorteile, fand er, als er sich von seiner Verlegenheit erholt hatte. Von hier hinten konnte er die kleine Trauergesellschaft überblicken, ohne sich dauernd umdrehen zu müssen. Sich in die erste Reihe zu setzen, war also in doppelter Hinsicht ein Fehler gewesen.

Bröker ließ seinen Blick schweifen. Nun stand endgültig fest: Viele Trauergäste würden nicht an dieser Beerdigung teilnehmen. Insgesamt vielleicht gerade mal ein Dutzend Menschen waren in der Kapelle zusammengekommen. Eine Stimme unterbrach Brökers Beobachtungen. Ein Mann hatte vorne am Ambo Aufstellung genommen.

Komisch, wie ein Priester sieht er eigentlich nicht aus, dachte Bröker. Na, vielleicht war Judith nicht religiös oder ihr Mann war es nicht gewesen und sie hatten einen Trauerredner engagiert.

„Der amerikanische Schriftsteller Thornton Wilder hat einmal gesagt: ‚Da ist ein Land der Lebenden und da ist ein Land der Toten; als Brücke dazwischen ist unsere Liebe'“, begann der Redner. „Und die Liebe hat euer Leben ja geprägt, liebe Judith. Du hast Max geliebt, von dem wir heute Abschied nehmen, und er hat dich geliebt ...“

Bröker hörte wie Judith in der ersten Bank aufschluchzte. Vielleicht hätte sich doch jemand zu ihr setzen sollen, denn so salbungsvoll die Stimme des Redners auch war, er führte der Frau doch erbarmungslos die Realität vor Augen, dass sie von nun an ohne ihren Mann durchs Leben gehen musste. War das wirklich nötig? Er versuchte, die Stimme vorne auszublenden, und begann, die Reihen der Anwesenden ausführlicher zu mustern. Wenn es stimmte, dass sich anhand der Distanz der Sitzbänke zum Sarg auch die Nähe ablesen ließ, die die Trauernden zum Toten hatten, dann mussten die zwei Frauen in der Reihe direkt hinter Judith Angehörige sein. Sie hatte ja erzählt, dass die Eltern von Max bereits tot waren und ihre eigenen Eltern nicht zur Zeremonie kommen würden, aber vielleicht handelte es sich um Tanten. Jedenfalls schienen die beiden vom Ableben des Mannes erschüttert, den sie hier zu Grabe trugen. Eine der Frauen wischte sich gerade eine Träne aus dem Gesicht. In die nächste Bank hatten sich gleich fünf Personen gedrängt. Sie war somit die vollste in der ganzen Kapelle. Drei von ihnen waren weiblich und schon jenseits der 70, so schätzte Bröker. Vielleicht waren es jene aufmerksamen Nachbarinnen, die den Einbruch in Judiths Wohnung bemerkt hatten, in jedem Fall aber gehörten sie zu dem Schlag Menschen, die man auf jeder Beerdigung finden konnte. Sie waren kleidungstechnisch bis zu ihren Halstüchern hin auf eine Trauerfeier abgestimmt und ihnen schien der Tod des Verstorbenen nahezugehen, selbst wenn sie ihn nicht sonderlich gut gekannt hatten. Vielleicht weil er sie an die Endlichkeit des eigenen Daseins erinnerte. Die beiden Männer, die die drei Damen flankierten, bildeten einen seltsamen Kontrast. Zwar waren auch sie in ihren dunklen Anzügen mit Krawatte angemessen gekleidet, doch wirkten sie nicht ganz anwesend. Während dem rechten, eher kleingewachsenem Mann sein Krawattenknoten keine Ruhe zu lassen schien, starrte der linke unablässig zu Judith, auch wenn er von seiner Position aus nur ihren Rücken sehen konnte. Die beiden merkwürdigsten Besucher der Begräbnisfeier aber trafen gerade erst ein und setzten sich in die Reihe, die direkt vor Bröker lag. Auch sie trugen schwarze Hemden, aber sie waren mit silbernen Pailletten besetzt. Außerdem mochten ihre Cowboystiefel ebenso wenig in den Rahmen einer Beerdigung passen wie die Designer-Sonnenbrillen, die sie selbst in der Kapelle nicht abgesetzt hatten. Auch der Verlauf der Zeremonie schien sie nicht weiter zu interessieren. Missbilligend sah Bröker, dass der eine der beiden gerade auf seine Uhr schaute. Allerdings musste er sich im selben Moment eingestehen, dass seine eigene Aufmerksamkeit auch nicht der Trauerrede galt.

Diese schien auch just in diesem Moment unterbrochen worden zu sein. Jedenfalls war der Redner nicht mehr zu hören. Stattdessen griff die kleine Trauergemeinde zu den ausliegenden Liedzetteln und begann zu singen. Während des Gesangs erschienen von hinten sechs Sargträger, ergriffen die Totenkiste und trugen sie zum Ausgang der Kapelle. Als auch Judith sich erhob, um als Erste dem Sarg zu folgen, begann Julian zu schreien. Natürlich verstand er von alldem nichts, aber vielleicht war er sich intuitiv der Bedeutung dieses Augenblicks bewusst. Möglicherweise spürte er auch nur, wie aufgewühlt seine Mutter war. Hilfesuchend blickte diese sich um. Bröker begriff, dass er es war, nach dem sie Ausschau hielt. Schnell lief er zu ihr und nahm Julian auf den Arm. Der erinnerte sich an das vertraute Gesicht, hörte auf zu weinen und lächelte ihn an.

„Komm, das ist noch nichts für dich", redete Bröker dem Jungen gut zu. Er trug ihn nach draußen und stellte sich etwas abseits in die Nähe des Hügels mit der ausgehobenen Erde. Von dort aus konnte er den weiteren Verlauf der Beerdigung verfolgen, ohne dass Julians Schreie den Ablauf stören konnten. Zugleich nahm er an dem Begräbnis teil, ohne in Gefahr zu geraten, im Mittelpunkt zu stehen. Eine beinahe ideale Position, wie er fand. Den beiden Typen mit Sonnenbrille schien Ähnliches im Sinn zu stehen. Auch sie hielten sich abseits, ließen aber die Trauergesellschaft keinen Moment aus den Augen. Einer der beiden telefonierte zwischendurch.

Doch Brökers Zufriedenheit dauerte nicht lange an. Julian wurde auf seinem Arm von Minute zu Minute schwerer. Behutsam versuchte er das Gewicht des Kindes zu verlagern. Doch dem Jungen schien die neue Position nicht zu behagen. Er begann vernehmlich zu protestieren und mit den Beinen zu strampeln.

„Pscht, pscht", machte Bröker, um ihn zu beruhigen. Als das nichts half, zeigte er mit dem Finger in den Himmel. „Guck mal, die Wolke da oben sieht aus wie ein Kotelett und die daneben auch und das da ganz rechts hat schon einer angebissen!"

Julian schaute dem Finger nach und seine Proteste wurden tatsächlich leiser.

Es dauerte einen Moment, bis Bröker bemerkte, dass jedoch nicht das Quäken, sondern die Tritte des kleinen Jungen das größte Problem darstellten. Auf eine Weise, Bröker hätte nicht sagen können wie, hatten sich Julians Füßchen hinter seinen Gürtel geschoben. Schon bemerkte Bröker, wie seine Hose zu rutschen begann, und versuchte, sie mit einer Hand daran zu hindern, während die andere krampfhaft den Jungen festhielt.

„Hey, hey, lass das mal mit dem Strampeln", versuchte Bröker Julian zu beruhigen. Der aber lachte vergnügt ob der Brökerschen Reaktion und trat umso kräftiger zu. Noch bevor Bröker die Füße des Jungen aus ihrer Falle befreien konnte, folgte der nächste heftige Tritt, dann noch einer, die Hose wurde nun fast gar nicht mehr von dem Gürtel gehalten. Gleichzeitig rutschte Julian immer schiefer in Brökers Arm. Der begann zu schwitzen. Was sollte er nur tun? Er konnte den Jungen ja nicht einfach auf der Erde absetzen. Ebenso unmöglich konnte er jedoch der weiteren Beerdigung mit heruntergelassener Hose folgen. Bröker war wie paralysiert.

Erst ein Schrei Julians, der inzwischen schräg vor seinem Körper hing, weckte ihn aus seiner Starre. Er sah, wie die Blicke der Trauergemeinde zu ihm wanderten, und verstand sogleich, dass die drohende ultimative Peinlichkeit unausweichlich eintreten würde, wenn er jetzt nicht sofort handelte. Den Jungen unter den linken Arm geklemmt und mit der rechten Hand seinen Hosenbund haltend, hinkte er mehr als dass er lief in den rettenden Schutz der Friedhofskapelle.

Dort angekommen legte er Julian mit einem Seufzer der Erleichterung auf der nächstgelegenen Bank ab und öffnete seinen Gürtel. Sorgfältig zog er sich das Hemd glatt. Gerade als er die Hose wieder hochziehen wollte, bemerkte er ein Hüsteln. Ein Friedhofsangestellter fegte gerade die Reste des Blumenschmucks zusammen und bereitete die Kapelle für die nächste Trauerfeier vor.

„Was machen Sie da?", fragte er Bröker mit misstrauischem Blick. Der zog sich mit einem Ruck die Hose wieder nach oben und befestigte sie mit dem Gürtel. Dann aber merkte er, dass sein Schamvorrat für heute aufgebraucht war. Er würde dem Mann keine langatmigen Erklärungen geben.

„Ach, du kannst mich mal", rutschte es ihm heraus, bevor er Julian wieder auf den Arm nahm und nach draußen ging.

Dort war der Sarg unterdessen ins Grab hinabgelassen worden. Gerade warf Judith mit einem Schäufelchen etwas Erde hinab. Dann folgten die beiden mutmaßlichen Tanten und schließlich der Rest. Jeder warf eine Hand voll Erde ins Grab und kondolierte dann der jungen Witwe. Bröker konnte selbst auf die Distanz sehen, wie sie vergeblich versuchte, die Tränen zurückzuhalten.

Gerade als Bröker darüber nachdachte, ob es der Anstand gebot, dass auch er dem Toten die letzte Ehre erwiese, und wie er in diesem Fall die Schaufel nehmen konnte, ohne dabei Julian erneut in Schieflage zu versetzen, sah er, dass als letzte auch die beiden merkwürdigen Gestalten mit Sonnenbrille ans Grab traten. Der eine brach sogar sein Telefonat ab, um kurz vor dem Sarg innezuhalten. Dann gingen auch sie zu Judith und gaben ihr die Hand. Der Wortwechsel schien Bröker merkwürdig lange zu dauern.

Mit einem Male schluchzte Judith laut auf. Die beiden Gestalten wendeten sich ab und verschwanden zwischen den Reihen der Gräber.

Kurz überlegte Bröker ihnen zu folgen. Aber eine Verfolgungsjagd mit einem kleinen Kind auf dem Arm und einer rutschenden Hose am Hintern wäre auch dann aussichtslos gewesen, wenn die beiden nicht ein gutes Stück jünger und sportlicher als er gewesen wären. Auf der Beerdigung mochte Bröker aber auch nicht länger bleiben. Zum einen konnte er Judith jetzt schlecht zu den seltsamen Herren befragen, zum anderen begann sich die Trauergemeinde langsam aufzulösen, was mit Sicherheit bedeutete, dass nun alle zum anschließenden Kaffee und Kuchen aufbrechen würden. Am Leichenschmaus wollte er jedoch auf keinen Fall teilnehmen. Er wusste noch von der Beerdigung seiner Mutter, dass in der hiesigen Gegend bei solch einem Anlass meist Zuckerkuchen gereicht wurde. Einen Teig mit Zucker zu bestreuen war in Brökers Augen eine zu einfältige Art, einen Kuchen zu backen, und er hatte sich mit diesem Gebäck nie anfreunden können. Darüber hinaus ahnte er, dass er wieder die Blicke der Anwesenden auf sich ziehen würde, wenn er dort mit Judiths Kind im Arm erscheinen würde. Vermutlich hätte dies dem Getuschel über einen neuen Liebhaber der jungen Witwe neue Nahrung gegeben, obwohl sich Bröker nicht vorstellen konnte, wie irgendjemand dazu kam, ihm diese Rolle zuzuschreiben.

Also war es beschlossene Sache: Er würde nach Hause gehen. Sicher würde das Julian auch besser gefallen. Und Judith hatte auch ohne ihn schon genug zu tun. Trauerfeiern waren eben nicht für so kleine Kinder gemacht und vermutlich war es besser, wenn der Junge gar nicht wusste, was der Verlust seines Vaters für ihn bedeutete. Mit einem Gefühl, das Richtige zu tun, machte sich Bröker auf den Heimweg.

Kapitel 8
Rückschläge

Ein paar Stunden später trafen Judith und Gregor gleichzeitig vor der Tür zur Brökers Stadtvilla ein. Sie fanden den Hausherrn vor, wie er mit dem kleinen Julian auf seinen Knien „Hoppe hoppe Reiter" spielte, allerdings in einer sehr eigenwilligen Adaption: „Wenn Robben hinter Robben robben, robben Robben Robben hinterher. Und so viele Robben, was sind die wohl? Richtig, viiiel zu schwer!", reimte er. Bei der Antwortzeile ließ er den Jungen nach hinten rutschen, worauf dieser vor Vergnügen quiekte. Uli schien das Treiben weniger geheuer. Großäugig lugte er unter einem der Cordsessel hervor. Staunend betrachteten Gregor und Judith ihren Gastgeber, der ihr Kommen noch nicht bemerkt hatte.

„Na, habt ihr es euch doch lieber hier zuhause

gemütlich gemacht?", neckte ihn Gregor zur Begrü-
ßung. Bröker blickte auf und lachte verlegen.

„Nein, nein, ich war auf der Beerdigung. Ich dachte nur, das anschließende Kaffeetrinken sei vielleicht
nichts für Julian." Dass auch er nur äußerst unwillig
zum Leichenschmaus gegangen wäre, verschwieg er
wohlweislich. Judith nickte zustimmend.

„Und hast du …", wollte Gregor neugierig nachhaken, unterbrach sich dann aber, um nicht pietätlos
zu sein. „Ich meine, lief alles so wie geplant?"

Bröker, der Gregors wirkliches Ansinnen erriet,
beschloss der Frage vorerst auszuweichen. Außerdem
gab es von seiner Seite kaum etwas Nennenswertes zu
berichten. Gespannter war er darauf, was Judith über
die beiden sonnenbebrillten Typen erzählen würde.

„Lasst uns erst einmal eine Stärkung zu uns nehmen!", erklärte er daher. „Gestern konnte ich ja nicht.
Aber nach einem so anstrengenden Tag wie heute passt
es vielleicht ganz gut. Ich habe schon was vorbereitet."

„Das klingt gut", befand Judith. „Ich weiß zwar
nicht, ob ich etwas herunterbringen werde, aber ich
bin dankbar, wenn ich heute Abend nicht allein sein
muss. Das war wirklich ein schrecklicher Tag."

„Und was gibt es?", erkundigte sich Gregor mit
hungrigem Blick.

„Julian und ich haben ein paar Lammkoteletts
gebraten und dazu ein kleines Gemüsebett im Ofen
geschmort. Mit ein wenig Schafskäse sollte es schmecken", lächelte Bröker vergnügt.

„Oh, so orientalisch heute?", fragte Gregor mit leicht skeptischem Blick.

„Na ja, der Metzger meinte, Lammfleisch sei sehr gesund", gab Bröker zu und biss sich gleich darauf sinnbildlich auf die Zunge. Dass sein Kochkurs so schnell Wirkung zeigte, hätte er nicht gedacht. Dabei hatte er sich nach dem gestrigen Abend geschworen, nie auf Grünkernbratlinge und Dinkelplätzchen zu verfallen.

„Na, wenn es lecker ist, soll es mir recht sein", zeigte sich Gregor versöhnlich.

„Ich finde, es hört sich lecker an", meldete sich Judith zu Wort. „Ich bringe nur gerade Julian ins Bett, dann setze ich mich gerne zu euch."

Eine halbe Stunde später trat sie durch die Terrassentür in den Garten. Dort hatten es sich Bröker und Gregor schon gemütlich gemacht. Vor ihnen stand eine Platte mit den Fleischstückchen und eine Schüssel, in der sich das Gemüse befand. Dazu hatte Bröker einen chilenischen Rotwein geöffnet. Zufrieden lehnte er sich in seinem Gartenstuhl zurück, so dass ihm die allmählich tiefer stehende Sonne ins Gesicht schien.

„So, der kleine Mann schläft", sagte Judith und trotz des schlimmen Tages erhellte ein Lächeln ihr Gesicht. Bröker nickte nur zustimmend, ihm war gerade eher nach Entspannung als nach Reden zumute. Gregor aber ließ ihn nicht zur Ruhe kommen.

„Jetzt müsst ihr aber schon mal erzählen", forderte

er die beiden am Tisch Sitzenden auf, meinte damit aber in erster Linie seinen Freund.

„Also, ich möchte vor allem wissen, was du gemacht hast, als du zwischendurch weg warst. Irgendwas war da doch los?", fragte Judith, die Brökers missliche Lage also zumindest aus der Ferne mitbekommen hatte.

„Ich weiß nicht, wovon du sprichst", versuchte Bröker abzuwiegeln. Doch Gregor protestierte umgehend.

„Nee, nee, wenn du so anfängst, versuchst du etwas zu verschweigen. Also los, rück schon raus damit!"

„Na ja, also – ich hätte fast meine Hose verloren", platzte es aus Bröker heraus.

„Was?" Gregor schüttelte sich. „Also, das ist selbst für dich eine Leistung!"

Bröker schilderte das Malheur von der zu engen Anzughose bis hin zu Julians Befreiungsversuchen so knapp wie möglich.

„Also bin ich in die Kapelle geflüchtet, um meine Kleidung wieder zu richten", schloss er seinen Bericht. Dass er dort noch auf einen Friedhofsangestellten getroffen war, gönnte er sich auszulassen.

Gregor schüttelte sich immer noch.

„So etwas Ähnliches hatte ich mir schon gedacht!", sagte Judith. „Nach der Beerdigung hat mich noch ein Friedhofsmitarbeiter angesprochen. In die Kapelle sei ein Mann gekommen, mit Kind und nur mit einer Unterhose bekleidet, und als er ihn entdeckt habe, sei dieser fluchend davongelaufen. Ob ich den kennen würde, wollte er wissen." Bei diesen Worten mussten alle drei lachen. Für einen Moment waren die restlichen Begebenheiten des Tages vergessen.

„Also, ich wollte ja berichten, was ich gesehen habe", versuchte Bröker das Gespräch in eine andere Richtung zu lenken, als das Gelächter etwas abebbte. „Aber vielleicht nehmt ihr zuerst einmal ein Lammkotelett, sonst werden sie noch kalt", schob er nach. Sein doppelter Themenwechsel machte ihn stolz. Schnell gab er jedem ein Stück Fleisch und etwas Gemüse auf den Teller und schenkte auch noch Wein nach.

„Wenn das Leben immer so schön wäre wie an einem Augustabend mit gutem Wein", gab er sich philosophisch. Zu spät sah er, wie sich Judiths Blick traurig verzog, auch wenn sie versuchte, sich nichts anmerken zu lassen.

„Ja, stimmt schon", gab Gregor unter Kaugeräuschen von sich. „Aber nun wissen wir noch immer nicht, was du eigentlich beobachtet hast." Auch Bröker kaute inzwischen und er fand, dass er die Lammkoteletts so gut mit Knoblauch, Zitronen, Rosmarin und Thymian gewürzt hatte, dass er sich bei ihrem Genuss nicht durch Gespräche über seine Ermittlungen unterbrechen lassen wollte. Da auch Judith gespannt auf Brökers Antwort wartete, entstand eine Pause.

„Na ja, viel habe ich nicht gesehen", gab der schließlich zu, als ihm die Stille zu bedrückend wurde. Dann nahm er noch einmal einen großen Schluck Wein. „Ich kannte ja auch niemanden", fügte er dann hinzu.

„Die zwei hinter mir waren Verwandtschaft", begann nun Judith zu erläutern. „Die eine Frau ist eine Tante von Max und die andere eine von mir."

„So was habe ich mir gedacht", entgegnete Bröker, nachdem er runtergeschluckt hatte. „Und die drei Frauen dahinter waren vermutlich Nachbarinnen."

„Stimmt!", bestätigte Judith.

„Damit gibt es eigentlich nur vier Leute, die ich nicht einordnen konnte", fuhr Bröker fort. „Da sind einmal die beiden Schlipsträger, die in der gleichen Reihe saßen wie die älteren Damen."

„Ach, der eine war ein Kollege von Max aus der *Sparbank*", erläuterte Judith. „Markus Berns. Ich fand es sehr anständig, dass er da war."

Bröker und Gregor sahen sie fragend an.

„Ich meine, die *Sparbank* hat ja einen Kranz geschickt. Aber so ein persönliches Erscheinen ist dann doch etwas anderes. Näher bekannt waren Max und er jedenfalls nicht." Man konnte Judiths Stimme anhören, wie sehr sie diese Schilderungen mitnahmen. „Max hatte nicht viele Kollegen, die sich an ihn erinnern werden. Für sie war er nicht wirklich vorhanden."

Bröker nickte betreten.

„Und der andere?", fragte er schließlich.

„Den hab ich nicht erkannt", sagte Judith schulterzuckend.

„Hm", machte Bröker. „Na gut, die interessantesten Gäste waren für mich sowieso die beiden Typen in Cowboystiefeln. Nicht mal in der Kapelle haben sie ihre Sonnenbrillen abgenommen."

Gregor musste lachen. „Was waren das denn für Freaks?", fragte er.

„Das möchte ich eben auch wissen", sprach Bröker weiter. „Sie kamen etwas später und haben sich direkt vor mich gesetzt. Irgendwie wirkten die seltsam deplatziert."

„Ja, das waren sie ja auch", stimmte Judith zu und verstummte dann. Es war überdeutlich, dass es sie Überwindung kostete, über diese beiden Besucher der Beerdigung zu sprechen. Doch Bröker ahnte schon, aus welchem Grund und setzte nach.

„Kanntest du die beiden?"

„Nein, ich habe die noch nie zuvor gesehen", antwortete sie.

„Aber du hast nach der Beerdigung mit ihnen gesprochen", hakte Bröker nach. „Das habe ich gesehen. Und auch, dass du danach geweint hast." Die letzten Worte sagte er leise, als seien sie ihm peinlich. Judith blickte Bröker schmerzerfüllt an. Beinahe lag ein Vorwurf in ihrem Blick.

„Ja, das stimmt", sagte sie nur.

„Und was haben sie dir gesagt? Warum bist du in

Tränen ausgebrochen?" Nun war auch Gregor neugierig geworden. Doch Judith sagte nichts. Sie hielt ihr Weinglas in beiden Händen und blickte in die rote Flüssigkeit, die im Licht der Sonne leuchtete.

„Ich wüsste das auch gern", verstärkte Bröker mit leiser Stimme den Druck. Judith schüttelte den Kopf, nahm einen Schluck Wein und schüttelte dann noch einmal den Kopf.

„Die beiden kommen von irgend so einer Bombi", sagte sie dann. Als hätte dieser Name ihren Mund ausgetrocknet, trank sie noch einmal von ihrem Wein. „Es war schrecklich", gestand sie dann. „Mit einem Mal standen die beiden vor mir. Ich wusste ja nicht, was sie von mir wollten. Also habe ich ihnen die Hand gegeben." Sie schluchzte auf, als sie sich an die Szene erinnerte. Dann kramte sie in ihrer Hosentasche und zog ein Taschentuch hervor. Bröker schaute betreten auf die Weinflasche, während Gregor der jungen Frau eine Hand auf den Unterarm legte.

„Das mit Max sei eine traurige Sache", haben sie gesagt. „Aber auch nach seinem Tod bliebe es dabei: Er habe die Konten dieser Bombi geplündert und die wolle nun ihr Geld zurück."

Gregor und Bröker sahen sich vielsagend an.

„Und was hast du geantwortet?", fragte Gregor.

„Ich hatte keine Ahnung, wie ich reagieren sollte", gestand Judith und ihre Stimme zitterte dabei. „Schließlich habe ich sie nur angezischt, sie sollten abhauen und sich ja nicht mehr blicken lassen. Sonst würde ich die Polizei rufen."

„Und wie haben sie reagiert?", erkundigte sich Bröker.

„Der eine der beiden hat nur gelacht", gab die junge Frau Auskunft. „,Mach mal!', hat er nur gesagt. ,Ich bin gespannt, was du denen erzählen willst!' Dass dann das Geld für mich genauso außer Reichweite sei wie für sie. – ,Aber ich weiß nicht, wo euer blödes Geld ist!', habe ich gesagt. Die ganze Zeit hatte ich Angst, dass die Trauergäste von der Szene was mitbekommen würden, sonst hätte ich sie sicher angeschrien."

„Wie ging es weiter?", fragte Bröker, begierig darauf, mehr zu erfahren.

„Der zweite Typ hat gesagt, dass ich es dann besser suchen solle. Denn wenn sein Boss das Geld nicht zurückbekomme, dann könne die ganze Sache sehr unangenehm werden: ,Nicht nur für dich, sondern auch für deinen kleinen Hosenscheißer', hat er gedroht. Und der andere hat noch hinzugefügt: ,Du siehst ja: Wir finden dich, egal wo du dich versteckst!' Dann hat er dreckig gelacht und die beiden sind abgehauen."

„Ja, ich wollte ihnen zuerst nach", bestätigte Bröker, „aber das war mit Julian zu schwierig und hätte auch zu viel Aufsehen verursacht."

„Aber was können wir denn nur machen? Ich habe das Geld von dieser Bombi nicht! Ich weiß ja nicht mal, wer das überhaupt ist!", schluchzte Judith erneut. „Und wenn ich es nicht finde, dann tun sie Julian etwas an!"

Bröker wollte gerade dazu ansetzen, Judith zu beruhigen, da schellte es an der Haustür.

„Wer kann das sein?", fragte Gregor unsicher und Judith schaute angsterfüllt zu Bröker.

„Geh besser nach oben zu Julian", sagte der zu ihr.

Judith verstand, nickte und eilte die Treppe hinauf.

„Und du, Gregor, bleibst im Hintergrund, wenn ich aufmache."

„Aber nur, solange alles glatt läuft!", gab der seinem Freund zu verstehen.

Bröker ging zur Haustür. Er hielt die Luft an, als er sie öffnete.

Vor ihm standen keine sonnenbebrillten Schlägertypen, aber dafür ein Mann, der – wie sich in den nächsten Sekunden herausstellen sollte – ein kaum freundlicheres Wesen besaß. Bröker kam er bekannt vor, aber er konnte ihn nicht sofort einordnen. Seinem Gegenüber schien dies hingegen keine Probleme zu bereiten.

„Wusste ich doch, dass du alter Fettsack dahintersteckst", ging er auf Bröker los und schlug ihm, ohne zu zögern die Faust ins Gesicht. Bröker stolperte rückwärts und ging zu Boden.

Aus dem Hintergrund sprang zuerst Uli mit dickem Schwanz über sein niedergestrecktes Herrchen nach draußen ins rettende Freie, und dann Gregor herbei, um seinem Freund zur Hilfe zu eilen.

„Verdammte Scheiße, wer bist du?", schrie er und stellte sich vor dem wüsten Besucher auf, so gut es ihm seine geringe Größe erlaubte. „Wir haben euer verdammtes Geld nicht! Verzieh dich!"

Bröker war inzwischen wieder auf die Beine gekommen. Doch vor seinen Augen war noch alles verschwommen. Nun kam auch noch Judith die Treppe heruntergestürzt.

„Bleib, wo du bist, Judith, der Typ tickt nicht ganz richtig!", rief ihr Gregor zu.

„Judith!", rief der unliebsame Gast. „Erklär mir das hier. Heilige Scheiße, du hast mich doch nicht in die Wüste geschickt, um dann mit so einem was anzufangen!" Er zeigte auf Bröker, dessen eines Auge in Sekundenschnelle zugeschwollen war.

„Bitte entschuldigt den Überfall", sagte Judith hektisch. „Und du, Martin, kommst besser mal kurz mit raus." Sie manövrierte ihr aufgebrachtes Gegenüber nach draußen und lehnte die Tür hinter ihnen an.

„Meinst du, wir können sie mit dem Kerl da draußen alleine lassen?", fragte Bröker.

„Sieht nicht so aus, als wolle er ihr etwas zuleide tun", beruhigte Gregor ihn. Jetzt kümmern wir uns jedenfalls erst mal um dich."

Er führte seinen ramponierten Freund auf die Terrasse, wo dieser sich seufzend auf einem Stuhl niederließ.

„Ich hol dir Eis zum Kühlen."

„Tu es in ein Glas und gieß ordentlich Lagavulin drüber!", grinste Bröker.

„Okay, es steht weniger schlimm um dich, als ich dachte", befand Gregor lachend, stellte seinem Freund kurz darauf jedoch tatsächlich ein Whiskeyglas mit Eis vor die Nase.

Bröker trank es in einem Zug aus und hielt es sich dann dankbar mit dem verbliebenen Eis an das Auge, das langsam eine tief violette Färbung annahm.

„Hey, du hast dich gerade das erste Mal um eine Frau geschlagen", versuchte Gregor seinen Freund mit seinen üblichen Scherzen aufzuheitern.

„Gregor, Erbarmen!", rief der nur, musste aber doch lachen. „Das tut verdammt weh."

In diesem Moment trat Judith in den Garten. Schuldbewusst blickte sie auf den in Mitleidenschaft gezogenen Hausherrn.

„Bröker, es tut mir so leid …", begann sie.

„Schon gut", raunte der. „Ich lebe ja noch." Er konnte es nicht gut haben, wenn sich jemand bei ihm zu entschuldigen versuchte. Dankbar und erschöpft ließ Judith sich neben ihn auf einen Stuhl fallen.

„Aber warum du uns angelogen hast, musst du schon erklären", verlangte Bröker, dem inzwischen wieder eingefallen war, woher er den Mann kannte. „Dieser Martin war heute auf der Beerdigung und du hast gesagt, dass du ihn nicht kennen würdest."

„Ja, das stimmt", sagte Judith und schaute betre-

ten zu Boden. „Ich wusste ja nicht, dass er hier aufkreuzen würde. Er ist mir nachgefahren."

„Ach, und wenn er uns seinen reizenden Besuch
nicht abgestattet hätte, wäre es in Ordnung gewesen,
dass du Bröker angelogen hast?", fragte Gregor ver-
ständnislos.

„Nein, natürlich nicht", erwiderte Judith kleinlaut
und war wie so oft den Tränen nah. „Es ist nur, die
ganze Sache ist so beschämend."

„Du musst das nicht ausführen, Judith", sagte
Bröker. Ihm tat die junge Frau leid. „Es ist ja ziemlich klar, worum es eben ging."

„Ja, ich hatte mit Martin ein Verhältnis", brach es
aus Judith heraus. „Aber ich hatte es schon ein paar
Monate vor dem Tod von Max beendet, das müsst
ihr mir glauben!"

Gregor runzelte die Stirn.

„Wirklich, es war nur … nach Julians Geburt hab
ich mich von Max so allein gelassen gefühlt und dann
– dann ist es halt passiert. Martin arbeitet auch bei
der *Sparbank*. Max und er kannten sich aber nicht
weiter. Martin ist Kaufmann für Bürokommuni-
kation und in einer anderen Abteilung. Ich habe ihn
auf der Weihnachtsfeier kennengelernt. Wir haben
uns dann ein paar Mal getroffen. Aber ich hab schnell
gemerkt, dass es nichts Richtiges ist. Und dass ich bei
Max bleiben will."

Bröker seufzte hörbar auf. Das war alles zu viel für
ihn. Bei so geballter Emotion in so kurzer Zeit kam

er sich vor, als säße er in einem dieser neumodischen Fahrgeschäfte auf dem Jahrmarkt, die sich alle paar Sekunden überschlugen.

„In manchen Momenten, wisst ihr, da glaube ich, dass das alles nur passiert ist, weil ich das getan habe. Dass das der Preis ist. Dass Max sterben musste, weil … wir wollten doch nur eine kleine Familie sein!"

„Nun hör doch auf, dich selbst zu martern", bot Bröker Einhalt. „Ich kenne den Drang, das zu tun, aber es bringt rein gar nichts. Du solltest dich lieber fragen, ob du mit diesem Martin nicht doch jemanden kennst, der Max etwas antun wollte."

Judith sah auf. Auf diesen Gedanken schien sie nicht einmal im Traum gekommen zu sein. „Nein, das kann ich mir nicht vorstellen."

„Nun ja", führte Gregor ins Feld, „aber das eben sah auch nicht danach aus, als hätte er seine Gefühle unter Kontrolle."

„Das ist doch nur, weil das alles jetzt wieder hochkocht. Als ich Martin damals gesagt habe, dass ich ihn nicht mehr sehen möchte, hat er das akzeptiert und mich in Ruhe gelassen. Er ist doch selbst verheiratet und hat zwei Kinder. Aber mich jetzt nach dem Tod von Max mit einem anderen Mann zu sehen, das …"

„Du hast ihm die ganze Sache doch hoffentlich erklärt?", fragte Bröker besorgt.

„Ja, natürlich! Aber als ihm sein Irrtum klar wurde, ist er einfach abgedüst."

„Na bravo", gab Gregor seine Begeisterung kund.

„Am besten wir gehen alle erst einmal schlafen und reden morgen weiter", beschloss Bröker, dem das alles über den Kopf wuchs.

Judith nickte dankbar. „Ich hoffe, es renkt sich alles wieder ein zwischen uns", sagte sie noch leise und schlich nach oben.

Kapitel 9
Männerabend

Bröker und Gregor schauten einander an. Jeder glaubte zu wissen, was der andere dachte, und doch sagte keiner ein Wort. Schließlich erhob sich Bröker schwerfällig.

„Ich werfe mal den Kamin an. Du bleibst doch auch noch ein wenig sitzen?"

Gregor nickte. „Aber soll ich das mit dem Kamin nicht lieber übernehmen?", fragte er seinen lädierten Freund.

„Und als Nächstes weist du mich in ein Pflegeheim ein!", schlug der das Angebot aus. Er verschwand im Gartenschuppen und kam wenig später mit einem Arm voll Scheite zurück. Zweimal im Jahr ließ er sich sein Holz von einem Bauern aus Wallenbrück schon in gebrauchsfertigen Stücken liefern. Auf Gregors Hinweis, er könne die Stämme ja auch selbst hacken, hatte Bröker einmal geantwortet, dass die Reaktion seines Körpers unvorhersehbar sei, wenn er plötzlich aus seinen lieb gewonnenen Gewohnheiten gerissen würde.

Sorgfältig stapelte Bröker das Brennholz in einem Außenkamin, der gleich bei der Sitzecke stand. Er schob etwas Papier und dürres Holz zwischen die Scheite und entzündete es.

„Ach, das macht doch gleich Lust, noch ein bisschen Fleisch zu grillen", befand er und rieb sich die Hände, als das Feuer knackend zu brennen begann. „Sollen wir …?"

„Ach Bröker", entgegnete Gregor kopfschüttelnd. „Deinen Hunger kann nicht mal eine Schlägerei erschüttern. Mir jedenfalls spannt jetzt noch die Hose von deinen Koteletts. Aber lecker waren sie!"

„Und ob", stimmte Bröker zu und strich sich genüsslich über den Bauch. „Apropos spannende Hosen: Ich verstehe bis heute nicht, wie du meine gute Küche so einfach wegsteckst, ohne ein Gramm zuzunehmen!"

„Vielleicht bewege ich mich einfach mehr als du?"

„Na, wenn du meinst, dass es an der Bewegung liegt, dann will ich gleich etwas für meine Figur tun und mich in den Keller begeben, um noch einen Wein zu holen!", entschied Bröker vergnügt.

Als er wieder zurückgekommen war und beiden noch einmal nachgeschenkt hatte, wurde die Stimmung merklich ernster.

„Und was hältst du nun von all dem?", fragte Bröker, bevor sich wieder Stille breitmachen konnte.

„Ich denke, wir stecken in einem ganz schönen Schlamassel", erwiderte Gregor.

„Zum einen sind da diese sonnenbebrillten Gorillas, die Judith an den Kragen wollen."

„Zum anderen können wir gar nicht mehr sicher sein, wer Judith überhaupt ist und was ihre Motive sind", ergänzte Bröker.

„So sieht's aus."

Wieder schwiegen die beiden Freunde. Nachdenklich nahm Bröker noch einen Schluck Wein. „Wenn du diesen Schlägern zutraust, dass sie Judith oder Julian wirklich etwas antun, würdest du ihnen dann auch den Mord an Max zutrauen?", fragte er in die Stille hinein.

„Schwer zu sagen", erwiderte Gregor. „Aber nehmen wir einmal an, irgendjemand käme auf die Idee, in diesem Mordfall ermitteln zu wollen ..."

„Rein hypothetisch natürlich!"

„Natürlich. Aber nehmen wir mal an, es wäre so, dann könnte man demjenigen doch nur raten, sich an diese Bombi zu halten ..."

„... nicht zuletzt, weil auch die Polizei auf diese Spur gekommen ist. Und das, ohne von den Drohungen gegen Judith gewusst zu haben."

„Nun ja", grinste Gregor. „Du weißt ja: Für mich ist die Tatsache, dass die Polizei jemanden verdächtigt, eher ein Grund dafür, ihn für unschuldig zu halten."

Auch Bröker grinste. „Mag sein, mag sein. Heute

Abend hat sich ja gezeigt, dass es wirklich auch ganz anders sein könnte …"

„Glaubst du denn, dass dieser Martin mit dem Tod von Max etwas zu tun haben könnte? Oder sogar Judith selbst?", wurde Gregor konkreter.

„Ich weiß es nicht", gab Bröker zu. „Es wird uns wohl nichts anderes übrig bleiben, als in alle Richtungen zu ermitteln."

Der Junge nickte.

„Wir sollten dabei nur auf eines Acht geben", fügte Bröker hinzu.

„Und zwar?"

„Es ergibt keinen Sinn, wenn wir Judith jetzt das Leben schwer machen. Deshalb würde ich den Vorfall von heute Abend jetzt erst einmal auf sich beruhen lassen. Bis wir mehr wissen."

„Ja, das klingt gut", erklärte sich Gregor einverstanden.

„Ihre Sicherheit und die ihres Sohnes steht an erster Stelle", gab Bröker seine Devise bekannt. „Wenn wir den Mörder ihres Mannes schnappen, aber einem von beiden etwas geschieht, haben wir alles falsch gemacht."

„Schon recht!", grummelte Gregor ein wenig genervt von der Belehrung. „Glaubst du, ich würde auf die Idee kommen, die beiden zu gefährden?"

„Natürlich nicht", lenkte Bröker ein. Dann nahm er noch einmal einen großen Schluck Wein und schenkte nach. Nachdenklich blickten die beiden

Freunde in das behaglich knisternde Feuer. Nun, da die Sonne untergegangen war, verbreitete es eine wohlige Wärme. Diese lauen Sommerabende genoss Bröker wie kaum etwas anderes. Selbst den verheißungsvollen Frühling, der ihn zurück in die Biergärten lockte, oder den stürmischen Herbst, der ihn mit einem Glas Rotwein hinter die Fenster seines Bücherzimmers trieb, mochte er dafür nicht eintauschen. Gerade an solchen Abenden wie dem heutigen bereitete es Bröker Freude, seine Gedanken auf Wanderschaft zu schicken.

„Wo wir hier schon mal zusammensitzen, Gregor", brummte er nach einer Weile.

„Ja?"

„Du hättest natürlich neben neuen Ermittlungen auch noch etwas anderes zu tun, oder?"

„Was meinst du?" Bei dem Jungen schrillten sämtliche Alarmglocken. Das war genau der Ton, den Bröker anschlug, wenn er sich in seine Angelegenheiten mischen wollte.

Aber Bröker kannte Gregor. Er hörte die Anspannung in dessen Stimme.

„Ich meine ja nur", sagte er daher beschwichtigend.

„Was meinst du?", Gregor konnte nicht verhindern, dass er bei diesen Worten aggressiv klang.

„Na ja", brummte Bröker. „Ich dachte, dass du vielleicht im Oktober ein Studium beginnst?"

„Ach so, das dachtest du also."

„Ja, das dachte ich. Ich meine, ein Jahr nach deinem Abitur könnte man ja kaum von übertriebener Eile sprechen, oder?" Nun war auch Bröker schärfer geworden, als er eigentlich hatte sein wollen.

„Sag mal, Bröker, du bekommst jetzt aber nicht mit einem Mal väterliche Gefühle, weil du tagein, tagaus ein kleines Kind in deinen Armen schaukelst?", gab Gregor bissig zurück. Von einem Moment auf den anderen hatte sich die vertraute Stimmung in einen aufkeimenden Streit verwandelt. „Und außerdem: Wenn ich deinen Lebenslauf so betrachte – schaden kann es offensichtlich nicht, sich vor dem Studium ein paar Gedanken darüber zu machen, was man eigentlich studieren möchte."

Gregor war zu Hochform aufgelaufen. Mit dem letzten Satz spielte er darauf an, dass Bröker mit Philosophie, Soziologie, Technischer Informatik, Physik und Mathematik gleich fünf Studiengänge begonnen hatte, ohne je einen davon abzuschließen.

„Nun ja, zu meiner Zeit war das auch etwas anderes", murmelte der betreten. Dann versuchte er einzulenken: „Hör zu, Gregor, ich wollte mich nicht mit dir streiten, schon gar nicht über Dinge, die mich nichts angehen. Ich mache mir nur so meine Gedanken."

„Ja, ja, schon okay." Gregor klang auch schon deutlich weniger missgestimmt. „Ich kann mir schon vorstellen, worum es dir geht. Es ist aber gar nicht so einfach, das Richtige zu finden."

„Das wiederum weiß ich mindestens genauso gut wie du", erinnerte sich Bröker. „Ich habe ja nicht dauernd das Fach gewechselt, weil ich in dem davor so schlecht war, sondern weil ich mich nicht entscheiden konnte."

„Eben, und bei mir kommt noch hinzu, dass ich von meinen Eltern kein großes Erbe erwarten kann. Mal ganz davon abgesehen, dass ich ihnen ein langes und erfülltes Leben wünsche. Ich muss also zusehen, dass ich etwas studiere, mit dem ich in ein paar Jahren auch Geld verdienen kann. Privatier kommt da nicht so sehr infrage."

„Ja, ich kann mir denken, dass das nicht ganz leicht ist", murmelte Bröker etwas undeutlich. Bei den Worten des Jungen plagte ihn ein schlechtes Gewissen. Er hatte sich ein- oder zweimal halbherzig mit dem Gedanken getragen, einen Beruf zu ergreifen, diesen aber schon weit vor einem Vorstellungsgespräch oder gar einem ersten Arbeitstag fallen gelassen. Der Gedanke, allmorgendlich um sieben Uhr oder gar noch früher aufzustehen, ohne ausgiebiges Frühstück das Haus verlassen zu müssen und vor allem tagsüber nicht das tun zu können, wonach ihm gerade der Sinn stand, hatte ihm jegliche Energie für ein Bewerbungsschreiben genommen. Da war es mehr als günstig gewesen, dass die finanzielle Situation seiner Eltern dies auch gar nicht notwendig erscheinen ließ. Sie hatten ihm ein Haus und genügend Kapital für die nächsten 25 Jahre vererbt. Nun aber war er dadurch Gregor nicht nur ein schlechtes Vorbild, sondern auch ein schlechter Ratgeber.

„Du hast doch mal Sozialstunden wegen deiner, na sagen wir, Computerkenntnisse bekommen", überlegte er.

„Ja, aber nur weil ich so übernächtigt war!", verteidigte Gregor seine Hackerehre.

„Ja, ja, ich weiß doch, wie gut du bist", beschwichtigte ihn Bröker. „Gerade deshalb habe ich mich gefragt, ob nicht ein Informatikstudium für dich das Richtige wäre."

„Und was soll ich da lernen?", grinste Gregor. „Nee, im Ernst, ich habe mich schon mit dem Gedanken beschäftigt. Liegt ja wirklich nahe. Aber vieles von dem, was sie einem da beibringen, will ich nicht wissen, und vieles von dem, was ich gerne wissen würde, finde ich eher bei meinen Kollegen …"

Bröker unterbrach ihn mit einem Räuspern.

„… als in einem Unihörsaal", schloss der Junge.

Bröker schwieg. Gregor hatte ganz offenkundig seine Situation schon bedeutend gründlicher analysiert, als er angenommen hatte.

„Und außerdem, was mache ich denn mit einem Informatikstudium?", fuhr Gregor fort, seine Gedanken auszubreiten. „Kannst du dir mich wirklich in so einer Softwareklitsche vorstellen, in der ich irgendwelche Programme schreibe, die Geldautomaten schneller, Banken reicher oder Smartphones noch smarter machen?"

Bröker schüttelte den Kopf. Er hegte ja ähnliche Vorbehalte. Andererseits bargen die Worte des Jungen bis hierher auch wenige Ansätze dafür, was er stattdessen machen wollte.

„Und was willst du dann tun?", fragte er daher ein wenig schlapp.

„Nun ja, Aufgaben gäbe es ja genug. Deine Generation wird meiner so viele Probleme hinterlassen, dass es daran keinen Mangel gibt. Die sozialen Verhältnisse gehören gründlich umgewälzt! Es soll doch nicht so weitergehen, dass die einen immer mehr und mehr bekommen, während die anderen nicht mal was zu essen haben …"

„Oh, mit Ernährungsfragen habe ich mich in letzter Zeit auch beschäftigt", warf Bröker ein, biss sich dann aber schon zum zweiten Mal auf die Zunge. Er konnte den Welthunger schließlich schlecht mit seinen Erfahrungen beim Volkshochschulkurs „Gesund kochen, gesund essen" bekämpfen. Glücklicherweise schien Gregor seine Bemerkung überhört zu haben, so sehr hatte er sich in Rage geredet.

„Oder denk an den Klimawandel. Da kommen Herausforderungen auf uns zu, für die wir noch nicht die geringste Lösung haben. Von den ganzen Problemchen mal abgesehen, dass vielleicht demnächst jeder auf Knopfdruck über uns Bescheid weiß, die intimsten Details kennt. Das sind ja im Vergleich dazu schon fast kleine Fische."

Bröker schwieg betreten.

„Wie gesagt, deine Generation muss das nicht kümmern. Ihr habt die Probleme geerbt oder geschaffen, aber ihr müsst sie nicht lösen", bestärkte Gregor Brökers Unbehagen, ohne es zu wollen. „Jedenfalls wären das doch mal Fragen, mit denen man sich ein paar Abende oder ein Leben lang beschäftigen könnte."

Bröker nickte. „Und was studiert man dafür?", erkundigte er sich.

„Muss man dafür studieren? Muss man überhaupt studieren? Ich weiß es nicht … Vielleicht wäre es auch viel cooler, nicht zu studieren, gerade, wo doch heute jeder Bäcker ein Studium absolviert haben soll."

„Na, aber lernen musst du schon etwas, um die Welt zu retten", warf Bröker ein.

„Ja, stimmt schon", gab Gregor zu. „Du weißt ja, dass ich seit ein paar Monaten mit den anderen als die *CyberHoods* aktiv bin. Wir wollen für eine fairere Welt kämpfen und dafür, dass es die auch noch in 50 Jahren gibt. Und das notfalls eben auch, indem wir anderen was wegnehmen."

Wieder nickte Bröker und wollte lieber nicht zu genau wissen, was der letzte Satz bedeutete.

„Das sind alles solche Computerfreaks wie ich, aber die studieren ganz unterschiedliche Sachen. Da gibt es zum Beispiel ein Mädchen, das macht Ökotrophologie. Ein anderer Typ hat Agrarbiologie studiert. Das wäre vielleicht auch etwas für mich. Damit könnte man vielleicht auch in die Entwicklungshilfe gehen, wenn man fertig ist", skizzierte Gregor seine Pläne. „Wenn wir nur etwas Kapital hätten! Dann könnten wir uns in alle Himmelsrichtungen verstreuen. Damit ließen sich unsere Aktionen viel wirkungsvoller planen."

Bröker wurde aus zwei Gründen zugleich unruhig. Zum einen fragte er sich, ob Gregor nun erwartete, von ihm Geld angeboten zu bekommen. Denn Kapital besaß er ja. Zum anderen wurde ihm das erste Mal bewusst, dass der Junge sich auch für eine Zukunft entscheiden konnte, in der es das gemeinsame Leben mit ihm hier am Sparrenberg nicht mehr gab.

Gregor sah dessen besorgte Miene und riss die Augen auf, als er verstand, was Bröker durch den Kopf ging. „Hey, ich meine doch nicht dein Geld! So gut solltest du mich nun wirklich kennen!"

Bröker nickte. Der Junge hatte ja Recht.

„Aber heißt das, dass du hier weggehen wirst?", fragte er dann vorsichtig.

Gregor lachte gutmütig. „Wir wissen doch beide, dass Bielefeld der Nabel der Welt ist. Solch einen Standort aufzugeben, an dem man die Weltherrschaft an sich reißen kann, wäre ja geradezu fatal, findest du nicht?"

„Absolut!", lachte Bröker erleichtert. „Aber du hättest wirklich auch schon mal früher von diesen Dingen erzählen können. Dann hättest du auch nicht dabei zusehen müssen, wie ich mir deinen Kopf zerbreche."

„Na ja, entschieden ist ja noch nichts", musste Gregor eingestehen. „Aber ich verspreche dir: Wenn ich weiß, was ich in Zukunft machen werde, bist du der Erste, der es erfährt, noch vor meinen Eltern. Die wollen nämlich ganz ähnliche Dinge von mir wissen. Du weißt ja, wie nervig sie sein können."

Bröker nickte zufrieden.

„Und bis dahin helfe ich dir bei deinem neuen Fall!", schloss der Junge das Gespräch. Bröker schenkte ein letztes Mal nach. Still genossen die beiden Freunde den Rest des Weins und die verglimmende Glut.

Kapitel 10
Mens sana

Auch am nächsten Morgen erwachte Bröker als Letzter der Bewohner der kleinen gelben Stadtvilla am Sparrenberg. Ein schlechtes Gewissen hatte er jedoch nicht. Schließlich hatte er kein Kind zu versorgen. Dass Gregor auch schon wach war, ignorierte er bei dieser Ausrede geflissentlich. Dann fiel ihm ein, dass er im Gegensatz zu dem Jungen am Vorabend ja noch ein Veilchen davongetragen hatte. Alles in allem war es ihm jedenfalls ganz recht, nach den gestrigen Ereignissen nicht der Erste zu sein, der Judith gegenübertrat. Gregor würde das schon hinbiegen.

Und Bröker sollte Recht behalten mit dieser Vermutung. Als er in die Küche trat, herrschte einvernehmliches Treiben. Judith hatte Julian auf dem Arm und stand mit Gregor am Herd, auf dem etwas in der Pfanne brutzelte. Sie hielt sich zwar kurz die Hand vor den Mund, als sie Brökers Veilchen sah, das die Nacht über gänzlich zur Blüte gekommen war, und sah ihn verlegen an, fasste sich aber ein Herz, als Gregor sie mit dem Ellbogen in die Seite stupste.

„Schon gut, schon gut", zischte sie aufgeregt. Dann räusperte sie sich. „Ich dachte, nach gestern kannst du sicher eine ordentliche Stärkung gebrauchen. Deshalb habe ich mich von Gregor zu deinen Vorlieben beraten lassen. Er meinte, mit Eiern kann man bei dir nichts verkehrt machen. Und dann hab ich mich erinnert, dass ich mit Julian in deinem Garten wildes Basilikum entdeckt hatte. Also dachte ich mir, wir könnten dein Frühstücksritual heute vielleicht mit einem Tomaten-Basilikum-Omelett feiern?"

„Das klingt gut", sagte Bröker erfreut und setzte sich auf die Eckbank.

Kurz darauf dampfte ihm ein Omelett beachtlichen Ausmaßes von einem Teller entgegen. Er ging mit Messer und Gabel zu Werke und schob sich ein großes Stück in den Mund. „Oh, du hast Parmesan zugegeben!", stellte er begeistert fest und seufzte vor Zufriedenheit. Judith lächelte ihn immer noch etwas verlegen an.

„Das ist alles natürlich nicht umsonst!", unterbrach Gregor Brökers Frühstücksmahl betont ernst, um Judiths Unsicherheit zu überspielen.

„Dachte ich es mir doch!", lachte sein Freund mit vollem Mund.

„Wir haben uns gefragt, ob du uns helfen kannst", fuhr der Junge fort.

„Ja, klar, aber wobei denn?"

„Ich müsste einmal bei mir zu Hause vorbei", erklärte Judith und Julian nickte auf ihrem Arm, als würde er zustimmen. „Ich habe ja kaum Kleidung hier und auch für den Jungen fehlt einiges. Aber Gregor meinte, ich sollte nicht alleine gehen, das sei zu gefährlich."

Diesmal war es an Bröker zu nicken.

„Genauer gesagt, denke ich, dass es für mich alleine zu gefährlich ist, mit Judith zu gehen", präzisierte Gregor. „Nur für den Fall natürlich, dass wir auf diese Gorillas von Bombi treffen. Sonst käme ich natürlich prima alleine klar."

„So so", lachte Bröker. „In Ordnung! Aber erst wenn ich hiermit fertig bin, wir wollen ja kein Regenwetter!"

Damit war die Sache beschlossen.

„Und, können wir dann jetzt mal los?", drängelte Gregor, nachdem Bröker den Verzehr seines Omelettes geradezu zelebriert hatte.

„Ja. Aber ich muss noch schnell ein paar Sachen zusammensuchen, die ich für später brauche", sagte Bröker und machte sich auf ins Obergeschoss.

Schon wenige Minuten später kam er die Treppe

wieder herunter. Über der Schulter trug er eine violette Frauenhandtasche aus Leder.

„Mensch, Bröker, mit Ledertäschchen, was hast du denn noch vor? Du willst nicht zufällig nachher noch in irgendeinen Club?", spottete Gregor und auch Judith konnte sich ein Lachen nicht verkneifen.

„Club? Wie kommst du darauf?", reagierte Bröker zunächst irritiert, verstand dann aber doch. „Na, du scheinst dich da ja gut auszukennen!", versuchte er deshalb zum Angriff überzugehen. Unwirsch ergänzte er: „Ich habe später etwas zu erledigen und in irgendetwas muss man ja seine Unterlagen transportieren!"

Gregor zog erstaunt die Augenbrauen hoch und beschloss, die Sache für die nächsten Stunden auf sich beruhen zu lassen. Gemeinsam mit Judith und ihrem Sohn brachen die beiden Freunde auf.

Sie verließen die Stadtbahn an der Haltestelle Siegfriedplatz, die schon drei Tage zuvor Brökers unfreiwillige Endhaltestelle geworden war. Auch die Sonne brannte schon wieder ebenso heiß vom Himmel wie am Sonntag. Der einzige Unterschied war, dass heute noch keine Biergartenbesucher zu sehen waren und sich stattdessen die Stände eines Wochenmarkts auf dem Platz breit machten.

„Unsere Wohnung ist gleich hier um die Ecke", erklärte Judith.

Die kleine Gruppe bog um zwei Straßenecken, dann blieb Julians Mutter vor einem Mehrfamilienhaus stehen. Aus einem Fenster im obersten Stock wehte eine Arminenfahne, die Bröker unversehens in Sicherheit wiegte. Unter solch einem Zeichen konnte doch einfach kein Verbrechen geschehen! Gregor schien da weniger sicher und blickte sich nervös um, bevor sie den kleinen Weg betraten, der zur Haustür führte. Prüfend betrachtete er sogar das Schloss so lange, dass es Bröker zu dumm wurde.

„Sag mal, Gregor, was glaubst du eigentlich hier erkennen zu können?", fragte er ungeduldig. „In dem Haus wohnen mindestens noch drei andere Parteien. Man muss dieses Schloss also nicht aufbrechen, um ins Haus zu gelangen. Es genügt vermutlich völlig zu schellen."

„Ja, mag sein, dass ich gerade ein wenig übertreibe", gab Gregor zu. „Aber ich würde diesen beiden Schlägern nur ungern über den Weg laufen. Und außerdem sind wir ja gerade deswegen mitgekommen."

„Ja, ja, stimmt schon", nuschelte Bröker.

„Ich gehe jetzt jedenfalls mit Judith und Julian hoch", beschloss Gregor. „Du kannst dich ja hier auf die Straße stellen und ein unauffälliges Gesicht machen. Und wenn du die beiden siehst oder jemand anderen, der dir verdächtig vorkommt, sagst du Bescheid."

„Und wie?"

„Du könntest mich zum Beispiel anrufen", schlug Gregor vor. „Ich meine, wenn du zufällig dein Handy dabei hast und es ebenso zufällig Guthaben und Saft hat."

„Alles vorhanden", sagte Bröker und griff in seine Hosentasche. Dabei konnte er nicht verhindern, ein wenig stolz zu sein.

„Okay, gut", antwortete Gregor. „Dann gehen wir mal rein."

Bröker fand, dass das wie im Krimi klang. Prüfend schaute er nach allen Seiten, aber die Straße war menschenleer. Nun, das würde eine entspannte Aufgabe werden. Noch einmal warf er einen Blick in Richtung Siegfriedplatz, aber auch von dort kam absolut niemand. Schade, dass er sich kein Buch mitgenommen hatte, sonst hätte er sich unter den Baum im Vorgarten setzen und ein wenig lesen können. Nun ja, allzu lange würde Judith vermutlich auch nicht brauchen. Er schaute auf die Uhr, es war kurz vor halb zwölf. Wenn alles gut ging, konnte er kurz nach zwölf mit seinen weiteren Ermittlungen fortfahren. Wenn er sich noch ein kleines Mittagessen gönnte, würde es vielleicht halb eins werden, das war auch eine gute Zeit.

Er schaute wieder auf. Vom Siegfriedplatz näherten sich zwei Gestalten. Bröker sah genauer hin. Es war nur ein älteres Ehepaar, das seine Einkäufe vom Markt nach Hause trug. Als sie vorübergingen, grüßte Bröker. Doch dann sah er, dass von der anderen Straßenseite her zwei Jugendliche auf ihn zukamen. Einer von ihnen trug eine Sonnenbrille. Bröker musterte die beiden genauer. Nein, keiner von ihnen war am Tag zuvor auf der Beerdigung gewesen. Andererseits trugen beide Trainingsjacken und sie machten einen ziemlich gefährlichen Eindruck. Ja, wer sagte denn, dass diese Bombi nur zwei Handlanger beschäftigte? Die beiden Gestalten im Trainingsanzug, die nun die Straße überquerten, konnten jedenfalls nach Brökers Geschmack ebenso zu ihrem Team gehören. Schnell fingerte er in seiner Hosentasche nach dem Mobiltelefon. Ein Glück, es war eingeschaltet! Er musste seine Freunde warnen. Wie konnte er nun am schnellsten den Jungen an den Apparat bekommen? Er erinnerte sich, dass ihm Gregor vor einiger Zeit die wichtigsten Nummern unter einer Kurzwahl gespeichert hatte. Gregors eigene Nummer war dort ebenso gespeichert wie Charlys und Mützes.

„Dann kannst du uns mit nur einem Tastendruck erreichen. Ich weiß doch, dass du dich mit dem Tippen manchmal schwertust", hatte der Junge damals erklärt. Bröker hatte dies sehr praktisch gefunden und sich gefreut, dass sein Gerät solch eine Funktion besaß, bis ihm Gregor erklärt hatte, alle Seniorenhandys hätten so etwas. Jedenfalls hatte Gregor seine eigene Nummer auf der ersten Kurzwahltaste gespeichert, wenn Bröker sich richtig erinnerte. Schnell drückte er diese und hielt sich das Mobiltelefon ans Ohr. Dabei wendete er sich leicht ab, damit die beiden mutmaßlichen Schläger, die vielleicht noch ein Dutzend Schritte entfernt waren, ihn nicht hören konnten.

Es tutete zweimal, dann nahm jemand ab: „Pizzataxi *Gourmet*", sagte eine Stimme.

„Gregor, hör auf mit dem Quatsch!", rief Bröker erregt ins Mikrofon. Dann zischte er leiser: „Es sind zwei Typen von Bombi da!"

„Entschuldigung, ich verstehe nicht!", antwortete die Stimme. „Wollen Sie einen Fitness-Salat bestellen?"

„Gregor?", fragte Bröker noch einmal konsterniert.

„Nein, hier ist Pizzataxi *Gourmet!*", beharrte die Stimme. Nun fiel Bröker auch der italienische Akzent auf. Richtig, jetzt erinnerte er sich!

„Auf die eins lege ich dir eine Nummer für echte Notfälle", hatte Gregor ihn damals aufgezogen. Schnell legte er auf. Verdammt, zu einem weiteren Versuch fehlte die Zeit. Die beiden Gestalten hatten ihn schon erreicht und waren vor ihm stehen geblieben. Nun galt es, Ruhe zu bewahren. Mit Unschuldsmiene drehte er sich um.

„Hey, Kollege!", sprach ihn der eine an und musterte irritiert Brökers Handtasche, die ihm über die Schulter hing. „Kannst du sagen, wo ist Café *Kraume*?", fragte er mit starkem Akzent.

„Wie?", brachte Bröker vor Verblüffung nur hervor.

„Café *Kraume*, wo ist, nicht wie?", korrigierte ihn der andere der beiden Passanten.

„Ach so, ja, Konditorei *Kraume*, die ist in der Stapenhorststraße, immer da entlang", gab Bröker Auskunft und wies mit vager Geste Richtung Siegfriedplatz.

„Danke, Kollege", sagte der erste der Trainingsanzüge und sie setzten ihren Weg fort.

Bröker wischte sich den Schweiß von der Stirn. Er warf einen wütenden Blick auf sein Handy. Das mit den Kurzwahlnummern musste Gregor wirklich umgehend ändern. Dann steckte er es in die Tasche. Die Straße war wieder menschenleer.

In diesem Moment öffnete sich die Haustür. Judith, die Julian wieder in einem Rucksack vor dem Bauch trug, trat heraus. Dann folgte Gregor.

„War was?", fragte der, als die drei Bröker erreicht hatten. „Du siehst ein wenig blass aus und geschwitzt hast du auch."

„Nein, nein", antwortete Bröker schnell. „Es ist nur so ein ungewöhnlich heißer Morgen." Dann fügte er, um abzulenken schnell hinzu: „Habt ihr auch so Hunger? Ich würde gerne etwas essen gehen!" Das war, wenn er in sich hineinhorchte, sogar die Wahrheit.

Gregor schüttelte nur ungläubig den Kopf.

„Wir könnten uns doch ins Café *Kraume* setzen, das ist hier in der Nähe", schlug Judith dagegen freudig vor.

Bröker wollte protestieren. Er hatte keine Lust den beiden Gestalten, die er irrtümlich für Bombis Leute gehalten hatte, noch einmal zu begegnen. Doch es fiel ihm auch nichts ein, das seinen Freunden einen Grund liefern konnte, nicht dorthin zu gehen.

Und so saßen die vier etwa eine Viertelstunde später in der Konditorei *Kraume*. Kurz hatte Bröker sich umgeschaut, als er jedoch die beiden Typen in Trainingsjacken nicht entdecken konnte, entspannte er sich und widmete sich der Speisekarte.

„Einmal die drei Reibekuchen mit Quark und Schinkenstreifen und einmal die drei Reibekuchen mit Quark und Lachs", bestellte er lächelnd. „Und zum Nachtisch hätte ich gern einen Früchteteller." Frau Poggemann hätte ihn sicher für sein wohlklingendes Dessert gelobt, dachte Bröker vergnügt. Sie wüsste bestimmt nicht, dass es sich um einen Eisbecher handelte.

Judith dagegen hatte eine Gemüse-Quiche bestellt und Gregor einen Crêpe mit Zimt und Zucker. Bis die Bestellungen kamen, war Julians Mutter damit beschäftigt, ihren Sohn mit einem Brei zu füttern, damit dieser nicht als Einziger Hunger leiden musste. Bröker machte dabei unablässig Fratzen und zwinkerte dem Kind zu, bis Judith ihn sanft, aber bestimmt ermahnte. Gregor hatte sich in seinen Stuhl zurückgelehnt und beobachtete die Szene erheitert. Als sich Bröker dann glücklich über Reibekuchen und Eis beugte, war an ein vernünftiges Gespräch erst recht nicht zu denken. Dieses ergab sich erst, als die Teller schon wieder abgeräumt waren.

„Sah es denn so aus, als sei noch einmal jemand in der Wohnung gewesen? Habt ihr irgendwas bemerkt?", erinnerte sich Bröker mit einem Mal wieder an den Grund ihres Aufenthalts im Bielefelder Westen.

Judith schüttelte den Kopf. „Ich glaub nicht. Alles lag noch so auf dem Boden verstreut wie beim letzten Mal, als ich dort war."

„Dann gibt es nur zwei Möglichkeiten", konstatierte Bröker. „Entweder hat Bombi inzwischen das Interesse an dir verloren – aber das glaube ich ehrlich gesagt nicht – oder sie hat deine Wohnung so lange beobachten lassen, bis ihr klar war, dass du nicht mehr da bist."

„Und was machen wir in diesem Fall?", fragte die junge Frau und legte schützend die Arme um Julian, ohne es zu bemerken.

„Nun, dann sollten wir Acht geben, dass sie nicht herausbekommt, dass du inzwischen bei uns wohnst", nahm Gregor Bröker das Wort aus dem Mund. Der nickte nur und dachte, dass es in dieser Hinsicht sicher nicht hilfreich gewesen war, zu Judiths Wohnung zu gehen, auch wenn sie natürlich die Sachen gebraucht hatte.

„Darüber hinaus sollten wir schnellstmöglich herausfinden, ob diese Bombi wirklich hinter dem Tod deines Mannes steckt und was es mit dem verschwundenen Geld auf sich hat", fügte er hinzu.

„Da hast du Recht", pflichtete ihm Gregor bei. Tatendurstig schlug er vor: „Am besten machen wir gleich hier und jetzt einen Plan!"

Doch Bröker hob abwehrend die Hände. „Also erstens habe ich mir gerade noch einen Kaffee mit Schwips bestellt", wandte er ein. „Und ich werde das

118

Café sicherlich nicht verlassen, bevor ich den ausge-
trunken habe."

„Und zweitens?", fragte Gregor.

„Und zweitens habe ich heute Mittag noch einen
anderen wichtigen Termin. Da müsst ihr ohne mich
auskommen."

„Ach ja", stichelte Gregor mit einem Blick auf
Brökers violette Lederhandtasche. „Du wolltest ja
noch im Club vorbeischauen. Aber ist es dafür nicht
noch ein bisschen früh?"

Doch so sehr er Bröker auch provozierte, sein
Freund ließ nichts über seine mittäglichen Pläne verlauten.

Kapitel 11
In corpore sano

Bröker wandte sich um, als sei er auf der Flucht. Nun
schon zum dritten Mal, seitdem er zuvor mit Judith,
Julian und Gregor die Konditorei verlassen hatte,
versuchte er sicherzustellen, dass niemand ihm folgte. Sie hatten ihn schon Richtung Bahnhof begleiten
wollen und er hatte seine ganze Überzeugungskraft
aufbieten müssen, damit sie glaubten, dass die Stadt-
bahnhaltestelle am Siegfriedplatz wirklich näher lag.
So gern er seine Freunde auch hatte, bei dem, was er
nun plante, wollte er sie nicht dabei haben. Es gibt
eben Dinge, die ein Mann allein tun muss, dachte

Bröker, lächelte vor sich hin und unterquerte den Ostwestfalendamm. Kurze Zeit später stand er vor dem großen Komplex aus Cafés, Restaurants, Kinos und Büros, der vor nunmehr 15 Jahren hinter dem Bielefelder Bahnhof entstanden war. Hier irgendwo musste die *LadyPowerLounge* sein, wie die Fitnessclubs von Bombi allesamt hießen.

Bröker kam an einem mexikanischen Restaurant vorbei. Wieso hatte diese Bombi eigentlich keine Restaurantkette, fragte er sich. Im Gaststättenmilieu zu ermitteln, wäre Bröker ungleich leichter gefallen als unter Sportlern. Doch er konnte sich schließlich nicht aussuchen, mit wem Judith gerade Schwierigkeiten hatte.

Unweit des Mexikaners sah Bröker schon das Logo der Fitness-Lounge in rosa Leuchtstoffröhren prangen. Immerhin brauchte er nicht lange zu suchen. Bröker sah sich kurz um und kramte dann eilig in der Handtasche. Als Erstes zog er ein großes, violettes Seidentuch hervor, das er sich nach kurzem Zögern um den Hals legte. Als Nächstes griff er zu einem kleinen Etui und steckte sich den darin liegenden Ring, der einen großen Amethyst fasste, an den kleinen Finger, weil er nur dort passte. Zuletzt besprühte er sich widerwillig, aber ausgiebig mit einem Chanel-Parfüm, was ihm einen Hustenanfall bescherte. Dann lenkte er seine Schritte schnell in Richtung des Sporttempels.

Hinter der Eingangstür befand sich ein Empfangstresen, der Bröker eher an eine Zahnarztpraxis hätte denken lassen als an ein Fitnessstudio, wäre er nicht ebenso rosafarben gewesen wie das Schild, das draußen über dem Eingang hing. Auch die Empfangsdame hinter diesem Tresen hätte mit ihrem ellenlangen strohblonden Haar gut in eine Arztpraxis gepasst, wäre dort allerdings aufgefallen, weil sie anstelle eines weißen Kittels ein engsitzendes Top trug.

„Hi", sagte sie, als handele es sich bei Bröker um einen sehr guten Bekannten, vielleicht einen, den sie seit ein paar Tagen nicht mehr gesehen hatte. Dabei entblößte sie ihre Zähne, die gut zu einem weißen Kittel gepasst hätten. Bröker kam dieses Lächeln bedrohlich vor.

„Guten Tag", sagte er betont förmlich.

„Möchtest du bei uns trainieren?", fragte die Blondine und musterte Bröker dabei wie ein Autohändler einen Gebrauchtwagen mit stark verkratztem Lack. Das Duzen gehörte in der sportlichen Umgebung wohl zum guten Ton.

„Ja, das würde ich gerne", entgegnete Bröker mit leicht nach oben modulierter Stimme und versuchte dabei, im gleichen Stil zu antworten. „Ihr bietet doch so etwas an?"

„Klar, bieten wir das an!" Die Frau hinter dem rosa Tresen lachte. „Und nicht nur das: Wir haben neben unserem Sportprogramm auch noch eine Wellness-Abteilung. Da findest du alles von Massage über Sauna, Dampfbad, Solarium bis hin zur Maniküre."

Sie betrachtete Brökers Hände. „Na ja, Letzteres ist vielleicht nicht so dein Ding. Jedenfalls kannst du diese Möglichkeiten nicht nur hier nutzen, sondern in allen unseren 25 Filialen in NRW. Wenn du erst Mitglied bist, versteht sich. Ich fürchte, da liegt allerdings das Problem."

„Problem?", fragte Bröker und setzte eine Unschuldsmiene auf.

„Männer haben zu den LadyPowerLounges keinen Zutritt. Das ist reine Frauenzone. Keine Machosprüche, keine dicken Hosen. Und du", die blonde Empfangsdame kniff prüfend die Augen zusammen, „du bist zwar mit Sicherheit kein Macho, aber eine Frau bist du auch nicht, oder?"

Bröker musste sich zusammenreißen, damit ihm die nun geplante Improvisation gelang. In keinem Fall durfte er sich vorstellen, was er gerade tat.

„Dem Ausweis nach nicht", gab er der Blondine einen Wink. „Aber, weißt du, ich bin gerade dabei …"

Die Empfangsdame sah ihn fragend an.

„… und, also das ist echt schwierig. Wenn du so was planst, haben mit einem Mal alle Probleme damit und machen dich fertig." Um seinen Schilderungen Glaubwürdigkeit zu verleihen, zeigte er auf sein in Mitleidenschaft gezogenes Auge. „Ist mir einfach in der Stadtbahn passiert. Deshalb … ich könnte wirklich etwas Ladypower gebrauchen."

Man konnte sehen, wie es in der Blondine arbeitete. Dann fiel der Groschen.

„Aaah, versteeehe! Falscher Körper und so!"

Bröker nickte verschwörerisch.

„Crazy!", sagte die Sportvermittlerin, aber ihre Stimme klang anerkennend.

„Pass auf, ich weiß, was wir machen. Jeder, der hier anfangen will, macht zunächst mal ein Schnuppertraining mit. Das ist doch ideal. Da kannst du alles ausprobieren und ich spreche in der Zwischenzeit mal mit der Leitung wegen deiner Mitgliedschaft. Du musst ja auch erst mal schauen, ob so ein Workout überhaupt etwas für dich ist."

„Work-out?", echote Bröker schwach. Wenn ihn sein Englisch nicht komplett verlassen hatte, klang das nach Arbeit, sogar draußen.

„Wir müssen für dich eben die richtigen Einheiten zusammenstellen", erklärte die weißzahnige Empfangsdame und diesmal klang es in Brökers Ohren, als plane sie eine durchgreifende medizinische Behandlung. „Du hast noch nie trainiert, oder?"

„Doch, Schach!", entfuhr es Bröker, bevor er sich bewusst gemacht hatte, dass diese Antwort sicherlich nicht von ihm erwartet worden war.

Die Blondine lachte trocken. „Ha, Mann, du hast echt Humor. Ich bekomme hier ja den ganzen Tag über einiges an Sprüchen geboten, aber den habe ich noch nie gehört."

Vermutlich weil die Wenigsten hier mit Schach etwas anfangen können, dachte Bröker, sagte diesmal aber nichts.

„Ich schlage vor, dass du dich einfach mal um-
ziehst und wir dir dann die Geräte zeigen. Danach
unterhalten wir uns darüber, was du eigentlich mit
deinem Work-out erreichen willst und wie du das am
besten schaffst. Wir stellen dir einen Trainingsplan
zusammen, okay?"

„Ach, und das macht dann Frau Ebbesmeyer?",
fragte Bröker hoffnungsfroh. Die Inhaberin zu treffen, war ja schließlich das Ziel seines Besuchs.

„Bombi?", fragte die Empfangsdame und lachte
wieder. „Die siehst du hier mal auf einen Eiweiß-
shake vorbeischneien, wenn du Glück hast. Süße,
wir haben mehrere tausend Kunden, Bombi könnte
selbst dann nicht für alle die Trainingspläne machen,
wenn sie Tag und Nacht arbeiten würde. Was sie natürlich nicht tut."

Bröker nickte. Stimmt, die Frage war blöd gewesen
und seine Hoffnung, auf diese Weise die Inhaberin
zu sprechen, naiv. Aber wieso hatte die Blondine ihn
„Süße" genannt? Er hoffte, das waren keine Avancen.
Aber vielleicht gehörte das ebenso wie das Duzen hier
zum guten Ton. Vielleicht sollte er sie bei Gelegenheit
auch einmal „Süße" nennen, um seine Lockerheit zu
demonstrieren.

„Unsere Umkleiden sind übrigens hier rechts um
die Ecke", riss ihn die Frau aus seinen Gedanken.
„Wenn du fertig bist, kannst du in den ersten Saal
gleich hinter der Tür hier vorne gehen."

Erst als Bröker allein im Umkleideraum stand,

wurde ihm bewusst, dass er sich eigentlich auch das Sportprogramm hätte sparen können, wenn aus dem Gespräch mit Ebbesmeyer doch nichts wurde. Nun aber wieder zum Empfang zu gehen und zu sagen, er habe es sich anders überlegt, war ihm angesichts der inszenierten Geschichte auch zu peinlich. Vielleicht fand er ja auch so etwas heraus. Also öffnete er ein weiteres Mal seine Tasche und zog hervor, was er sich als Sportkleidung ausgewählt hatte: ein unifarbenes T-Shirt, denn seine Arminia-Trikots untergrüben mit Sicherheit seine mühsam betonte Weiblichkeit, eine weite Jogginghose, die er auch gerne zu Hause trug, besonders, wenn er am Abend zuvor gut gegessen hatte und alle anderen Hosen spannten, und ein Paar Turnschuhe, von denen er selbst nicht gewusst hatte, dass er sie noch besaß. Er vermutete, dass er sie schon seit Schulzeiten sein Eigen nannte, aber da sich seine Schuhgröße im Gegensatz zu anderen Kleidergrößen seitdem nicht geändert hatte, war das ja auch nicht weiter tragisch. Er breitete die Sachen vor sich aus, wählte einen Spind aus und begann sich umzuziehen.

Gerade als Bröker seine Straßenkleidung im Schrank verstaut hatte und nur in Unterhosen in der Umkleidekabine stand, öffnete sich die Tür und eine breitschultrige Frau von enormer Körpergröße betrat den Raum. Sie warf ihre große Sporttasche mit einem weiten Schwung auf eine der Bänke.

„Hi", grüßte sie ihn ebenso ungezwungen wie die

Empfangsfrau eine Viertelstunde zuvor und schien über die Tatsache, dass sich ein Mann in der Damenumkleide befand, wenig erstaunt. Wahrscheinlich war sie vorgewarnt worden.

„Hi", grüßte Bröker lässig zurück, verkniff sich aber das „Süße". Seine Mitsportlerin zog sich in Windeseile um und ließ dabei ihren durchtrainierten Körper sehen. Es musste sich bei ihr um eine besondere Züchtung handeln, dachte Bröker, jedenfalls wären an seinem Bauch mit Sicherheit auch dann nicht so viele Muskelpartien, wenn er sie trainierte. Derweil ließ die solariumgebräunte Muskelfrau ihren Blick über Bröker gleiten.

„Na, du traust dich wohl nicht rein, was?", fragte sie mit einem mitleidvollen Lächeln.

„Doch, doch, ich komm gleich. Ist nur meine erste Stunde, alles paletti!"

„Paletti, so, so", lachte die Riesin noch einmal und verschwand in Richtung der Trainingsräume.

Dorthin begab sich auch Bröker kurze Zeit später. Ein Fuhrpark aus Trimmrädern, Steppern und Rudergeräten blickte ihm entgegen. Dazwischen waren noch allerlei Foltergeräte, die er noch nie zuvor gesehen hatte. Suchend blickte er sich nach der Blondine vom Empfang um, konnte sie aber nirgends entdecken. Stattdessen trat eine Frau mit kurz geschnittenem schwarzem Haar, die Bröker auf Mitte 20 schätzte, auf ihn zu und begrüßte ihn mit dem üblichen: „Hi!"

„Hi", erwiderte Bröker, der allmählich Übung in diesem Tonfall bekam.

„Ich bin die Kati", stellte sich die Übungsleiterin vor.

„Und ich Bröker", gab Bröker zurück. Seinen Vornamen behielt er stets für sich.

„Ich will mit dir die Geräte durchgehen, bevor du dich ins Training stürzt", erklärte Kati. „Ich studiere übrigens Sport, nur falls du Zweifel hast, ob ich das alles kann." Sie warf ihren Kopf mit dem kurz geschnittenen Haar nach hinten, ihre Augen blitzten.

Bröker wäre es nie in den Sinn gekommen, an ihrer Kompetenz zu zweifeln. Zum einen zeigte die eng sitzende Sportbekleidung, dass sie die Geräte, die sie vorstellte, auch aus eigener Praxis kannte, zum anderen dachte er sowieso, dass jeder andere sich mit den Folterinstrumenten besser auskannte als er selbst.

„Komm, setzen wir uns erst mal!", sagte Kati und wies mit einladender Geste auf eine Bank. Bröker war erfreut. Sitzen konnte er. Vielleicht wurde es ja doch nicht so schwer.

„Bevor wir dein Work-out erstellen, möchte ich erst einmal hören, was du dir von dem Programm so erhoffst", fuhr die junge Frau fort.

„Nun ja, ich wollte ein bisschen Sport machen", gab Bröker sich vage. „Das soll ja angeblich sehr gesund sein."

„Ja, da bist du hier auch ganz richtig", bestätigte Kati und ein nur leichtes Lächeln zeigte, dass Brökers

Antwort vielleicht nicht ganz die erwartete gewesen war. „Aber möchtest du eher was für deine Kondition tun?" Dabei schaute sie Bröker prüfend an. „Oder möchtest du auch Gewichte stemmen?"

„Nein, nein!", wehrte der schnell ab. „Ich bin doch schon schwer genug!" Dabei klopfte er sich demonstrativ auf den Bauch.

Kati lachte. „Ich meinte eher, ob du auch in den Kraftraum willst", sagte sie. „Wenn du abnehmen willst, kann ich dir auch unsere Ernährungsberatung empfehlen."

„Oh, ach so", stotterte Bröker nur und fand, den Tipp mit der Ernährungsberatung hätte sie sich auch schenken können. Nun gut, sie konnte ja nicht wissen, dass er sogar schon einen Volkshochschulkurs zu diesem Thema besucht hatte.

„Also, wenn du kein Krafttraining machen möchtest, können wir uns die Gewichte, Bankdrücken und das Gedöns ja sparen", führte Kati aus.

Bröker nickte. Auch wenn er Sparsamkeit in vielen Situationen für überbewertet hielt, kam sie ihm nun gerade recht.

„Dann bleiben die Ausdauergeräte", dozierte Kati weiter. „Die meisten von denen erklären sich ja selbst." Sie stand auf und ging an einer Reihe von Geräten entlang. Bröker folgte ihr.

„Die wirst du schon kennen", erläuterte sie. „Das sind Heimtrainer, auch wenn sie natürlich bei uns stehen und nicht bei dir zu Hause. Sie funktionieren im Prinzip wie ein Fahrrad, auch wenn sie ein wenig aufwändiger sind und ein bisschen mehr Schnickschnack haben. Ähnliches gilt für unsere Rudergeräte hier." Kati deutete auf eine Reihe von Rudercomputern. „Wobei ich vermute, dass du schon mal Fahrrad gefahren bist. Ob du auch schon mal gerudert bist, weiß ich allerdings nicht so genau."

Bröker schüttelte den Kopf.

„Und schließlich haben wir hier unsere Stepper", erläuterte die Trainerin weiter. „Sie sollen die Bewegungen beim Langlauf möglichst naturgetreu nachahmen."

Tatsächlich hatten die Geräte sowohl Handschlaufen, deren Verlängerungen an Skistöcke erinnerten, als auch Pedale, mit denen man gleitende Bewegungen vollführen musste.

„Was Koordination angeht, gehören Stepper mit zu dem Anspruchsvollsten, was wir haben", beendete Kati ihre Tour. „Willst du es einmal probieren?"

„Nein" hätte der Wahrheit entsprochen, war aber sicher nicht die Antwort, die die Sportstudentin hören wollte.

„Klaro", sagte Bröker deshalb und stieg entschlossen auf das Sportgerät. Er ließ seine Hände und Füße in die dafür vorgesehenen Schlaufen gleiten und zog auf Verdacht an dem rechten Langlaufstock. Dieser ging erwartungsgemäß nach hinten, gleichzeitig aber hob sich das linke der beiden Pedale für die Füße. Beinahe wäre Bröker umgekippt. Reflexartig zog er an dem linken Stock und spürte, wie nun das rechte Pedal sich hob und ihn aus dem Gleichgewicht zu bringen drohte. Er musste sich eindeutig mehr auf seine Beinarbeit konzentrieren. Damit aber war der Effekt gerade umgekehrt. Wann immer er einen Schritt mit dem rechten Pedal ausführte, zog es auch seinen linken Arm nach hinten. Ihm brach der Schweiß aus.

„Ich glaube, das genügt!", beschloss Kati gerade noch rechtzeitig, bevor Bröker verzweifelte. Erleichtert stieg er von dem Stepper und hoffte, dass er sich nicht allzu dumm angestellt hatte.

„Ich denke, fürs Erste beschränken wir uns aufs Radfahren und Rudern", entschied die Trainerin und zerstreute damit Brökers Zweifel nicht gerade. „Ich würde dir für ein Probetraining eine halbe Stunde Radfahren, dann zehn Minuten Pause und dann noch einmal 20 Minuten Rudern empfehlen. Was hältst du davon?"

Probetraining klang für Bröker nach Bundesliga oder Arminia, jedenfalls nach großer nationaler oder internationaler Bühne, aber das war sicher nicht gemeint. „Ja, für mich klingt das gut", antwortete er schulterzuckend.

„Das eigentliche Programm würden wir dir natürlich ausarbeiten, wenn du dich angemeldet hast", fügte Kati hinzu.

„Klar, das hat ja keine Eile", sagte Bröker schnell und setzte sich beflissen auf eines der Trimmräder.

„Cool, ich stelle dir das mal ein", erwiderte die

Sportlerin und fingerte an dem Computer des Heimtrainers herum. „So, nun kannst du anfangen", verkündete sie dann.

Bröker begann zu treten. Die ersten Tritte waren ganz leicht, fast als führe er bergab. Mit neuem Selbstvertrauen bearbeitete Bröker die Pedale, bemerkte aber, dass es nun deutlich schwerer ging. Er blickte auf und aus dem Spiegel ihm gegenüber blickte ihn ein radelnder Bröker an. Er schwitzte übel. Und hatte er auch solche Hängebacken wie sein Spiegelbild? Das konnte nicht sein. Er blickte zur Seite. Doch auch dort hing ein Spiegel. Von hier konnte er weniger die Vorderansicht, wohl aber sein Profil bewundern. Nun waren es weniger seine Wangen als sein überdimensionaler Bauch, der ihm ins Auge fiel. Mein Gott, das war ja peinlich! Daran musste er dringend etwas ändern. Bis dahin aber war es vermutlich besser, nicht allzu kritisch zu betrachten, wie er aussah. Er senkte den Kopf und trat weiter. Dabei fiel sein Blick auf die Computeranzeige vor ihm. Er lächelte. Die Hersteller hatten sich Mühe gegeben, das Training für den Sportler ansprechend zu gestalten. Vor ihm erstreckte sich eine Computerlandschaft samt einem Streckenprofil. Gerade erklomm er einen Hügel, was erklärte, warum ihm derzeit das Treten so schwerfiel. Außerdem hatten sich die Computergurus ein Feld von Konkurrenten erdacht, die rund um ihn herum strampelten. Gerade war er fünfter. Das musste sich doch ändern lassen. Beherzt trat Bröker in die Pedale und tatsächlich zeigte ihn der Bildschirm wenig später als vierten an. Na also!

Bröker musste über sich lachen. Übertriebener Ehrgeiz war seine Sache nie gewesen. Doch gerade das Wissen darum, dass seine Gegner nicht aus Fleisch und Blut, sondern aus kommunizierenden Chips bestanden, spornte ihn auf überraschende Weise an. Natürlich wusste er aus seinem abgebrochenen Informatikstudium, dass es selbst einem mittelmäßigen Programmierer ein Leichtes war, Bröker stets nie besser als auf Platz drei enden zu lassen. Aber gerade das gab ihm einen Kick. Er durfte dieses Rennen einfach nicht verlieren. Er erhöhte sein Tempo noch einmal. Und tatsächlich zeigte sein Einsatz Wirkung. Beinahe mühelos schob sich Brökers Icon an Nummer drei des Rennens vorbei.

„Ha!", triumphierte er. Also war er bereits Dritter. Mit einem Mal war kein übergewichtiges Spiegelbild mehr wichtig und auch nicht, was die Fitnesstrainerin von ihm dachte, sondern einzig, dass er dieses imaginäre Rennen gewann. Brökers Blick fiel auf die Uhr. Noch neun Minuten hatte er, um den ersten Platz zu erringen. Er strampelte noch fester, bis sein Bildschirm anzeigte, dass er am Hinterrad von Nummer zwei klebte. Bröker wartete einen Anstieg ab, dann trat er an. Nummer zwei hatte keine Chance. Bröker zog an ihr vorüber, als hätte sein Gegner auf freier Strecke angehalten.

Er fühlte, wie ihm das T-Shirt am Leib klebte, aber

das war jetzt nicht wichtig. Er musste einfach Erster werden. Doch Nummer eins war schon etliche Dutzend Meter entflohen. Bröker duckte sich, um den Luftwiderstand zu verringern, und versuchte, seine Geschwindigkeit noch einmal zu erhöhen.

„Hey, hey, nicht so hastig, das ist doch nur ein Probetraining", hörte er Katis Stimme aus großer Entfernung, aber auch diese blendete er aus. Er musste an die Spitze gelangen. Da vorne war ein Hügel, dort würde sein Gegner langsamer werden. Diese Chance galt es zu nutzen.

Als der Anstieg begann, duckte sich Bröker im Sattel und schnellte dann heraus. Hart trat er an. Fest. Er spürte einen leichten Stich nahe seiner Herzgegend, aber darauf konnte er jetzt keine Rücksicht nehmen. Noch einmal versuchte er zu beschleunigen.

„Eins, zwei!", feuerte er sich laut keuchend an. Dann wurde ihm schwarz vor Augen.

Kapitel 12
In der Höhle des Bambis

„Bröker! Kannst du mich hören? Bröker!" Eine Hand tätschelte Brökers Gesicht. Genau genommen war es eine halbe Ohrfeige, er konnte deutlich den Abdruck der Finger spüren. Er schlug die Augen auf.

„Wo bin ich?", wollte er sagen, doch dieser Satz schien ihm doch eher in den Mund einer aus der

Ohnmacht erwachenden Prinzessin zu gehören. Er hingegen lag auf dem Boden einer Trainingshalle und blickte auf die Knie seiner Übungsleiterin, die sich neben ihn gehockt hatte. Hinter ihr tauchte die Riesin aus der Umkleidekabine auf.

„Alles klar?", fragte sie lässig. Bröker wollte die Frage schon bejahen, doch Kati war schneller.

„Ich habe ihn nur auf den Hometrainer gesetzt, ganz einfache Stufe, aber er muss sich irgendwie übernommen haben und ist plötzlich vom Fahrrad gesackt."

„Ach du Kacke", entfuhr es der Hünin. „Aber das kennt man ja. Du musst es langsam angehen lassen, Junge!"

Es langsam angehen zu lassen, war für Bröker eigentlich noch nie ein Problem gewesen. Doch er war gerade nicht in der Lage dazu, darüber eine Diskussion zu führen.

„Habt ihr einen Raum, wo er einen Moment die Beine hochlegen kann?", fragte die Mustersportlerin.

„Nicht wirklich. Ich kann ihn ja schlecht auf die Liegen im Saunabereich legen", erwiderte Kati. Doch dann schien ihr eine Idee zu kommen. „In Bombis Büro steht eine Pritsche, das müsste für den Moment gehen."

„Okay, zeig mir den Weg!", bat die Riesin und ohne Bröker vorzuwarnen, legte sie sich dessen Arm um den Hals und hob ihn mit einer Leichtigkeit hoch, als trüge sie ein Kind. Bröker sah die neugierigen Blicke mehrerer Sportlerinnen, als er auf dem Arm der Frau durch das Fitness-Center schwebte. Warum konnte er nicht *jetzt* einfach ohnmächtig werden? Aber so sehr er den Atem auch anhielt, er blieb bei Bewusstsein. Kati hielt vor einer Tür an und schloss auf. Bröker wurde in einen weiß möblierten Raum getragen und auf einer Liege abgelegt.

„Soll ich einen Krankenwagen rufen?", erkundigte sich die Übungsleiterin.

„Ach was!", rief Bröker, den man schon mit der Vorstellung eines Hausarztbesuches schrecken konnte. „Es geht mir schon wieder gut!"

Zum Beweis wollte er aufspringen. Als er seinen Oberkörper aufrichtete, merkte er jedoch, wie ihm wieder schummrig wurde.

„Ich ruhe mich nur einen Moment lang aus", fügte er daher hinzu und schloss die Augen.

„Ja, okay", sagte Kati. „Ich bringe dir gleich noch einen Banana-Smoothie zur Stärkung." Dann schlichen sich seine beiden Helferinnen leise aus dem Zimmer.

Bröker hätte nicht sagen können, ob er kurz eingenickt war, als er die Augen wieder aufschlug. Neben ihm stand jedenfalls ein Fruchtgetränk mit Strohhalm und die Uhr an der Wand rechts von ihm zeigte zwanzig nach eins. Immerhin fühlte er sich deutlich erfrischt und erhob sich. Was hatte er sich da nur wieder geleistet! Versuchsweise nippte er an dem Fitness-Drink und befand ihn für gar nicht mal so schlecht. Hoffentlich bekam Gregor das alles nie heraus.

Einen Vorteil hatte seine außerplanmäßige Ohnmacht allerdings. Wenn er die Worte der Übungsleiterin richtig verstanden hatte, so befand er sich in Bombis Büro! Da konnte es doch nicht verkehrt sein, die Gelegenheit beim Schopfe zu packen und sich einmal bei der Hauptverdächtigen der Polizei umzusehen.

Bröker stand auf. Sorgfältig musterte er den Raum. Viel gab es allerdings nicht zu sehen. Außer der Liege und der Uhr, die er schon gesehen hatte, befanden sich in dem Raum nur ein Schreibtisch und ein Bücherregal mit einigen Akten. Der Arbeitsplatz war pedantisch aufgeräumt. Eine kleine herzförmige Glasschale enthielt drei Bleistifte, die so spitz waren, dass man mit ihnen mühelos eine Injektion hätte setzen können. In der Mitte lag eine komplett verwaiste Schreibunterlage. Keine Zettel lagen herum, keine Akten, nichts. An diesem Schreibtisch wurde entweder nicht viel gearbeitet oder er gehörte einer Ordnungsfanatikerin.

Neben der Schreibunterlage sah Bröker bloß noch einen zusammengeklappten Laptop, dessen Marke durch das Logo eines angebissenen Apfels leicht zu erkennen war. Bröker fand das in Anbetracht der gesundheitsfixierten Umgebung sehr passend gewählt. Er dachte kurz darüber nach, den Computer anzustellen, verzichtete dann aber darauf. Er war nicht Gregor und er würde einem Computer dieser Marke selbst dann kaum Informationen entlocken können, wenn er nicht mit einem Passwort gesichert sein sollte. Blieben noch die Akten.

Bröker begab sich auf die andere Seite des Schreibtisches. Mit dem Finger über die Ordnerrücken gleitend las er deren Beschriftungen. Auf dem ersten stand „Einkäufe Fitnessgeräte". Unwahrscheinlich, dass dieser interessante Informationen enthielt. Der zweite war mit „Kundenverträge 2007" beschrieben, gefolgt von einem mit dem Titel „Kundenverträge 2008". Bröker ließ die immer dicker werdenden Ordner mit den Kundenverträgen der nächsten Jahre aus und blieb dann an einem Aktendeckel mit der Aufschrift „Kontobewegungen 2007" hängen. Gleich daneben waren auch die Bankgeschäfte der nächsten Jahre abgeheftet.

Bingo!, dachte Bröker. Zumindest bestand die Möglichkeit, dass diese Unterlagen zeigten, ob Bombi Judiths Mann zu Recht beschuldigte, Geld von ihren Konten entwendet zu haben! Er griff sich den ersten der Ordner und schlug ihn auf. Außer Kontoauszügen, die seinen eigenen sehr ähnelten, fand er jedoch nichts. Allerdings fragte er sich allmählich auch, was genau er denn zu finden gemeint hatte. Bombi hatte sicherlich nicht einzelne Buchungen mit „Schwarzgeld" gekennzeichnet, mal vorausgesetzt, dass solche Vermutungen über die Herkunft des verschwundenen Geldes richtig waren. Und wenn überhaupt etwas in diesen Unterlagen zu finden war, dann vielleicht nicht im Jahr

2007, in dem die Fitness-Center gerade gegründet worden waren, sondern in späteren Perioden. Entschlossen schob Bröker die „Kontenbewegungen 2007" wieder ins Regal zurück und griff nach den Bankunterlagen des aktuellen Jahres. Da öffnete sich die Tür zum Büro.

Mit einem Ruck riss sich Bröker von dem Ordner los und wirbelte herum. Dabei kam er ins Straucheln und musste sich an der Schreibtischplatte festhalten. Vor ihm stand eine eher klein gewachsene, aber äußerst breitschultrige Frau und blickte ihn mit kristallblauen Augen an. Trotz ihrer geringen Körpergröße füllte sie in der Breite beinahe den kompletten Türrahmen aus. Auch sie war braungebrannt und ihr dickes blondes langes Haar floss über die muskulösen Schultern. Interessanterweise sah sie insgesamt nicht ganz so durchtrainiert aus wie die anderen, die Bröker bisher im Studio über den Weg gelaufen waren. Ihre Arme und Beine ließen zwar selbst durch die Kleidung hindurch ein ausgiebiges Training vermuten, doch der Bauch zeigte durchaus einen kleinen Ansatz und ihr Hals war kurz und dick. Insgesamt machte sie eher einen stämmigen Eindruck.

„Was machst du denn hier in meinem Büro?", fragte die ungewöhnliche Frau überrascht und stemmte die Hände in die Seiten.

„Ich, ich …", stotterte Bröker. „Mir ist auf einem der Trimmgeräte schwindelig geworden – da hat man mich hierher gebracht", erklärte er dann. „Und als ich von der Liege hier aufstehen wollte, war mir wieder ein wenig flau. Darum musste ich mich abstützen."

Der Schock über das plötzliche Auftauchen der Frau hatte ihm eine bleiche Gesichtsfarbe und Schweißperlen auf der Stirn beschert, was seiner Aussage die nötige optische Unterstützung gab.

„Dann setz dich doch erst mal wieder hin!", forderte die breitschultrige Frau ihn auch schon deutlich freundlicher auf. Bröker tat wie ihm geheißen und ließ sich seufzend noch einmal auf der Liege nieder. Das war gerade noch einmal gut gegangen! Nun musste er schnell die Initiative übernehmen, damit Bombi nicht doch noch auf die Idee kam, er habe herumgeschnüffelt.

„Sind Sie Frau Ebbesmeyer?", stellte er die erste Frage, die ihm in den Sinn kam.

„Ich bin Bombi", sagte sein Gegenüber nur und streckte Bröker die Hand entgegen.

„Bröker", entgegnete der und schlug ein. „Und Ihnen, also, ich meine, dir gehört der Laden hier?", fragte er.

Bombi nickte stolz. „Der und noch zwei Dutzend andere", bestätigte sie. „Aber hier in Bielefeld habe ich angefangen."

„Zwei Dutzend", gab sich Bröker erstaunt. „Und das kannst du alles managen?"

Die Bewunderung schmeichelte Bombi offensichtlich.

„Nun ja, wenn man klein anfängt, dann wächst

man da rein", erklärte sie mit gespielter Bescheidenheit. „Und irgendwann hat man dann eine der größten Fitness-Ketten in Nordrhein-Westfalen."

„Wirklich, so groß bist du?", verstärkte Bröker den Stolz der Unternehmerin noch.

„Das will ich meinen", antwortete die. „Aber von nichts kommt nichts!"

„Und wie behältst du da finanziell den Überblick?", lenkte Bröker das Gespräch in die Richtung, die ihn interessierte.

„Dafür habe ich doch meine Leute. Ich bin ja keine Betriebswirtin oder so. Ich komm mehr so aus der Ringerecke." Dann winkte sie ab. „Aber das ist auch schon ne Weile her."

„Ich kann mir jedenfalls vorstellen, dass man da Experten braucht!"

„Ja, jede Menge, schon allein einen, der vor Ort nach dem Rechten sieht."

„Und da geht nie etwas schief?"

„Wüsste jetzt nicht, nö", überlegte Bombi kurz. „Klar, manchmal musst du wen rausschmeißen. Aber wer hat schon ausschließlich perfekte Mitarbeiter?" Sie lachte und Bröker fand, dabei klang sie wie ein Terrier, der sich heiser gebellt hatte.

„Ich dachte eher, dass man bei so einem Riesenbetrieb leicht auch mal übers Ohr gehauen wird", erwiderte Bröker.

„Nein, das gab's bisher nicht. Ich glaube, irgendwo sind wir Sportlerinnen doch eine große Familie. Da betrügt man den anderen einfach nicht." Dann zögerte Bombi einen Moment. „Wobei …", begann sie.

„Wobei was?"

„Nun ja, neulich hat mein Finanzberater rumgejammert."

„Wieso das denn?", zeigte sich Bröker interessiert.

„Ach, so genau habe ich das gar nicht verstanden", gab die Unternehmerin zu. „Irgendwelche Verwaltungsprobleme eben. Wenn du mich fragst, hat da irgend so ein Banker den Hals nicht voll genug gekriegt."

„Und was hast du gemacht?", fragte Bröker.

„Oh, mein Finanzberater sagte, er habe da Leute, die das für mich regeln würden." Bombi fuhr sich siegessicher durch ihr dickes, blondes Haar. „Er sagte, sie sprächen vielleicht nicht ganz so reines Hochdeutsch wie ein Gerichtsvollzieher, dafür kämen sie aber mit Sicherheit an das Geld. Ich habe ihn machen lassen." Bombi lachte. Dann schien sie sich ihrer Sache aber nicht mehr ganz so sicher.

„Klingt ja fast wie Mafia!"

„Nun ja, das hoffentlich wohl nicht ganz. Aber ein bisschen Angst bekommen dürfen solche geldgeilen Typen schon, finde ich."

„Und wie weit würden diese Leute gehen?" Bröker versuchte, sich seine Aufregung bei dieser Frage nicht anmerken zu lassen.

„Keine Ahnung. So weit wie nötig, wenn man meinem Finanzberater Glauben schenken darf!"

„Meinst du, die würden auch jemanden umbringen?"

„Ach Quatsch!", bestritt Bombi vehement. „Sag mal, wieso interessiert dich das eigentlich?", stellte sie die Frage, die Bröker insgeheim schon seit einiger Zeit gefürchtet hatte.

„Nun ja, ich bin gewissermaßen vom Fach", improvisierte er.

„Was meinst du mit ‚vom Fach'?" Bombi sah ihn fragend mit ihren stechend blauen Augen an. „Du hast doch bestimmt keinen Fitness-Club!" Diesmal klang ihr Lachen eher wie das Bellen eines Hundes von größerem Kaliber.

„Nein, nein, keine Sorge! Auf dem Gebiet mache ich dir keine Konkurrenz!" Um sein Gegenüber zu beschwichtigen, tätschelte Bröker lachend seinen Bauch. Er musste allerdings zugeben, dass dies auch auf ihn selbst eine beruhigende Wirkung hatte. „Nein, ich bin auch so etwas wie ein Vermögensberater!", schob er dann nach.

„Wirklich? Dann hättest du mir ja vielleicht helfen können!"

„Vielleicht", erwiderte Bröker. „Ich bin darauf gekommen, weil ich mein eigenes kleines Vermögen zusammenhalten musste. Schließlich habe ich gedacht, dass auch andere von meinem Wissen profitieren können. Sag mal, bist du eigentlich sicher, dass dein Finanzberater vertrauenswürdig ist?" Damit lenkte er das Gespräch auf einen Gedanken, der ihm gekommen war, als er mitbekommen hatte, wie unbeleckt die Unternehmerin in Geldfragen schien.

„Bislang kann ich mich nicht beschweren", antwortete die. „Aber vielleicht sollte ich mich doch mal umorientieren. – Hast du vielleicht eine Karte? Aber nur, falls du nicht in Problemen steckst", schob Bombi hinterher und deutete auf Brökers blaues Auge.

„Nein, nein, das war … ein Haushaltsunfall", stotterte er verlegen. „Die Geschichte ist so peinlich, die willst du lieber nicht hören."

Bombi nickte erheitert.

„Aber sorry, eine Karte habe ich gerade trotzdem nicht!", ergänzte Bröker und deutete erleichtert darüber, dass ihm diese Ausrede eingefallen war, auf seine Trainingskleidung. „Ich war eigentlich gerade nicht auf ein Kundengespräch eingestellt."

„Nun ja, es eilt ja nicht", beschloss Bombi. „Wenn ich will, finde ich deine Daten sicherlich in der Kundendatei!" Bröker ließ sie in dem Glauben. „Und du wirst meinen Namen vielleicht auch nicht vergessen", zwinkerte Bombi noch jovial. Dann wurde sie verbindlicher. „Sag mal, wie geht es dir denn jetzt – alles wieder im grünen Bereich?"

Bröker erhob sich von der Liege. „Alles wieder im grünen Bereich. Ich habe mir wohl nur ein bisschen zu viel zugemutet."

„Ja, das passiert leicht zu Anfang", pflichtete ihm die Fitness-Unternehmerin bei. „Also, denk dran, immer locker bleiben!"

Sie hielt Bröker die Bürotür auf. Der verließ Bombis Allerheiligstes und wollte auf dem schnellsten Weg nach Hause. Doch vor den Umkleidekabinen fing ihn die Top-bekleidete Dame vom Empfang ab.

„Hi, ich hab gerade von Kati gehört, was dir passiert ist. Böse Sache!"

„Ja, hab mich wohl etwas übernommen", musste Bröker kleinlaut zugeben und wollte dann seinen Weg fortsetzen.

„Warte mal!", hielt ihn jedoch die Blondine auf. „Du musst dir jetzt einfach was Gutes tun. Und weißt du was? Wir haben da was, das ist für dich *genau* das Richtige! Und das Ganze bekommst du gratis! Geht komplett aufs Haus!" Die Empfangsdame hatte bei den letzten Worten begonnen, Bröker sanft in Richtung eines Durchgangs zu schieben, hinter dem eher eine Art Kabine als ein wirklicher Raum lag. Bröker schwante Übles.

„Komm rein und setz dich!", rief ihm prompt eine Stimme von drinnen entgegen. Brökers Kopf suchte noch nach einer Ausrede, aber sein Körper hatte sich schon in die Kabine geschoben und auf einem Stuhl Platz genommen. Er war wirklich miserabel darin, Nein zu sagen! Eine Frau mittleren Alters ergriff eine seiner Hände und betrachtete sie kritisch.

„Besonders gerade schneidest du deine Nägel aber nicht!", merkte sie an. „Immerhin sind sie nicht so ultrakurz wie bei vielen Männern. Da lässt sich dann schon viel besser was machen!" Mit diesen Worten zog sie eine kleine Feile hervor und begann Brökers Nägel zu bearbeiten. Dem wurde nun langsam klar, wo er sich befand. Erschöpft verfolgte Bröker, wie die Kosmetikerin seine Nägel in Form brachte. Allzu lange konnte das ja nun auch wieder nicht dauern. Nach wenigen Minuten war die Frau schon bei seiner anderen Hand angelangt. Er hoffte nur, sie käme nicht auf die Idee, ihm auch noch die Fußnägel zu machen. Dann würde er protestieren, das schwor er sich!

Stattdessen fragte die Frau ganz unverfänglich: „Und was sind so deine Lieblingsfarben?"

Bestimmt nicht Pink und Lila, dachte Bröker, als er die Nägel seines Gegenübers sah.

„Schwarz, Weiß und Blau", antwortete er stattdessen diplomatischer. Für einen echten Arminia-Fan war das eben keine Frage.

„Dann gib mir doch noch mal deine linke Hand", bat die Mitarbeiterin freundlich.

„Die ist doch schon fertig!", protestierte Bröker.

„Ja, gefeilt schon", bestätigte sie und hatte im gleichen Moment drei Fläschchen mit Nagellack hervorgezogen. Bevor Bröker noch irgendetwas einwenden konnte, befand sich schon der erste Strich eines kräftigen Blautons auf dem Nagel seines kleinen Fingers.

„Nein!", versuchte sich Bröker nun doch zu wehren und dem vorschnellen Zugriff der Frau zu entziehen. Allerdings war diese wesentlich kräftiger als Bröker vermutet hatte. Wahrscheinlich durfte sie in den Lounges von Bombi kostenfrei trainieren.

„Nicht rumzappeln! Sonst verschmiert doch alles!", befahl sie rigoros. Und dann wie zu einem kleinen Kind: „Das ist doch ein sehr schönes Blau! Daneben setzen wir jetzt ein Weiß!"

Und sogleich lackierte sie den Nagel des Ringfingers in besagter Farbe. Bröker wagte nicht mehr zu protestieren. Wie war er nur wieder in diese Lage geraten? Er hatte den Mörder von Max jagen wollen. Und nun saß er in einem Fitnessstudio, in dem er bis zur Bewusstlosigkeit trainiert hatte, und bekam die Nägel lackiert! Wenn Gregor ihn so sah, könnte er einpacken! Unterdessen hatte die Kosmetikerin nicht nur ihre Verschönerung der linken Hand, sondern auch die der rechten Hand beendet. Mit zufriedenem Lächeln setzte sie einen letzten Strich Blau auf den rechten Daumen.

„Fertig!", sagte sie dann. „Oder warte mal! Weißt du was? Wenn ich dir auf das Weiß am Zeige- und Ringfinger noch ein A male, sieht das fast aus wie die Fahne von Arminia Bielefeld. Ist das nicht witzig?"

Sogleich setzte sie ihr Vorhaben in die Tat um. Bröker seufzte vernehmlich. Natürlich sah es aus wie die Fahne der Arminia! Was hatte die grellgeschminkte Mitarbeiterin gedacht, woher seine Vorliebe für Schwarz, Weiß und Blau stammte?

„Perfekt!", jubilierte die inzwischen. „Man könnte fast denken, du wärst ein Fußballfan!"

„Absurder Gedanke", murmelte Bröker. „Die haben schließlich keine lackierten Fingernägel!"

„Das ist natürlich auch wieder richtig!", stimmte ihm die Kosmetikerin zu.

Wenig später hatte Bröker sich dann tatsächlich wieder auf die Straße gerettet. Seine Ermittlungserfolge waren zweifelhaft. Dafür aber war er um einige Erfahrungen reicher, die er freiwillig sicherlich nie gemacht hätte.

Kapitel 13
Schlag auf Schlag

Bröker öffnete leise seine Haustür und eilte die Treppe nach unten in den Keller. Dort entpackte er als Erstes die violette Handtasche und schob das verschwitzte Trikot samt der Jogginghose in die Waschmaschine. Dann schnappte er sich eine Dose Terpentin und rieb mit einem Tuch den Lack von seinen Nägeln. Gott sei Dank, dachte Bröker, es funktioniert.

Als er die Treppe wieder hochstieg, fand er Gregor im Wohnzimmer. Der Junge saß in einem der Cordsessel und hatte Julian auf seinen Knien. Erleichtert strahlte er Bröker an. „Ich wusste ja gar nicht, dass du zu Hause bist! Wo warst du denn?"

Da war sie also schon, die Frage, die Bröker im Moment am wenigsten von allen beantworten wollte. Er schluckte und beschloss mutig in die Offensive zu gehen.

„In einem Fitness-Studio", gestand er.

Gregor schaute ihn ungläubig an. Dann prustete er los.

„Manchmal unterschätze ich echt deinen Humor! Mit Fitness-Studio meinst du aber nicht zufällig deinen Lieblingsitaliener, bei dem du einen Salat gegessen hast, oder?"

Bröker beschloss, dass dieses Missverständnis immerhin besser war, als wenn er Gregor von seinen Versuchen auf dem Heimtrainer berichten müsste.

„Nun ja, wo du warst, kannst du mir ja auch nachher noch berichten! Es ist jedenfalls gut, dass du wieder da bist!", entschied Gregor.

„Das klingt danach, als bräuchtest du meine Hilfe", folgerte Bröker.

„Ja, stimmt, du alte Spürnase! Genauer: Judith braucht deine Hilfe. Oder noch genauer: Julian braucht sie. Judith ist nämlich noch mal weg. Sie will zu Schewe und ihm alles zu den Gorillas erzählen."

„Na, ob das so eine gute Idee ist."

„Ja, ich hab ihr auch gesagt, dass ich das nicht unbedingt für klug halte. Je mehr Menschen wissen, wo sie sich versteckt hält, desto eher sickert es durch. Aber sie hat es sich nicht ausreden lassen."

Bröker runzelte die Stirn. „Ist doch komisch, dass sie jetzt damit zur Polizei rennt, wo wir von ihrer Affäre erfahren haben."

Gregor sagte nichts, warf seinem Freund jedoch einen vielsagenden Blick zu.

„Jedenfalls hat sie mir ihr Kind dagelassen", setzte er dann neu an, um auf sein eigentliches Anliegen zu sprechen zu kommen.

„Na, dann ist es doch prima versorgt …", grinste Bröker, der schon längst verstanden hatte, worum es Gregor ging.

„Eben nicht! Ich habe gleich eine Verabredung mit den *CyberHoods*!"

„So häufig, wie ihr euch trefft, glaube ich manchmal, du bist nicht bei irgendeiner Gruppe, die die Welt verbessern will, sondern bei den Anonymen Alkoholikern!", spottete Bröker.

„Na, dann überleg mal, wer von uns beiden da wohl eher hingehen sollte!", gab der Junge spitz zurück, klang dann aber wieder versöhnlicher, als er fragte. „Nimmst du mir den Kleinen nun ab? Bitte!"

„Eigentlich wollte ich mir ja Gedanken darum machen, wie wir denn nun Judith helfen könnten … wenn sie denn Hilfe braucht", maulte Bröker.

„Aber damit hilfst du ihr ja", wandte Gregor geschickt ein. In diesem Augenblick wandte sich auch Julian seinem neuen Ziehvater zu und gluckste fröhlich.

„Komm, gib ihn schon her!", gab sich Bröker geschlagen und nahm den Kleinen auf den Arm. „Wir werden uns die Zeit schon vertreiben!"

„Danke, Bröker. Auf dich kann man sich wirklich verlassen. Du hast was gut bei mir!"

„Na, könnte gut sein, dass ich deine Hilfe bei diesem Fall noch brauchen werde!", rief dieser seinem Freund nach. Aber der war schon in seine Turnschuhe geschlüpft, hatte seinen Helm geschnappt und war zur Tür hinaus. Ein paar Augenblicke später hörte Bröker das Knattern seiner blauen Vespa.

„Na, und was machen wir zwei Verlassenen nun?", fragte Bröker und betrachtete den Winzling auf seinem Arm. Der gab nur unverständliche Laute von sich. Da fiel Bröker in einer Ecke des Wohnzimmers eine Decke mit Spielzeug ins Auge. Ein Stoffkrokodil, eine Motorikschleife, zwei Bücher, ein paar Rasseln und eine kleine Trommel lagen dort wild verstreut übereinander. Neben dem Spielzeugberg hatte sich Uli für ein kleines Schläfchen zusammengerollt. Begeistert setzte Bröker Julian neben ihn auf die Decke und hängte ihm die Trommel um den Hals. Nun musste nicht mehr länger sein Bauch als Musikinstrument herhalten.

„Zeig mal, kannst du schon etwas spielen?", versuchte Bröker den Jungen zu animieren.

Julian schaute ihn erwartungsvoll an.

„Komm, ich zeig es dir!", ermutigte er das Kind, nahm einen der Schlegel und schlug sachte auf das Instrument. Das gab ein leises Scheppern von sich. Julian gluckste. Auf die Idee, selbst zu trommeln, kam er allerdings nicht.

„So musst du es machen!" Erwartungsvoll sah der Junge seinen großen Freund an, als dieser erneut einen der beiden Stöcke auf die Spielzeugtrommel niedersausen ließ. Diesmal schepperte das Blechinstrument schon lauter. Erschrocken sprang Uli auf und lief aus dem Wohnzimmer. Julian hingegen kreischte vergnügt auf. Der Lärm schien ihm zu gefallen.

„Das kannst du auch, versuch es nur mal!", feuerte Bröker ihn an und drückte ihm die beiden Schlegel in die Fäustchen. Der Junge betrachtete sie einen Moment und steckte kurzerhand einen der beiden in den Mund. Dann aber schien er zu begreifen. Langsam strich er mit dem anderen Stock über das Trommelfell. Der entstandene Ton wäre allerdings bestenfalls für eine Fledermaus zu hören gewesen.

„Du hast es fast. Du musst nur noch kräftiger zuschlagen!", erklärte sein Lehrer munter weiter. Doch auch der nächste Versuch war kaum zu hören. Bröker schüttelte den Kopf und auch Julian schien über den ausbleibenden Erfolg seiner Bemühungen frustriert. Leise begann er vor sich hin zu mäkeln.

„Hey, nicht weinen, ja?", bat ihn sein Ersatzvater. „Komm, wir versuchen es noch mal!" Bröker holte sich einen der beiden Schlegel zurück und schlug wieder auf die Trommel ein, die brav einen Laut von sich gab. Das ermutigte den Jungen, aber die kleinen, speckigen Ärmchen hatten einfach noch zu wenig Kraft. Der Laut, den das Instrument nun von sich gab, war erbärmlich. Das sah auch Julian so. Sein Mäkeln wandelte sich in leises, niedergeschlagenes Weinen. Bröker konnte generell nicht mit weinenden Menschen umgehen, ihre Gegenwart war ihm unheimlich und wann immer es ihm möglich war, machte er einen Bogen um entsprechende Situationen. Aber mit Julian ging das nicht. Er stand ja unter seiner Obhut.

„Komm, du musst nur kräftiger zuschlagen!", machte ihm Bröker daher wider besseres Wissen noch einmal Mut. Der Kleine zeigte sich tapfer und versuchte es tatsächlich ein weiteres Mal. Der Erfolg aber war bescheiden. Langsam steigerte sich das Weinen des Kindes zu einem Schreien. Verzweifelt nahm Bröker Julian auch den zweiten Trommelstock aus der Hand und schlug nun mit beiden Schlegeln auf das Blechinstrument ein.

„Guck, die Trommel geht doch!", versuchte er seinen Schützling zu übertönen. Doch dies ging nicht lange gut. Es knackte. Einer der beiden Stöcke brach kurz unterhalb des Kopfes entzwei und das spitze Ende bohrte sich durch das Trommelfell. Erschrocken hielt Bröker inne. Mit einem Mal war es mucksmäuschenstill im Wohnzimmer. Julians Klagen war verstummt. Bröker wartete auf die über ihn hereinbrechende Katastrophe. Doch der Junge schien bester Dinge. Neugierig beugte er seinen Kopf tief über die Trommel und besah das Loch. Dann schaute er zu Bröker auf und lachte. Er griff nach dem zweiten Schlegel und stopfte ihn zu dem ersten in die Trommel. Nun schien das Instrument für Julian seinen Zweck erfüllt zu haben. Stolz lachte er seinen Lehrer an.

In diesem Moment wurde die Musikstunde jäh unterbrochen. Es schellte. Bröker erschrak. Sollte er noch schnell die Überbleibsel des Instruments verschwinden lassen? Aber wohin? Und wie sollte er das Abhandenkommen des Spielzeugs erklären, falls Judith auffiel, dass die Trommel nicht mehr da war? Doch bevor Bröker einen Entschluss fassen konnte, schellte es schon zum zweiten Mal. Schnell eilte Bröker zur Tür und öffnete. Vor ihm stand ein geradezu jugendlicher Polizist – Bröker schätzte ihn auf unter 20 – und daneben Judith.

„Guten Tag, sind Sie Herr Bröker?", fragte der frischgebackene Ordnungshüter.

„Natürlich ist er das!", antwortete Judith ein wenig unwirsch, bevor auch Bröker ein „Ja genau, der bin ich!" hervorbringen konnte. Der Polizist schien aber wenig von Worten zu halten. Skeptisch musterte er Bröker und sein Blick blieb an dessen Veilchen hängen, wenn dieses auch schon langsam zu verblassen begann.

„Darf ich Sie bitten, sich auszuweisen!", forderte er den Bewohner der kleinen Stadtvilla am Sparrenberg prompt auf. Der bemerkte, wie sich in ihm Widerstand regte. Er reagierte zwar nicht ganz so allergisch auf Polizisten wie Gregor, aber ihnen unvoreingenommen entgegenzutreten, gelang ihm auch nicht.

„Ja, wen haben Sie denn erwartet, als Sie hier geklingelt haben?", fragte er, begann jedoch seine Hosentaschen nach seinem Personalausweis zu durchkramen.

„Lassen Sie mal gut sein, Piepenbrock!", tönte mit einem Mal eine Stimme aus dem Hintergrund. Der junge Polizist trat beiseite.

„Ich wollte ja nur auf Nummer sicher gehen!", murmelte er dabei.

„Das machen Sie schon richtig, aber dieser Herr hier ist uns persönlich bekannt!" Dieses bis zum Klischee ausgereifte selbstsichere Auftreten gehörte Schewe, der sich aus dem Hintergrund näherte. Gleich hinter ihm erschien eine Gestalt auf dem Weg, die Bröker ebenso gut bekannt war, van Ravenstijn, der niederländische Polizeipsychologe oder Profiler, wie er sich selbst gern bezeichnete.

„Offensichtlich sind Sie wieder mal mitten in einem Fall von uns, Bröker!", begrüßte der ihn sofort spöttisch und zeigte mit seinem Finger auf Brökers in Mitleidenschaft gezogenes Auge. „Ich habe ja immer gesagt, ohne ausreichende Übung kann Ermittlungsarbeit schnell ins Auge gehen!"

„Besser als wenn einem das richtige Händchen dafür fehlt!", gab Bröker zurück.

„Dürfen wir vielleicht einen kurzen Moment hereinkommen?", unterbrach Schewe die beiden Streithähne.

Bröker bat alle ins Wohnzimmer, wo die versammelte Mannschaft auf Julian traf, der immer noch mit dem Schlaginstrument beschäftigt war. Das Loch hatte sich inzwischen beträchtlich erweitert.

„Oh, hast du deine Trommel kaputtgemacht, mein

kleiner Schatz?", beugte sich Judith zu ihrem Sohn hinunter.

Brökers Kopf begann leicht rötlich anzulaufen.

„Das Spielzeug ist wirklich von unglaublich schlechter Qualität. Einige der Sachen hat Julian nicht mal einen Tag gehabt, dann waren sie kaputt."

„Ja, ich habe auch gestaunt, wie schnell die Trommel kaputtgegangen ist", erwiderte Bröker. Eigentlich war das noch nicht einmal gelogen. Mit Bedauern untersuchte er das Instrument noch einmal.

„Lass mal, die ist hin!", nahm ihm Judith das Spielzeug aus der Hand.

„Ich wusste gar nicht, dass Sie inzwischen Vater geworden sind, meinen Glückwunsch!", unterbrach van Ravenstijn die heimische Szene scherzend.

Judith verzog missbilligend das Gesicht und nahm Julian auf den Arm.

„Setzen Sie sich doch bitte alle. Darf ich jemandem etwas zu trinken anbieten?", bot Bröker eilfertig an, um das Thema zu wechseln.

„Nein, lassen Sie uns lieber gleich zur Sache kommen!", entschied Schewe.

„Oh, ich hätte ganz gerne einen Koffie!", ließ van Ravenstijn verlauten. „Das war natürlich ein Witzchen", fügte er hinzu, als er Schewes strafenden Blick sah.

„Also, Frau Linnenbrügger ist heute zu uns gekommen, weil sie seit dem Tod ihres Mannes bedroht wird. In ihre Wohnung wurde eingebrochen und sogar auf der Beerdigung sollen ihr zwielichtige Gestalten aufgelauert und Geld verlangt haben", fuhr der Hauptkommissar fort. „Sie gibt an, für eine Übergangszeit bei Ihnen zu wohnen, Herr Bröker. Obwohl ich keine Ahnung habe, wie Sie schon wieder in einen unserer Fälle verwickelt worden sind!"

Bröker nickte. „Ja, Judith wohnt im Moment hier", beantwortete er zumindest die Hälfte der implizierten Frage. Mehr hatte Schewe anscheinend auch gar nicht erwartet.

„Frau Linnenbrügger gibt außerdem an, dass Sie bezeugen können, dass sie von den fraglichen Männern auf der Beerdigung bedrängt wurde", fuhr er fort.

„Das stimmt", bestätigte Bröker. „Zumindest habe ich gesehen, dass sie dort von zwei Unbekannten mit Sonnenbrillen angesprochen wurde. Was die beiden gesagt haben, kann ich Ihnen natürlich nicht sagen. Dazu war ich zu weit entfernt." Zum ersten Mal regte sich in seinem Hinterkopf ein leiser Zweifel daran, ob Judith die Szene wahrheitsgetreu geschildert hatte. Ob Schewe davon wusste, dass sie ihren Mann betrogen hatte? Und falls nicht, musste er dann dem Hauptkommissar davon erzählen? Was, wenn Judith tatsächlich in den Mordfall verwickelt war? Dann hielt er wichtige Informationen vor der Polizei zurück. Verstohlen blickte er zu der jungen Mutter. Zärtlich hielt diese Julian im Arm und streichelte ihm durch das spärliche Haar.

„Na, das ist doch schon einmal etwas", riss Schewe Bröker aus seinen Gedanken. Der wiederum bemerkte, dass der junge Polizist, der sich unauffällig in der Nähe der Tür postiert hatte, begann, Brökers Aussage mitzuschreiben. „Frau Linnenbrügger gibt auch an, dass die Erpresser im Namen einer gewissen Bombi gekommen seien. Hinter diesem Spitznamen steckt die Unternehmerin Bianca Ebbesmeyer", konstatierte der Kriminalbeamte.

Bröker zuckte mit den Schultern. „Das wiederum kann ich nicht bestätigen", gab er an. „Aber es erscheint mir auch keine absurde Idee, wenn man sich den Vorwurf, dass Geld von ihren Konten verschwunden ist, und die Tatsache, dass Max Linnenbrügger für sie bei der *Sparbank* verantwortlich war, vor Augen hält."

Schewe schien von Brökers Informationsstand wenig überrascht und nickte bloß. „Um ehrlich zu sein, Frau Ebbesmeyer zählte schon zu unseren Verdächtigen, bevor sich Frau Linnenbrügger bei uns gemeldet hat."

„Aber sind das nicht zwei verschiedene Paar Schuhe?" Nachdenklich wiegte Bröker den Kopf hin und her. In Momenten wie diesem, in denen man alle Möglichkeiten durchspielen konnte, fühlte er sich wohl. „Ich halte es für durchaus vorstellbar, dass jemand wie diese Bombi einigen Druck ausübt, um wieder an ihr Geld zu kommen, wenn eben dieses schon ein paar Tage verschwunden ist: so wie jetzt. Aber was hätte sie davon, ihren Kontenverwalter so schnell umzubringen? Würde sie nicht zunächst probieren, das Geld von ihm zurückzubekommen?"

„Was gäbe es für einen besseren Grund Max Linnenbrügger zu ermorden, als dass er Geld beiseitegeschafft hat oder man das zumindest annimmt?" Schewe schien ob Brökers Argumentation zwiegespalten.

„So oder so kann Judith, also Frau Linnenbrügger, natürlich weiterhin bei mir wohnen", brach Bröker die Diskussion ab. Er wusste ja selbst nicht, wie es sich verhielt.

„Ich denke, Bröker, Sie unterschätzen diese Bombi", meldete sich in diesem Moment der selbsternannte Profiler zu Wort. „Wissen Sie noch, was ich Ihnen zum Thema Schach und Vatermord beigebracht habe?" Selbstgerecht strich sich van Ravenstijn in Erinnerung an einen früheren Dialog mit Bröker über seinen glattrasierten Schädel.

„Sicher, wie könnte ich das vergessen, wenn Sie mich bei jeder Begegnung daran erinnern?", knurrte Bröker ärgerlich zurück. „Aber was hat denn das mit dem aktuellen Fall zu tun?"

„Nun, solche Uraggressionen lauern überall", geheimniste der Holländer vor sich hin.

„Aha", erwiderte Bröker humorlos.

„Im vorliegenden Fall finde ich die psychologische Situation dieser sogenannten Bombi äußerst interessant", dozierte der Psychologe weiter. „Sie müssen sich in sie hineinversetzen."

„Muss ich das?", unterbrach Bröker den drohenden Vortrag des Holländers. Der aber ließ sich nicht aufhalten. „Sie hat ganz klein angefangen. Mit nichts sozusagen. Und sie hat ein Imperium von zwei Dutzend Fitness-Studios aufgebauen. Sie ist in der Szene da unter ihren Frauen extrem anerkannt. So was wie eine Leitwölfin."

„Aufgebaut", korrigierte Bröker ungnädig.

„Gut, aufgebaut! Und worin äußert sich ihre Macht? Was sind ihre Insignien?" Bröker hätte nicht vermutet, dass der Holländer dieses Wort kannte. „Es ist das Geld!", fuhr der Psychologe fort, ohne eine Antwort abzuwarten. „Was für Königin Beatrix und König Wilhelm Alexander die Krone und die Juwelen sind, das sind für diese Bombi ihre Tempel und das Geld. Und wenn es ihr jemand fortnimmt, noch dazu ein Mann …"

„Aber Max hat ihr nichts weggenommen. Max war nicht so jemand!", protestierte Judith. Ihre Augen hatten sich schon wieder mit Tränen gefüllt.

„Ihr Mann muss gar nichts genommen haben", bestätigte der Holländer. „Es reicht, dass diese Bombi glaubt, jemand habe die Kronjuwelen genommen, dann schlägt sie zurück. Unbarmherzig!" Van Ravenstijns Augen leuchteten bei diesen Ausführungen, als habe ihm gerade jemand einen besonders großen Laib Edamer vor die Füße gerollt.

„Ich glaube, an Ihrer Theorie ist nicht so viel dran!" Dieser einfache Satz Brökers ließ das Leuchten in den Augen des Holländers erlöschen.

„Wieso?", fragte er entgeistert.

„Also, wenn ich das richtig verstanden habe, weiß diese Bombi noch nicht einmal so genau, was ihre Geldeintreiber in ihrem Namen tun", führte Bröker ins Feld. Im selben Augenblick wurde ihm klar, dass er diesen Satz besser nicht gesagt hätte.

„Woher wissen Sie das? Haben Sie etwa schon mit ihr gesprochen?" Auch Schewe war die Konsequenz der Aussage nicht entgangen.

„Na ja, mehr oder weniger zufällig ...", musste Bröker zugeben.

„Wie ich Sie kenne, war es vermutlich weniger zufällig!", warf Schewe ein.

Bröker zog es vor zu schweigen. Ihm die Geschichte seines Aufenthalts im Fitness-Club zu erzählen, wäre sicherlich schmerzhafter gewesen. Er zuckte mit den Schultern.

„Und was hat diese Bombi nun gesagt?", hakte Schewe nach.

„Nun, so im Detail konnte ich sie natürlich nicht ausquetschen", gab Bröker zu. „Ich bin ja schließlich nicht die Polizei. Aber anscheinend wusste sie von den Defiziten auf ihren Konten nur von ihrem Finanzberater. Und der hat auch die Geldeintreiber eingestellt. Vor diesem Hintergrund bleibt nur wenig Raum für Ihr Profil einer in ihrer Ehre gekränkten Unternehmens-Eva, Ravenstijn."

Der Angesprochene zuckte beleidigt mit den Schultern.

„Nun, vielleicht müssen wir da einmal genauer nachhaken", erklärte Schewe unterdessen. „Aber das war ja auch wirklich nicht der Grund unseres Kommens. Nicht, dass Sie denken, die Polizei weiß mal wieder nicht weiter und fragt bei Mr. Marple nach." Er lachte jovial.

„Und was genau wollten Sie dann hier?", fragte Bröker ein wenig irritiert.

„Zum einen wollten wir natürlich Frau Linnenbrügger sicher zu ihrer derzeitigen Wohnung begleiten. Und zum anderen wollten wir Sie fragen, ob sie bis auf Weiteres hier bleiben kann."

„Natürlich", bestätigte Bröker.

„Dann wollen wir Sie auch nicht weiter stören", beendete Schewe das Gespräch. „Schließlich sollen Sie ausreichend Zeit haben, sich Ihrer neuen familiären Situation zu widmen." Er zwinkerte in Richtung Julian, der fest in den Armen seiner Mutter eingeschlafen war. Mit diesen Worten begab sich das Polizistentrio zur Tür.

Kapitel 14
Nachrichten von Charly

Bröker beschloss, sich nach dem Besucheransturm, dem er in der letzten Stunde ausgeliefert gewesen war, für den Rest des Tages in sein Bücherzimmer zurückzuziehen. Gregor war wegen seines Treffens nicht greifbar. Mit ihm konnte er die letzten Ereignisse der Ermittlungen also nicht Revue passieren lassen. Und mit Judith zu sprechen, war derzeit heikel, da ihm noch immer nicht klar war, ob und inwiefern sie in den Fall verwickelt war. Abgesehen davon, dass die meisten Gespräche mit ihr darin mündeten, dass er die Aufsicht über Julian erhielt, während dessen Mutter noch etwas erledigen musste. Nein, da hütete er doch gerade lieber einen kleinen Weißwein, den er sich zu ein paar Datteln im Speckmantel kredenzte. Er hatte einen Gewürztraminer aus Südtirol gewählt. Beim ersten Schluck dieses goldgelben Weines hob sich seine Stimmung merklich. Nun fehlte nur noch etwas Musik. George Winston, entschied er. Reine Klaviermusik. Entspannend. Ganz ohne Trommeln.

Bevor er schließlich ins Bett ging, fasste er noch einen weiteren Entschluss. Und zwar, dass er am nächsten Tag endlich einmal wieder ausgiebig frühstücken wollte. Mit Lachs und Rührei, vielleicht sogar ein wenig Schinken, vor allem aber den beiden Bielefelder Lokalzeitungen, dem *Westfalen-Blatt* und der *Neuen Westfälischen*. Auf diese ihm so liebe Gewohnheit hatte er verzichtet, seitdem er Judith mit Julian bei sich aufgenommen hatte. Wann immer Bröker aufgestanden war, waren Judith und Julian und sogar Gregor schon wach gewesen. Und stets hatten sie sich auch schon überlegt, was am Vormittag zu tun war. Und ausgiebig zu frühstücken zählte nie zu ihrem Vorhaben. Daher griff Bröker beim Zubettgehen zu einer für ihn höchst ungewöhnlichen Maßnahme: Er stellte seinen Wecker auf Viertel nach sieben. Endlich einmal konnte er Nutzen aus Gregors letztem Weihnachtsgeschenk ziehen, das den alten Wecker seiner Mutter seit vergangenem Dezember ersetzte.

Pünktlich um Viertel nach sieben am nächsten Morgen wurde Bröker dann auch von einem durchdringenden Piepen geweckt. Er schreckte auf und fuhr dann den Arm Richtung Nachttischchen aus, um den Ausknopf des Weckers zu betätigen. Doch der Nachttisch war leer. Was piepte denn dann bloß so unaufhörlich und nervtötend? Bröker setzte sich auf und blickte sich irritiert um. Handelte es sich gar um einen Feueralarm? Dann sah er, wie etwas kleines Weißes am Boden seines Schlafzimmers umherfuhr. Bröker traute seinen Augen nicht. Es war der Wecker! So viel des Südtirolers hatte er gestern doch gar nicht getrunken?

Schließlich dämmerte es ihm. Hatte der Junge ihm das Weihnachtsgeschenk nicht mit den ungefähren Worten überreicht, dass er „von sanften Melodien" so etwas wie „in den Tag getragen würde"? Er hätte gleich skeptisch werden müssen. Ächzend schob er sich aus dem Bett, um dem Wecker hinterherzujagen. Doch Uli, sein fetter Kater, kam ihm zuvor. Er schoss aus seinem angestammten Sessel neben Brökers Bett und warf sich mit seiner gesamten Körpermasse auf die tickende Nervensäge. Bröker musste lachen. Wenn Uli so auch auf Mäusejagd ging, war es kein Wunder, ihn so selten erfolgreich zu sehen. Nun aber griff er dankbar unter Ulis Wanst, zog den Wecker hervor und machte dem Piepen ein Ende.

Als Bröker unter der Dusche an das bevorstehende Frühstück dachte, verflüchtigte sich auch der letzte Rest seines Unmuts und er kam beschwingt die Treppe hinab. Doch aus der Küche drangen Stimmen. Das konnte doch nicht sein! Um diese Uhrzeit! Da war es ja wahrscheinlicher, dass Einbrecher im Haus waren. Seine Nase sagte ihm jedoch, dass diese Einbrecher dann auch Kaffee gekocht haben mussten.

Tatsächlich saß Judith bereits in der Küche. Julian schmatzte auf ihrem Schoß vergnügt an einem Löffelchen Brei, das ihm seine Mutter hinhielt. Angesichts des Breis, der sich im Gesicht und auf der Kleidung des kleinen Kindes befand, fragte sich Bröker jedoch, ob Julian überhaupt etwas abbekam. Mit einem zweiten Blick sah Bröker, dass auch Gregor schon wach war und sich gerade einen Kaffee eingoss. „Guten Morgen, Bröker, du bist schon wach? Ich hoffe, wir haben dich nicht geweckt!", begrüßte ihn Judith. „Möchtest du ihn vielleicht auch mal füttern?" Bei diesen Worten zeigte sie auf Julian und machte eine entsprechende Handbewegung.

„Nee, danke, ich glaube, ich würde gerne erst einmal futtern, bevor ich füttere", brummte Bröker. Ihm war gerade eindeutig zu viel Rummel in der Küche. Immerhin hatte die Schlaflosigkeit seiner Mitbewohner den Vorteil, dass einer von ihnen schon Brötchen besorgt hatte. Er griff sich zwei davon, nach kurzem Nachdenken auch ein drittes und belegte sie mit Lachs, Schinken und altem Gouda. Gleichzeitig produzierte er ein großes Rührei aus sechs Eiern, Milch und Zwiebeln. Als er die Zeitungen von draußen geholt hatte, war auch die Eierspeise fertig.

„Wer will, kann sich nehmen", verkündete er großzügig, leistete selbst seiner Aufforderung als Erster Folge und verschwand samt Frühstück und Morgenlektüre im Wohnzimmer. Mit einem Seufzen ließ er sich auf einem der Cordsessel nieder, nahm einen großen Schluck Kaffee und schlug das *Westfalen-Blatt* auf. Wie üblich ignorierte er dabei den Mantelteil mit den Nachrichten aus aller Welt. Der schien sowieso immer gleich zu sein: Es gab Unfälle in Atomkraftwerken, Sprengstoffattentate in Israel und Bayern München wurde Deutscher Fußballmeister. Aber auch in der Bielefelder Region schien wenig Erwähnenswertes passiert zu sein. Bröker warf einen kurzen Blick auf einen Bericht über die Freibadsaison, die in diesen heißen Augusttagen neue Besucherrekorde verzeichnete, und die Gründung eines Bielefelder Ablegers der *Freunde der Zahl Pi*. Er schüttelte den Kopf. Es war definitiv Saure-Gurken-Zeit. Immerhin brachte der lokale Sportteil noch Interviews zum vergangenen Pokalspiel. Die Euphorie über den sensationellen Sieg war selbst vier Tage danach noch nicht abgeebbt. Daneben gab es aber auch schon Vorberichte auf den anstehenden dritten Ligaspieltag, an dem die Arminia in Hamburg antreten musste. Gabel für Gabel genoss Bröker sein Rührei, biss gelegentlich von dem Schinkenbrötchen ab und las dabei aufmerksam die Sportmeldungen. Als er beim Lachsbrötchen angekommen war, gab es im *Westfalen-Blatt* nichts Interessantes mehr zu finden und er wechselte zur *Neuen Westfälischen.*

Hier fiel sofort eine Sonderseite auf, von der Bröker am Autorenkürzel erkannte, dass Charly sie geschrieben hatte. Sie beschäftigte sich mit einem anscheinend immer populärer werdenden Hobby, von dem Bröker noch nie zuvor gehört hatte: dem Geocaching. Er rätselte, was dieses Wort überhaupt bedeuten sollte. Obwohl er glaubte, dass seine Englischkenntnisse ganz passabel waren, kam er dem Rätsel nicht auf den Grund. „Geo" hatte sicherlich etwas mit der Erde zu tun und an das Wort „cache" erinnerte er sich noch vage aus seinem Informatikstudium. Dort hatte es so was wie Speicher geheißen, sonst aber bedeutete es wohl eher Versteck. Aber was sollte das in diesem Zusammenhang heißen? Dass man die Erde versteckte?

Bröker las weiter. Zum Glück hatte Charly den Begriff für Ignoranten wie ihn erklärt. Wenn er es richtig verstand, ging es darum, kleinere Gegenstände, so genannte Caches, die irgendjemand in der Stadt oder in der Landschaft versteckt haben konnte, anhand von Koordinaten zu finden. Hierzu brauchten die Schatzsucher einen Kompass und ein so genanntes GPS-Gerät, das die geographischen Längen- und Breitengrade anzeigte. Zu seinem Erstaunen lernte Bröker, dass inzwischen die meisten Mobiltelefone mit solch einer Funktion ausgestattet waren. Lächelnd blickte er auf sein Handy, das vor ihm auf dem Wohnzimmertisch lag, und schüttelte den Kopf. Nein, seines hatte bestimmt keine GPS-Funktion. Hatte man einen Cache gefunden, so konnte man sich meist in ein Logbuch eintragen und wurde manchmal sogar zum nächsten weitergelotst. Laut Charly wurde die Anzahl der Geocacher in Deutschland ebenso wie die Anzahl der Caches in 10 000en gezählt.

Bröker legte die Zeitung auf den Tisch und schob die letzte Ecke des Käsebrötchens in den Mund. Noch einmal schüttelte er den Kopf. Er musste ja zugeben, dass er das Lösen kriminalistischer Rätsel mehr liebte, als er das noch vor ein paar Jahren für möglich gehalten hätte. Und so stark unterschied sich dieses Geocaching ja davon nicht. Dennoch kam ihm diese moderne Form der Schnitzeljagd merkwürdig sinnfrei vor. Als wenn Menschen nichts anderes mit ihrer Zeit anzufangen wüssten. Er konnte sich jedenfalls nur eine Form der Schnitzeljagd vorstellen und die endete immer auf dieselbe Weise: vor einem Teller mit einem schönen, gut geklopften Stück Fleisch. Nur über die Beilagen und die Soßen ließ er mit sich reden.

„Na, hast du deine Morgenübellaunigkeit über-

wunden, so dass man wieder mit dir reden kann?",
fragte Gregor, der seinen Kopf zur Wohnzimmertür
hereingesteckt hatte.

„Ich war gar nicht schlecht gelaunt!", stritt Bröker
ab. „Ich brauchte nur mein Frühstück und etwas Zeit
zum Zeitunglesen!"

„Die sollst du ja haben", gab sich Gregor großzügig. „Guck mal, ich habe dir sogar noch einen
Kaffee mitgebracht, als Friedensangebot gewissermaßen." Er schob sich nun ganz ins Wohnzimmer
und füllte Brökers Becher wieder auf. Der nahm einen weiteren Schluck.

„Danke", sagte er dann. „Stell dir mal vor, was ich
bei meiner Zeitungslektüre entdeckt habe!"

Gregor zuckte mit den Schultern: „Keine Ahnung,
dass die Kaninchenzüchter einen neuen Vorsitzenden
haben vielleicht?"

„Ja, das steht da sicherlich auch drin", lachte Bröker. „Nein, ich meine das hier." Er zeigte auf die Seite, die er gerade gelesen hatte. „Charly hat einen Artikel über ein in Deutschland aufblühendes Hobby
geschrieben. Weißt du, was Geocaching ist?"

„Ja klar, GPS-Schnitzeljagd. Du suchst einen
Cache anhand seiner Koordinaten. Die ziehst du dir
aus dem Internet", erklärte Gregor. „Interessiert dich
das? Sag nicht, du willst jetzt auch mit dem Geocaching anfangen? Bröker, dann brauchst du aber
ein neues Handy!" Lachend wies er auf Brökers altes,
klobiges Mobiltelefon.

„Hätte ich mir ja denken können, dass du das mal wieder kennst."

„Muss man ja nicht kennen", lachte der Junge. „Aber Verstecken hast du als Kind schon gespielt?"

„Ungern", musste Bröker zugeben. „Wenn man sich zu gut versteckte, konnten es langweilige Nachmittage werden."

„Nun ja, wenn du schon damals so gut in Form warst wie heute, war es sicher schwer, dich unsichtbar zu machen", gab Gregor zurück. „Und wie sieht's nun aus: Wäre das etwas für dich?"

In diesem Moment öffnete sich die Tür ein zweites Mal und Judith betrat den Raum. Ihren Sohn hatte sie sich in der Babytrage vor den Bauch geschnallt.

„Stell dir vor, Bröker hat gerade Geocaching für sich entdeckt!", verkündete Gregor.

Die Reaktion der jungen Frau war erstaunlich. Ihre Nasenflügel bebten, ihre Unterlippe begann zu zittern und eine Träne rann ihr über das Feuermal.

„Was fängst du jetzt davon an!", stieß sie hervor. „Du kannst dir doch vorstellen, wie weh mir das tut!"

Julian, der mitbekam, wie aufgewühlt seine Mutter war, fing leise an zu weinen. Gregor sah zunächst Judith, dann Bröker an. Der hob nur die Schultern.

„Wie jetzt? Was meinst du?", fragte der Junge verwirrt.

„Na, Geocaching war doch das große Hobby von Max. Das musst du doch gewusst haben!", schluchzte Judith.

„Nichts habe ich gewusst!", beteuerte Gregor. „Die ganze Diskussion ist doch nur aufgekommen, weil heute ein Artikel über das Caching in der Zeitung steht und Bröker bis zu diesem Moment noch nicht wusste, was es überhaupt ist!"

Dabei sah er zerknirscht aus, was bei ihm selten vorkam.

Judith schaute ungläubig. „Das kann doch nicht sein. Geocaching kennt doch jeder heute. Stimmt das wirklich, Bröker?"

Der nickte zur Bestätigung. „Ja, es stimmt. Ich habe mich noch darüber lustig gemacht, als Gregor ins Zimmer kam. Ich hatte keine Ahnung, dass es Menschen mit so einem seltsamen Hobby gibt."

Kaum ausgesprochen, hätte er wie so oft seine Worte gern zurückgenommen. Vielleicht sah Judith sie wieder als einen Angriff auf ihren verstorbenen Mann an. Die aber war in erster Linie damit beschäftigt, ihren Sohn zu trösten.

Erst als Julian nicht mehr weinte, antwortete sie: „Wie gesagt, Max hat es geliebt. Es war das Einzige neben der Arbeit, das ihm wichtig war." Nach einer kurzen Pause fügte sie hinzu. „Also, abgesehen von uns natürlich. – Wobei, manchmal hatte ich den Eindruck, dass er lieber Zeit mit seinem Hobby verbrachte als mit uns." Wieder rannen ihr Tränen übers Gesicht und Bröker schaute weg, da er nicht wusste, was er hätte tun sollen.

„Ich weiß natürlich, dass das Unsinn war, aber

manchmal wird man auf die merkwürdigsten Sachen eifersüchtig", fuhr sie fort. „Hätte ich ihm doch bloß nicht so einen Stress gemacht deswegen!" Sie schluchzte, bis sie bemerkte, dass auch Julian wieder unruhig zu werden begann. Das half ihr, ihre Gefühle im Zaum zu halten. „Er war immer so stolz, wenn er einen schwierigen Cache aufgestöbert hatte", flüsterte sie. „Ich hätte mich mit ihm freuen sollen!"

„War er denn gut?", fragte Gregor.

„Ich glaub schon!", erwiderte Judith. „Ich kenne mich da ja nicht so aus. Wegen meiner Eifersucht wollte ich gar nicht so viel darüber hören. Aber es gibt doch da so Internetseiten, auf denen die wichtigsten und schwierigsten Fundstücke einer Region verzeichnet sind."

„Stimmt", bestätigte Gregor und nannte ein paar Namen, die Bröker alle nichts sagten.

„Genau", ergänzte Judith. „Ich glaube, die Sachen dort hatte er so gut wie alle gefunden." Wieder machte sie eine Pause, wie um sich zu erinnern. „Aber lange hat das nie vorgehalten", fuhr sie fort. „Meist dauerte es nur ein paar Tage oder Wochen, bis es wieder einen neuen Cache gab. Dann wollte er am liebsten gleich los. Musste, wenn möglich, der Erste sein, der ihn entdeckte. Das war dann das Allergrößte. Er wusste natürlich, dass ich davon überhaupt nicht begeistert war, besonders seit Julian da war. Ich saß dann da, habe auf ihn gewartet und bin sauer geworden. Manchmal habe ich ihn beinahe gehasst dafür!"

Die letzten Worte hatte die Frau so leise geflüstert, dass Bröker sie kaum verstand. Aber nachfragen wollte er auch nicht. Dass zwischen Max und ihr einiges im Argen gelegen hatte, wusste er ja bereits.

„Und nun wünsche ich mir, er wäre wieder da und würde mir noch einmal sagen, dass er heute Abend auf die Suche gehen muss!" Nun war es endgültig um Judiths Fassung geschehen. Mit einem lauten Schluchzer schnappte sie sich ihren Sohn und verließ den Raum.

„Tut mir leid, Leute! Ich kann gerade nicht mehr", hörten Gregor und Bröker sie mit tränenerstickter Stimme noch aus dem Flur eine Entschuldigung rufen.

Kapitel 15
Mutmaßungen

„Oh Mann, Bröker, da sind wir ja ganz schön ins Fettnäpfchen getreten!", stöhnte Gregor, sobald Judith außer Hörweite war.

„Du! Ich nicht!", stichelte Bröker.

„Ja, na gut, ich", zeigte sich der Junge noch immer zerknirscht. „Aber du bist auch nicht eben eine große Hilfe dabei, so einen Schaden wiedergutzumachen."

„Hast ja Recht", musste Bröker eingestehen. „Aber

mal was anderes: Denkst du, dieses Geocaching könnte vielleicht etwas mit dem Tod von Max zu tun haben? Ich meine, das könnte doch zum Beispiel erklären, warum Max an der Hünenburg war."

Der Junge sah Bröker ungläubig an. „Wie stellst du dir das vor?", fragte Gregor. „Meinst du, es ist da zwischen zwei Cache-Fanatikern zu einem Streit gekommen, wer sich als Erster ins Logbuch eintragen darf?" Allmählich fand auch der Junge zu seiner gewohnten Schlagfertigkeit zurück.

„Was weiß ich!" Bröker hob zweifelnd die Hände. „Ich habe ja keine Ahnung, was in der Szene so üblich ist."

„Also, wenn Mord und Totschlag an der Tagesordnung wären, hättest du sicher schon mehr darüber gehört!"

„Mag sein. Aber Max war eben so ein vollkommen durchschnittlicher Mensch. So ein lebendiger Max Mustermann eben, weißt du?"

„Ja", bestätigte Gregor ungeduldig, was ihm schon lange bekannt war. „Und?"

„Da ist es eben schwierig, sich vorzustellen, warum so jemand umgebracht wird."

„Aber als Motiv haben wir doch schon die Unregelmäßigkeiten auf Bombis Konten ausgemacht!"

„Ja, aber gleichzeitig hatten wir auch Zweifel daran, ob es eine gute Idee ist, jemanden umzubringen, von dem man sein Geld zurückhaben will", gab Bröker zu bedenken.

„Na ja, das waren in erster Linie deine Zweifel, oder? Ich finde jedenfalls nicht, dass das Geocaching mehr hergibt."

„Aber was wäre, wenn der Mord überhaupt nichts mit den Bankgeschäften zu tun hätte?", spann Bröker seinen Gedanken weiter. „Dann würde ich das Motiv in einer anderen auffallenden Eigenschaft des Opfers suchen. Und da bleibt dann nur diese Schatzsuche übrig. Denn das scheint ja nach Judiths Schilderungen eine echte Leidenschaft von Max gewesen zu sein."

„Bröker, das ist einfach strange, was du dir da zusammenspinnst." Der Junge schüttelte den Kopf.

„Strange?"

„Ja. ‚Seltsam' würden Leute in deinem Alter wahrscheinlich sagen. Es sieht doch sehr konstruiert aus, wenn wir den Grund für den Mord im Geocaching suchen, wo wir doch mit dem verschwundenen Geld ein wunderbares Motiv an der Hand haben."

„Vielleicht war es ja kein geplanter Mord?", versuchte Bröker seine These zu stützen. „Was war noch mal die genaue Todesursache? Eine Kopfverletzung, oder?"

„Hm, keine Ahnung", gab Gregor zu. „Aber das haben wir gleich!" Er erweckte seinen Laptop aus dem Stand-by-Modus, gab etwas ein und verkündete dann: „Hier steht es. Tödliche Kopfverletzung. Außerdem hatte er Prellungen am Rücken und Blutergüsse an den Handgelenken sowie Abschürfungen im Gesicht."

„Na, das würde doch zu meiner These passen!",
triumphierte Bröker.

„Nun mal langsam!", warf sein Freund ein. „Geocaching ist definitiv harmlos. Es geht hier doch nicht
um Freeclimbing oder solche Geschichten!"

„Um was?"

„Freeclimbing – Klettern ohne Seil. Mann, Bröker, ein paar der neuen Vokabeln könntest du dir
aber auch wirklich merken!"

„Ach so", sagte der nur und war wieder einmal erstaunt, wie viele Sportarten es gab, in denen er keinerlei Sinn sah.

„Aber wo wir gerade dabei sind, können wir gleich
noch etwas anderes recherchieren", kündigte Gregor
an und tippte weiter auf seinem Computer. „Ha!",
verkündete er kurze Zeit später. „Jetzt kannst du deine schöne Theorie knicken!"

„Warum?"

„Ich habe hier mal die wichtigsten Geocaching-
Seiten im Netz aufgerufen." Der Junge schob ihm
den Laptop über den Wohnzimmertisch zu.

„Ja, und?" Bröker warf nur einen flüchtigen Blick
auf den Bildschirm und schob ihn zurück. Er versuchte, den extensiven Gebrauch von Rechnern zu
vermeiden, und wenn er einen brauchte, war ihm der
alte PC seiner Mutter in seinem Bücherzimmer lieber.

„Nun, auf keiner dieser Seiten ist in der Nähe des
Fundorts der Leiche ein Cache verzeichnet!"

„Also gibt es da auch nichts zu finden?"

„Na ja, so eindeutig kann man das nun auch wieder nicht ausschließen", gab Gregor zu. „Es gibt immer mal wieder kleinere Seiten, auf denen auch ein paar Caches gelistet sind. Aber ich halte es wirklich für unwahrscheinlich, dass Max da oben irgendetwas in der Art gesucht hat."

Bröker brummte. „War ja auch nur so eine Idee von mir!", lenkte er vorerst ein. „Dann bringt uns doch nur der Ansatz mit dem Geld weiter."

„Genau", nickte der Junge zufrieden über die Wendung des Gesprächs.

„Ich könnte mir ja vorstellen, dass nicht unbedingt Bombi, sondern vielmehr ihr Finanzberater hinter dem verschwundenen Geld und vielleicht sogar hinter dem Anschlag auf Max steckt!"

„Welcher Finanzberater? Und wie kommst du darauf?"

„Also, zum einen weiß Bombi gar nicht so genau, was auf ihren Konten geschieht. Ja, ich bezweifle sogar, dass sie richtig verstanden hat, was ihr der Finanzberater da erzählt hat."

„Aha? Bröker, wo hast du diese Informationen her!"

„Na, ich habe eben ein wenig recherchiert", gab sich Bröker geheimnisvoll.

„Und da bist du direkt zu dieser Bombi gegangen?", wunderte sich Gregor. „Und hast auch noch gleich einen Termin bekommen? Alle Achtung!"

„Na ja, es war auch ein wenig Glück dabei. Ich habe sie in einem ihrer Sportstudios getroffen." Natürlich war es etwas komplizierter gewesen, aber er entschied, dass er auch gegenüber seinem jungen Freund Geheimnisse haben durfte.

„Bröker, sag das noch mal!", prustete Gregor. „Du warst wirklich in einem Fitness-Studio?"

Bröker nickte vergnügt.

„Ich muss dringend mal bei dieser Bombi nachfragen, ob sie ein Video von dir haben. Ich hätte dich zu gerne in deinem Sport-Outfit gesehen!"

„Tja, das hast du wohl verpasst!", triumphierte Bröker.

„Du warst bestimmt die Attraktion des Trainings-Centers!"

„Jeder so, wie er kann!", grinste Bröker und hoffte, dass Gregor nie herausbekäme, wie nah diese Beschreibung der Wahrheit kam. „Jedenfalls ist mir bei der Gelegenheit Bombi über den Weg gelaufen und wir sind ins Gespräch gekommen."

„Einfach so?", wollte Gregor wissen.

„Ja. Ich habe mich als Vermögensberater vorgestellt und da hatte sie mit einem Male Interesse." Bröker lächelte stolz über diesen Schachzug. „Jedenfalls glaube ich ihr, dass sie nicht so genau weiß, warum welche Gelder von welchen Konten verschwunden sind. Die hat nicht zufällig einen so eifrigen Finanzberater. Die ist ein ganz einfacher Typ, war früher Ringerin und wollte nur ein Sportstudio eröffnen. Nun hat sie plötzlich 25 und keine Ahnung, was sie mit dem Geld machen soll."

„Und wenn ihr was abhandenkommt, schickt sie ihre Gorillas los, oder wie?", fragte Gregor.

„Nein, eben nicht! Ich denke, die Idee mit diesen Geldeintreibern ist eher auf dem Mist des Finanzberaters gewachsen!"

„Na, du scheinst aber sehr überzeugt. Sicher, dass diese Bombi dich nicht einfach um den Finger gewickelt hat?"

„Ach Quatsch!", protestierte Bröker. „Ich hatte nur nicht den Eindruck, dass sie hinter der ganzen Angelegenheit steckt. Dazu schien sie viel zu unbedarft. Und deshalb kam mir eben der Gedanke, dass auch der Finanzberater das Geld hinterzogen haben könnte."

„Zumindest könnte das eine Spur sein", entschied Gregor. „Weißt du denn, wer dieser Finanzberater ist?"

„Nein, aber das kriege ich raus."

„Und wie willst du das anstellen?"

„Das lass nur meine Sorge sein", gab sich Bröker geheimnisvoll. „Aber eins sage ich dir: Wenn sich da nichts ergibt, verfolge ich meine Spur mit dem Geocaching weiter. Egal, was du davon hältst!"

„Oh Mann, Bröker, du kannst manchmal störrisch sein wie ein alter Esel!", rief Gregor halb im Scherz, halb aufgebracht darüber, dass Bröker seinen soeben verworfenen Gedanken wieder ins Spiel brachte.

„Wie ein alter Westfale, meinst du wohl", gab Bröker lachend zurück.

„Manchmal ist das ja auch zu was nutze", gab Gregor zu und spielte damit auf die Tatsache an, dass Brökers Eigensinn die Ermittlungsarbeit der beiden Freunde überraschend häufig weitergebracht hatte. „Aber eben nur manchmal! Ich bin jedenfalls jetzt gleich erst mal mit den *CyberHoods* unterwegs. Wir müssen noch unsere erste Aktion planen!"

„Ah ja", antwortete Bröker nur. In anderen Momenten hätte er sich sicher näher nach der Aktion erkundigt, aber nun war er damit beschäftigt, die beiden Ermittlungsstränge gegeneinander abzuwägen. Und zwei verschiedene Dinge gleichzeitig zu tun, lag Bröker nicht, zumindest solange es sich nicht um Essen und Trinken handelte.

„Na, das scheint dich ja mächtig zu interessieren!", reagierte Gregor leicht pikiert. „Dann bis später!"

Bröker hörte noch, wie der Junge sich seinen Helm schnappte, dann war er allein im Wohnzimmer.

So unrecht war ihm das gar nicht. Auf diese Weise konnte er sich noch einmal in den Fall vertiefen. Er stand auf und wanderte auf und ab. Uli, der sich auf dem Teppichboden zusammengerollt hatte, hob seinen Kopf und verfolgte sein Herrchen interessiert wie eine besonders dicke Maus. War es wirklich so unmöglich, dass der angebliche Mord an Max ein Unfall beim Geocaching war? Sicher: Im ersten Anlauf hatte Gregor keine Schätze in der Nähe der Hünenburg entdeckt. Vielleicht gab es ja Portale für Eingeweihte, die mit neuen Fundstücken Aufmerksamkeit erregen wollten. Bröker war in der Szene nicht bewandert, aber unmöglich erschien es ihm nicht. Andererseits musste er sich eingestehen, dass er mit seinen Mutmaßungen ohne Gregors Hilfe nicht recht weiterkam. Es bedurfte vermutlich vertiefter Kenntnisse sowohl des Internets als auch des Geocachings, um sagen zu können, ob an seinen Ideen etwas dran war. Und wenn er Gregors Unterstützung brauchte, so war es sicherlich nicht verkehrt, wenn er im Gegenzug zeigen konnte, dass er auch an der Idee gearbeitet hatte, die Gregor präferierte. Also galt es Bombis Finanzberater ausfindig zu machen. Mit einem Seufzer hielt er beim Auf- und Abgehen inne und lenkte seine Schritte in Richtung Flur. Er würde also die Fitness-Unternehmerin anrufen.

Zum zweiten Mal seufzte er, als er feststellte, dass diese ihm keine Karte gegeben hatte und in dem Telefonbuch aus den 80ern nicht nur kein einziges Fitness-Studio zu finden war, sondern auch die Nummer der Auskunft nicht mehr aktuell war – und dies vermutlich schon seit zwei Jahrzehnten.

In seiner Verzweiflung wählte er eine der wenigen Nummern aus seinem verschlissenen Adressbuch.

„Schikowski", meldete sich Mützes vertraute Stimme am anderen Ende der Leitung.

„Hallo Mütze, Bröker hier!", erwiderte Bröker.

„Bröker!"

„Ich brauche deine Hilfe, Mütze."

„Schieß los!", entgegnete der Polizist bereitwillig.

„Du hast nicht zufällig die Nummer der Auskunft

oder, noch besser, die vom Bielefelder Sportstudio dieser Bombi?"

„Sag mal, Bröker, spinnst du jetzt?", entfuhr es Mütze. Er war eigentlich nicht so leicht aus der Fassung zu bringen, aber nun hatte Bröker es doch geschafft.

„Bitte, Mütze!", bettelte der. „Es heißt doch immer: die Polizei, dein Freund und Helfer!"

„Bröker!", stöhnte der Polizist in den Hörer. „Na gut, wenn du dann Ruhe gibst, suche ich dir diesmal die Nummer raus. Hast du gehört: dieses eine Mal! Ich werde nicht noch einmal die Auskunft für dich spielen!"

„Ja, ja, schon verstanden", antwortete Bröker schnell und nahm dankend die Nummer des Fitness-Tempels entgegen.

„*LadyPowerLounge*, du sprichst mit Melanie!", flötete ihm ein paar Augenblicke später eine Stimme aus dem Hörer entgegen.

„Ja, mit dir wollte ich eigentlich gar nicht sprechen", entgegnete Bröker wenig diplomatisch.

„Willst du dich für ein Probetraining bei uns anmelden?"

„Da war ich schon gestern Morgen."

„Und es hat dir gefallen und du willst jetzt einen Vertrag abschließen?" Das Mädchen am anderen Ende der Leitung ging Bröker allmählich auf die Nerven.

„Auch nicht!", sagte er. „Ich würde gerne Bombi sprechen."

„Oh, no way. Die hat zu viel zu tun."

„Also gestern konnte sie es noch einrichten", konterte Bröker. „Es geht um ihre Finanzen." Dieser kleine Satz bewirkte Wunder.

„Ach, hätten Sie das doch gleich gesagt", wechselte Melanie sofort zum Sie. „Ich stelle Sie durch!"

„Hier Bombi!", raunte die Fitness-Lady kurz darauf in den Hörer.

„Bröker hier!", meldete sich Bröker. Ohne dass er sich weiter vorstellen musste, kam postwendend die Antwort: „Mensch, Bröker, gut, dass du anrufst! Ich habe schon versucht, deine Nummer rauszufinden, aber die hat hier keiner von den Schwachköpfen notiert. Und im Telefonbuch bist du auch nicht als Finanzberater aufgeführt."

Bröker durchfuhr es heiß. Dass sein kleiner Schwindel leicht auffliegen könnte, hatte er nicht bedacht.

„Ich arbeite nur für ausgewählte Kunden", erfand er rasch eine Ausrede. „Und die wollen, dass ich lieber im Hintergrund agiere."

„Ach so, klar, das hätte ich mir natürlich denken können", nahm ihm Bombi die Lüge ab.

„Warum wolltest du mich denn anrufen?", fragte Bröker.

„Stell dir vor: Die Bullen waren bei mir!"

„Oh, was wollten die?", stellte sich Bröker unwissend.

„Es ging um diese Probleme bei der Verwaltung meiner Konten", erläuterte die Fitness-Unternehmerin. „Du weißt schon, die ich erwähnt habe. Anscheinend ist der Bankangestellte, der meine Konten betreut hat, tot aufgefunden worden und seine Frau bekommt Drohbriefe. Die Polizei denkt, dass Große-Wortmann dahinter steckt."

„Wer ist Große-Wortmann?", hakte Bröker nach.

„Mein Finanzberater", gab Bombi die Auskunft, auf die Bröker so dringend gehofft hatte.

„Und, war er es?"

„Gut möglich. Jedenfalls will ich mich mit meinen Geldanlagen anders orientieren."

In diesem Moment kam Judith mit ihrem Sohn die Treppe herunter.

„Kann ich dich kurz sprechen", wisperte sie in Brökers Unterhaltung mit Bombi. Bröker machte ihr ein Zeichen, das so viel wie „Einen Augenblick!" bedeuten sollte. Judith aber musste einen anderen Dialekt von Brökers Zeichensprache sprechen, denn sie begann, ihr Anliegen im Flüsterton vorzutragen.

„Ich müsste noch mal eben weg!", zischelte sie. „Könntest du vielleicht so lange auf Julian aufpassen. Dauert auch nicht lang!"

Bröker versuchte ihr zu signalisieren, sie möge doch noch einen Moment warten. Dann würde er die Betreuung von Julian regeln können und vielleicht konnte er doch noch ein paar Einzelheiten über die Geocaching-Angewohnheiten von Max aus ihr herauskitzeln. Doch auch das verstand Judith falsch.

„Das ist echt total lieb von dir!", flüsterte sie und

schob ihm ihren Sohn auf den Arm. „Ich beeile mich auch! Ach so, und wenn Julian müde wird, trag ihn einfach ein bisschen in der Tragehilfe herum, dann schläft er ratzfatz ein."

In der einen Hand den Telefonhörer, in der anderen Julian, war Bröker nun nicht einmal mehr zu einer Geste fähig. Sprechend protestieren konnte er auch nicht, da ihm Bombi fortwährend ihre Finanzvorstellungen ins Ohr diktierte. Von denen hatte Bröker in der vergangenen Minute so wenig mitbekommen, dass er nur ein „Hmm" in den Hörer brummte. Judith nahm das als erneute Bestätigung ihres Vorhabens.

„Super!", flötete sie schon von der Tür aus. „Du bist doch gleich noch da? Ich finde nämlich meinen Schlüssel gerade nicht!" Ohne eine Antwort abzuwarten, zog sie die Tür hinter sich zu.

Julian, der seine Mutter entschwinden sah, verzog das Gesicht. Dann begann er zu schreien. Bröker versuchte, die Sprechmuschel zuzuhalten, aber das kleine Kind auf seinem Arm hinderte ihn auch daran.

„Bröker, bist du noch dran?", schallte es ihm prompt entgegen.

„Ja, ja, es passt gerade schlecht, ich melde mich später noch mal", erwiderte Bröker und, ohne sich darum zu kümmern, was Bombi dachte, legte er auf.

Kapitel 16
Der Schlüssel zum Erfolg

Wütend starrte Bröker auf den Hörer. Noch nicht einmal in Ruhe telefonieren konnte man. Und das im eigenen Haus. Dann fiel sein Blick auf Julian, der noch immer leise weinte. Sogleich ließ seine Wut ein wenig nach.

„Du kannst ja nichts dafür, dass uns alle hier alleine lassen", versuchte er den Kleinen zu beruhigen. „Wo ist denn deine Tragehilfe?"

Natürlich gab der Junge keine Auskunft. Also machte sich Bröker auf die Suche. Weit brauchte er nicht zu gehen. Schon auf der Eckbank in der Küche wurde er fündig. Und direkt davor auf dem Tisch lag auch Judiths Schlüssel. Bröker musste bei dem Anblick lachen. Sie war mindestens so chaotisch wie er selbst, der seine Sachen auch manchmal eine halbe Ewigkeit lang suchte.

„Na, dann können wir ihn deiner Mama ja geben, wenn sie zurückkommt", erklärte er Julian und machte sich daran, den Jungen in den Babyrucksack zu setzen und diesen vor seinem Bauch zu befestigen. Er wusste gar nicht, warum es der Mutter immer so leichtfiel, sich ihr Kind umzuschnallen. Bröker verhedderte sich mehrfach in den Riemen, bis er endlich eine Position fand, in der sie zusammenzugehören schienen. Als er den letzten Gurt befestigte, hing zwar das Tragegeschirr ganz manierlich vor seiner

Brust, Julian hingegen hatte er wie einen Bauchgurt umgeschnallt. Leise quäkend protestierte das Kind.

„Herrgott, was für ein verdammter Mist!", schimpfte Bröker, was weder seiner Laune noch der des Kindes gut tat. Schnell löste er die Gurte wieder und startete einen neuen Versuch. Doch wie er alles auch drehte und wendete, immer saß entweder das Kind oder der Tragesack schief. Gerade als er beschlossen hatte, dass er für den Aufenthalt hier im Haus auch nicht zwingend auf die Babytrage angewiesen war, saßen alle Riemen an den richtigen Stellen und Julian lachte ihm ins Gesicht.

„Na, wie haben wir das geschafft?", fragte Bröker seinen Mitstreiter stolz. Der gluckste zufrieden. „Darauf trinken wir erst mal einen Kaffee!", beschloss der Hausherr und begab sich zur Kaffeemaschine. Diese war mit einem Kind vor der Brust erstaunlich schwer zu bedienen, seine Arme ragten kaum über den Tragesack hinaus, ein Umstand, den Bröker selbst von seinem beträchtlichen Bauch nicht kannte.

„Schade, dass ich gar nicht weiß, ob du ein Fläschchen haben kannst", teilte er seinem neuen Ziehsohn mit, als er zehn Minuten später mit seinem Kaffee auf der Küchenbank Platz nahm. „Dann könnten wir zusammen ein zweites Frühstück einnehmen." Allerdings fehlten Bröker dafür sowieso die Brötchen. Holen konnte er sich auch keine, da er ja zuhause bleiben musste, um Judith wieder hereinlassen zu können. Vielleicht konnte er wenigstens Bombi zurückrufen. Der Fitness-Unternehmerin musste er inzwischen mehr als seltsam vorkommen. Andererseits hatte er von ihr vorerst auch alles erfahren, was er wissen wollte. Wie hieß ihr Finanzberater noch gleich? Richtig, Große-Wortmann! Außerdem war es gut möglich, dass Julian während eines Telefonats wieder zu schreien begann, und dann könnte er sich einen dritten Anruf bei Bombi vermutlich sparen.

Neue Informationen waren zum jetzigen Zeitpunkt eher von Judith zu erwarten. Sie würde ihn über das Geocaching genauer aufklären können und vielleicht sogar wissen, auf welchen Seiten im Internet die Fundstücke von Max bekannt gemacht worden waren. Nur war sie ebenso verschwunden wie Gregor, der ihm zumindest auch einige seiner Fragen beantworten könnte. Himmel, warum war eigentlich immer Bröker derjenige, der zuhause bleiben musste, um das Kind zu hüten? Er riss sich zusammen, nicht noch einmal einen kräftigen Fluch auszustoßen.

Also hieß es wieder einmal warten. Aber nein, wieso eigentlich? Was hinderte ihn daran, das Haus ebenso zu verlassen wie seine Mitbewohner? Natürlich würde er Julian mitnehmen, das war ja klar. Judith ging zwar davon aus, dass Bröker zuhause bliebe, um sie wieder hereinzulassen. Aber versprochen hatte er nichts. Vielleicht tat es ihr sogar ganz gut, wenn sie merkte, dass Bröker auch eigene Wünsche hatte und nicht nur nach ihrer Pfeife tanzte.

„Komm, wir gehen aus!", sagte er zu Julian und griff sich nun schon wieder deutlich zufriedener seine Schlüssel. Dann zögerte er einen Moment und nahm schließlich auch Judiths Schlüssel. Man kann ja nie wissen, sagte er sich und versuchte dabei, seine Absichten vor sich selbst geheim zu halten. Ein absurder Plan, wie er sich kopfschüttelnd eingestand.

Keine halbe Stunde später war er mit Julian den Sparrenberg hinabgestiegen. Der Junge vor dem Bauch hatte ihm ungewöhnlich viel Schwung verliehen, den er genutzt hatte, um den Niederwall gleich bis zum Rathaus hinabzulaufen, eine Strecke, die er für gewöhnlich mit der Straßenbahn zurücklegte und für die er auch schon mehr als einmal ein Taxi bemüht hatte. Er erreichte die dortige Haltestelle gerade in dem Moment, als eine Stadtbahn der Linie 4 einfuhr. Wenn das kein Wink des Himmels ist, dachte er und stieg ein.

Der Waggon war ungewöhnlich voll, besonders wenn man bedachte, dass in der Universität kein Semesterbetrieb und sowieso Urlaubszeit war. Er fand noch einen Platz neben einer Frau mit einer weißen Bluse und grünem Leinenrock. Die biedere Kleidung machte sie ein ganz schönes Stück älter als sie war. Ihr wahres Alter schätzte Bröker auf gut 50. Mit der Babytrage vor dem Bauch passte Bröker kaum auf den Sitz. Schließlich zwängte er sich seitlich hinein, so dass er seine Sitznachbarin nicht sehen konnte.

„Puuh", stöhnte er und wischte sich mit einem Taschentuch den Schweiß von der Stirn.

„Heiß heute, nicht?", bemerkte die Frau.

„Stimmt", antwortete Bröker, dem nicht der Sinn nach einer Konversation mit jemandem stand, den er nicht sehen konnte. Schon gar nicht, wenn es dabei um das Wetter gehen sollte.

„Gestern war es auch schon so heiß", kam es zurück.

„Ja, und vorgestern auch", versuchte Bröker das Gespräch abzukürzen.

„Ein ungewöhnlich heißer Monat ist das."

Bröker stöhnte innerlich auf. Vielleicht half ja Ironie. „Das hätte man vom August so gar nicht erwartet!"

„Doch, doch, der heißeste Monat, sagt man doch!", wusste seine Sitznachbarin zu entgegnen. So leicht war ihrem Redefluss anscheinend nicht beizukommen. Bröker beschloss, einfach nichts mehr zu sagen. Schließlich hatte sie ja auch nichts gefragt.

„Letztes Jahr im August war es nicht so heiß", fiel es der Unsichtbaren ein. Bröker nickte nur, was nun wiederum seine Gesprächspartnerin vermutlich nicht sehen konnte.

„Und dann noch die ganze Zeit das Kind tragen", mutmaßte diese daher und wechselte den Gegenstand ihrer Unterhaltung. Dabei fiel Bröker ihr rheinischer Akzent auf. Das erklärte zumindest ihre Plauderlaune.

„Daran wird es liegen", bestätigte Bröker. Wenn sie nur bald still sein wollte!

„Ja, alles eine Frage der Gewohnheit", philosophierte die Frau aber stattdessen weiter. „Sie sind wohl nicht oft mit Ihrem Sohn unterwegs."

„Nein", gab Bröker ebenso einsilbig wie wahrheitsgemäß zurück. Es gab keinen Grund, die neugierige Frau aufzuklären, fand er. Insbesondere, da Julian dabei war, die Unterhaltung an sich zu reißen. Im Gegensatz zu Bröker hatte er über dessen Schulter einen unverstellten Blick auf die Frau. Er lächelte sie mit seinem schönsten Lächeln an und griff interessiert nach ihrer Brille.

„Nein, das ist meine", protestierte die Frau und brachte ihre Sehhilfe in Sicherheit.

„Buuutzi, butzi, butzi, butzi", begann sie dann das Gespräch mit dem Kleinen auf ihre Weise. Bröker fand, dass das selten dämlich klang, bis er sich heiß an die Worte erinnerte, die er bei der ersten Begegnung an den Jungen gerichtet hatte.

„Wie heißt denn der Kleine?", hatte die Frau inzwischen ein neues Thema gefunden.

„Julian", muffelte Bröker.

„Julian? Was für ein wundervoller Name!", jubilierte seine Sitznachbarin.

Vermutlich hätte sie das auch gesagt, wenn ich „Horst" oder „Adolf" erwidert hätte, ärgerte sich Bröker und nahm sich vor, das nächste Mal genau das zu antworten.

„Juuulian, Julian, Julian, Julian", wandelte die gesprächige Dame inzwischen ihre Worte ab. Hoffentlich kam der Junge nie dahinter, was die Erwachsenen zu ihm sagten. Er würde das Sprechen gleich wieder verlernen. Aber die Frau hatte zumindest einen gewissen Einfallsreichtum, das musste Bröker ihr zugestehen. Nun beugte sie sich vor und zu Bröker hinüber. Dabei berührte ihr Kopf beinahe die Haare ihres Vordermannes.

„Drehen Sie doch mal den Kopf zur Seite", forderte sie Bröker auf. Der stöhnte innerlich, tat aber widerstrebend, worum er gebeten worden war. Die Frau kreischte entzückt auf.

„Nein, ist es möglich!", rief sie.

„Was?", fragte Bröker indigniert.

„Julian! Ganz der Papa!"

„Ich hoffe nicht", erwiderte Bröker.

„Aber wieso denn nicht?", insistierte die Frau. „So schlecht sehen Sie doch nicht aus. Wenn Sie noch ein bisschen abnähmen, wären Sie ne richtige fesche Jong."

„Julians Vater ist tot", gab Bröker trocken zurück. „Ich hoffe, Julian eifert seinem Vorbild nicht allzu bald nach."

„Aber …" Die Dame auf dem Nebensitz schnappte hörbar nach Luft. „… das konnte ich doch nicht wissen. Entschuldigen Sie, ich dachte …"

Die Tonbandstimme der Haltestellenansage ertönte.

„Wir müssen hier raus, auf Wiedersehen und noch einen schönen Tag", verabschiedete sich Bröker überschwänglich und erhob sich. Als das Duo ausstieg, gluckste Julian vernehmlich. Bröker vermutete nur allzu gern, dass er über die bebrillte Frau lachte.

Als sie den Siegfriedplatz betraten, schien die Sonne so grell, dass Bröker für einen Moment die Augen zusammenkneifen musste. Als er sie wieder öffnete, sah er, dass wieder Markt war. Neben ihm tauchte ein Blumenstand auf und der Stand dahinter musste dem Geruch nach zu urteilen Käse anbieten.

„Wir könnten uns jetzt hierher setzen, dem Markttreiben zuschauen, ein Stückchen Käse essen und warten, bis der erste Biergarten öffnet. Und dann könnten wir ein Hefeweizen schlürfen, Kleiner. Also zumindest ich!", erklärte Bröker Julian die Situation. „Aber vielleicht können wir die Zeit bis dahin auch sinnvoller nutzen."

Der Junge schaute Bröker ernst an. Er schien ihm zuzustimmen.

„Dann machen wir uns mal auf den Weg!", beschloss Bröker und rückte die Tragehilfe zurecht. „Hoffentlich finden wir ihn noch."

Brökers Sorge diesbezüglich erwies sich jedoch als unberechtigt. Er verließ den Siegfriedplatz in Richtung Westen, bog zweimal ab und stand vor dem Haus, in dem Julians Familie noch bis vor Kurzem gewohnt hatte.

Sorgfältig blickte er sich um. Natürlich konnte es nach wie vor sein, dass die Gestalten, die dieser Große-Wortmann in Bombis Namen beauftragt hatte, Judiths Wohnung im Visier hatten. Wenn sie ihm auf die Schliche kämen, wäre er ihnen schutzlos ausgeliefert. Mit Julian vor dem Bauch konnte er sich weder wehren noch konnte er weglaufen. Vielleicht sollte er doch lieber umdrehen.

Andererseits war weit und breit niemand zu sehen, noch nicht einmal ein paar Besucher vom Wochenmarkt mit ihren Tragetaschen und schon gar niemand, den Bröker für verdächtig gehalten hätte, als Handlanger für einen Geldeintreiber zu fungieren.

„Na komm, es wird schon nichts passieren", sagte er halblaut zu Julian, meinte aber doch eher sich. Trotzdem bekam er ein mulmiges Gefühl, als er in die Hosentasche griff und Judiths Schlüssel hervorholte. Gut, dass er den Jungen dabeihatte. Wenn ihn jemand ansprach, konnte er immerhin sagen, er hole im Auftrag der Mutter ein paar Sachen für diesen. Trotz der Ausrede erschrak Bröker, als die eiserne Tür zum Haus beim Öffnen vernehmlich quietschte. Schnell eilte er über den kleinen Weg. Hier wollte er am besten nicht gesehen werden.

Wenige Augenblicke später war er an der Haustür. Ein Blick auf das Klingelschild verriet ihm, dass Judiths Wohnung im zweiten Stock war. Er schloss auf.

Kapitel 17
Mit Gottes Hilfe

Julian giggelte leise in seinem Tragerucksack, als Bröker die Tür zu Judiths Wohnung öffnete. Vielleicht erinnerte er sich an den Geruch.

„Das kommt dir bekannt vor, oder?", flüsterte Bröker ihm zu. „Wir müssen aber trotzdem ganz leise sein, sonst kommen die neugierigen Nachbarinnen." Als hätte der Junge verstanden, verstummte er. Bröker zog die Wohnungstür hinter sich zu. Sofort erkannte er die Spuren des Einbruchs. Überall lagen wild verstreut Sachen.

Von dem kleinen Flur gingen im Halbkreis fünf Türen ab. Bröker öffnete die erste Tür rechts und warf einen Blick hinein. Dort befand sich das Schlafzimmer, wie er an dem Ehebett, einem überdimensionalen Kleiderschrank mit Spiegeln und einem Kinderbettchen unschwer erkannte. Der Raum sah nach Brökers Empfinden nicht danach aus, als berge er Geheimnisse. Ähnliches galt für die nächsten beiden Türen, hinter denen sich das Badezimmer und eine für Brökers Geschmack zu kleine Küche befanden. Er widmete ihnen nur einen kurzen ersten Blick.

Der nächste Raum, das erste Zimmer auf der linken Seite, war das Wohnzimmer. Hier gab es schon mehr zu sehen. Auf der rechten Seite des relativ großen Raumes stand ein Esstisch mit sechs Stühlen.

In der Vitrine seitlich davon waren hinter Glastüren gut sichtbar Teller und Gläser gestapelt. Die Türen standen vom Besuch der ungebetenen Gäste noch offen. Der Tisch war bis auf einen bunt gestreiften Läufer und eine muschelförmige Kerze in der Mitte leer. Die linke Seite des Wohnzimmers beherbergte ein ausuferndes Sitzmöbel, etwas, das die Kataloge der Warenhäuser immer als Sofalandschaft anpriesen. Die Form dieser Landschaft erinnerte Bröker am ehesten an die Taiga Sibiriens.

Vor der Riesencouch stand ein kleiner Glastisch, auf dem eine Fernsehzeitschrift lag. Vor diesem wiederum war ein Bildschirm postiert, der vor 30 Jahren noch als Leinwand eines kleinen Kinos hätte dienen können. Doch so groß das Wohnzimmer auch war, auch dieses schien für seine Ermittlungen wenig herzugeben. Bröker ging ein paar Schritte rückwärts, um den Blickwinkel zu ändern. Vielleicht ließe sich ja doch noch etwas entdecken.

Doch der Einzige, der etwas entdeckte, war Brökers Fuß. Er trat auf die am Boden liegende Fernbedienung und die Kinoleinwand ging an. Und das in einer unglaublichen Lautstärke. Zwei Schauspieler schrien sich aus nächster Nähe an, als müssten sie auch noch die Menschen in Heepen oder Dornberg erreichen. Bröker fuhr zusammen. Hastig stampfte er mit dem Fuß auf der Bedienung herum, doch das Gebrüll hielt an. Auch Julian, der bislang Brökers Tun mit Gleichmut verfolgt hatte, schrak auf und stimmte in das Geschrei aus dem TV-Gerät ein, ja, er schien es sogar noch überbrüllen zu wollen.

„Leise!", bat Bröker und wusste selbst nicht genau, ob er den Fernseher oder den kleinen Jungen meinte. Bei Ersterem allerdings konnte er kurzen Prozess machen. Nachdem dieser auf keinen weiteren Tastendruck der Fernbedienung reagieren wollte, ging Bröker drei Schritte vor, bückte sich ächzend, wobei er Acht gab, dass Julian nicht aus der Tragehilfe rutschte, und zog den Stecker. Sofort halbierte sich der Lärmpegel. Der anderen Geräuschquelle schien der halbe Kopfstand zu gefallen, auch sie verstummte einen kurzen Moment später.

Brökers Herz pochte bis zum Hals. Hoffentlich waren nicht Judiths allzu aufmerksame Nachbarinnen aufgeschreckt worden, die schon den ersten Einbruch bemerkt hatten. Auf Zehenspitzen schlich er in den Flur und lauschte. Aus dem Treppenhaus war nichts zu hören. Am besten sollte er die Wohnung so schnell wie möglich verlassen. Allerdings konnte er, wenn er schon einmal hier war, ebenso gut gerade noch das letzte Zimmer in Augenschein nehmen. Leise öffnete er die Tür.

Der Raum schien eher eine Art Rumpelkammer zu sein als ein eingerichtetes Zimmer. An den Wänden standen Regale, aus denen allerlei Krimskrams herausgerissen worden war, auf dem Boden waren zwei verschiedene Teppiche übereinander ausgebreitet und in der Ecke nahe am Fenster war mit einem

Schreibtisch samt Stuhl und einem kleinen Drucker-
tischchen eine Art Arbeitsecke eingerichtet worden.

Zögernd trat Bröker weiter in das Zimmer hinein.
Wenn die Wohnung überhaupt etwas Interessantes
barg, dann hier. Doch schon gab Julian wieder leise
quengelnde Laute von sich.

„Nur einen kleinen Moment noch", versuchte ihn
Bröker zu beruhigen, jedoch ohne Erfolg. Irgendwie
musste er den Jungen ablenken. Er schnallte ihn ab
und setzte ihn auf die Teppiche. Dann griff er nach
ein paar Seiten Papier, die auf dem Drucker lagen,
und drückte ihm einen Kugelschreiber in die Hand,
den er auf dem Schreibtisch fand.

„Mal doch was Schönes!", ermunterte er Julian. Der
war zumindest still und betrachtete interessiert den
Kugelschreiber, während sich Bröker im Raum um-
sah. In den Krimskramsregalen war wirklich alles Er-
denkliche zu finden. Ein Windspiel mit verhedderten
Schnüren war halb herausgerissen worden, ein Trupp
Keramiksalamander, den Judith und Max vermutlich
aus einem ihrer Urlaube mitgebracht hatten, auf den
Boden gefegt. Nur ein paar Fotos des jungen Paares
und daneben ein Hammer und Bilderhaken waren
auf den Brettern verblieben. Weiß der Teufel, wie ich
hier etwas finden soll, dachte Bröker. Ein undeutliches
Grunzen riss ihn aus seinen Gedanken. Julian hatte
sich den Kugelschreiber in den Mund gesteckt und
probierte nun, ob er auch quer hineinpasste.

„Julian!", rief Bröker erschrocken und versuchte, dem Jungen den Stift zu entreißen, was dieser prompt mit Protestgeschrei quittierte.

„Sei doch still!", ermahnte ihn Bröker. „Ich nehme dir den Stift ja nicht weg. Nur darfst du ihn nicht in den Mund stecken, vielleicht ist er ja giftig." Julian schaute ihn ungläubig an. Ob das Kind verstand, was er sagte? Vielleicht dachte es in dem Fall auch: Warum gibst du ihn mir dann?

„Versuch doch zu malen wie andere Kinder auch!", erklärte ihm Bröker. „Guck, so!" Bei diesen Worten nahm Bröker den Stift und setzte an, etwas zu malen. Nur was? Erst dachte er an die Fahne des DSC Arminia, aber das war ihm selbst zu kompliziert. Ein Auto vielleicht? Aber Bröker fuhr selbst kein Auto mehr und vielleicht waren Autos für den Jungen noch zu schwierig. Schließlich zeichnete er einen schlichten Kreis.

„Guck, das ist ein Ball!", erklärte er dazu.

„Ba", machte der Junge.

„Genau, ein Ball!", antwortete Bröker erstaunt. „Den braucht man zum Fußball! Jetzt du!"

Er gab dem Kind den Stift zurück in die Hand und setzte seine Erkundungstour fort. Judith sammelte offenbar Handtaschen. Auf dem Boden vor dem Regal befand sich eine ganze Sammlung davon, die alle gleich aussahen. Zumindest in Brökers Augen. Er konnte sie doch unmöglich alle durchsuchen. Wahllos öffnete er ein, zwei der Taschen und griff in die kleineren Innenfächer hinein. Sogleich wurde er fündig.

Er zog ein kleines Foto von Martin hervor. So nett wie von diesem Foto herab hatte Bröker ihn bisher nicht lächeln sehen. Darauf konnte er allerdings auch verzichten, befand er und drehte das Bild um. „Damit du mich nicht vergisst" und darunter „M.", stand auf der Rückseite geschrieben. Besonders vorsichtig war Judith mit ihrem Geheimnis anscheinend nicht umgegangen. Vielleicht musste sie es auch nicht. Von seinen eigenen Eltern hatte Bröker gelernt, wie wenig Ehepaare voneinander wissen konnten. Weiter fand er aber nichts. Er zuckte mit den Schultern. Wenn das Verbrechen etwas mit der Affäre zu tun hatte und es Hinweise darauf gab, dann vielleicht eher in Martins als in Judiths Taschen.

Bröker sann nach. Was konnte er sonst noch finden? Von dem Verstorbenen war in diesem Raum auf den ersten Blick nichts weiter zu entdecken. Einen Computer gab es auch nicht, obwohl der Schreibtisch ganz danach aussah, als sei er für einen solchen eingerichtet worden. Ob die Diebe ihn mitgenommen hatten? Judith hatte nichts davon erzählt. Vielleicht hatte ihn ja auch die Polizei konfisziert. Bröker seufzte. Vermutlich hatte er einfach zu große Hoffnung in den Besuch der Wohnung gesetzt.

Er wandte sich zu Julian um. Der hatte den Kugelschreiber schon wieder im Mund. Die Spitze wölbte auf ungesunde Weise seine Wange aus.

„Himmel, Julian!", rief Bröker lauter als beabsichtigt. „Wieso malst du nicht einfach einen Ball?"

Er zog den Stift aus dem Mund des Jungen. Der betrachtete das Objekt interessiert und führte es wieder in Richtung seiner Lippen.

„Hm, andere Kinder sind älter, wenn sie malen, oder?", dämmerte es Bröker. „Vielleicht versuchen wir es in zwei oder drei Jahren noch mal." Er nahm den Stift, wischte ihn ab und legte ihn zurück auf den Schreibtisch. Dann stapelte er das Papier aufeinander, um es auf den Drucker zurückzulegen.

„Was haben wir hier eigentlich bemalt?", fragte er und drehte neugierig die erste Seite um. Interessiert betrachtete er, was er sah: Es handelte sich um den Ausdruck einer Mail. Der Text war sehr kryptisch, aber offenbar ging es um einen Geocache. Nicht weiter erstaunlich, wenn man bedachte, wie begeistert Judiths verstorbener Ehemann dieses Hobby betrieben hatte, versuchte Bröker seinen Eifer zu bremsen.

Doch dann entdeckte er in der Kopfzeile der Seite das Datum der Mail. War sie nicht kurz vor dem Verschwinden von Max gesendet worden? Er rechnete nach. Ja, es stimmte! Was, wenn diese Mail Hinweise darauf enthielt, was Max am Tag seines Verschwindens widerfahren war?

„Da haben wir beide vielleicht auf einem echten Hinweis gemalt!", erklärte er Julian, faltete das Papier und steckte es in seine Hosentasche. Julian gab ein Geräusch von sich, als wolle er protestieren. Aber nein, das war nicht Julian, die Laute kamen aus dem Treppenhaus! Bröker brach der Schweiß aus. Er war aber auch einfach nicht zu retten! Schon sein Missgeschick mit dem Fernseher hätte ihm eine letzte Warnung sein müssen. Da wäre es an der Zeit gewesen zu verschwinden. Nun hatte vermutlich eine der aufmerksamen Nachbarinnen oder besser noch alle zusammen endgültig die Polizei gerufen.

Bröker hörte, wie die Geräusche, die er nun eindeutig als Stimmen identifizierte, näher kamen. Noch immer stand er wie erstarrt am Schreibtisch. So konnte er unmöglich stehen bleiben, wenn die Damen mit der Polizei voran hereinkamen. Er hob Julian auf, der einen erstickten Laut von sich gab, als er ihn um den Leib fasste. Ihm fehlte die Zeit, den Jungen in den Tragesack zu setzen, der immer noch vor Brökers Bauch schlabberte. Mit schnellen Schritten ging er in den Flur. Julian blieb Brökers Aufregung nicht verborgen und er begann leise zu weinen. In diesem Moment schellte es. Bröker schrak zusammen. Julians Weinen wurde lauter. Es schellte wieder. Vorsichtig lugte Bröker durch den Türspion. Auf der anderen Seite erblickte er eine Frau in einem blauen Kostüm und einen Mann, der nicht minder bieder gekleidet war. Der Mann trug ein Buch unter dem Arm, während die Frau zwei Zeitschriften hielt.

„Hallo, ist jemand zuhause?", fragte die Frau durch die geschlossene Tür. Und als keine Antwort ertönte: „Ist alles in Ordnung da drinnen? Da weint doch ein Kind. Hallo?"

„Ja, hier Linnenbrügger", rief Bröker schnell durch

die Tür, bevor die beiden sämtliche anwesende Hausbewohner zusammentrommelten.

„Herr Linnenbrügger, schön Sie anzutreffen!", schaltete sich nun der Mann ein. „Wir möchten mit Ihnen über Gott sprechen!"

Ein Stein fiel Bröker vom Herzen. Es waren also nur die Zeugen Jehovas. Vielleicht auch eine andere Sekte. Nur, wie wurde er die schnellstmöglich wieder los?

„Gerade habe ich mir meinen dritten Whiskey eingegossen", erwiderte er, ohne weiter nachzudenken. „Trinken Sie einen mit?"

„Wir trinken keinen Alkohol", sagte die Frau im Kostüm leicht indigniert. Immerhin machte sie ihm aber keinen Vorwurf.

„Dann tut es mir leid", entgegnete Bröker. „Gespräche über Gott kann ich nüchtern nur vor acht Uhr morgens führen."

„Dürfen wir denn noch einmal wiederkommen?", fragte der Mann. So leicht waren die Gottesanbeter allem Anschein nach nicht abzuschütteln.

„Aber gerne doch!", antwortete Bröker und sah erleichtert, dass sich das biedere Pärchen auf seine Antwort hin in den nächsten Stock begab. Wer mochte die nur hereingelassen haben?

Ganz allein im Haus konnte er also wirklich nicht sein. Auch wenn diese Zeugen Jehovas gerade harmlos gewesen waren: Er musste endlich aus der Wohnung verschwinden. Bröker hob Julian, der die ganze Zeit über leise protestierend unter seinem Arm gehangen hatte, wieder in das Tragegestell und auf wundersame Weise fanden sich alle Gurte in Windeseile richtig zusammen. „Entschuldige, Kleiner, ich mach es wieder gut", murmelte er dabei. Dann öffnete er die Wohnungstür und schlich auf Zehenspitzen durchs Treppenhaus hinaus ins Freie.

Kapitel 18
Beichtgeheimnisse

Selbst als Bröker schon den Siegfriedplatz erreicht hatte, war er noch so aufgeregt, dass ihm noch nicht einmal der Sinn nach einem Kaffee oder einem kleinen Wein in der *Wunderbar* stand. Er wollte einfach nur weg, nach Hause, wo er sich vor den Nachstellungen von Judiths Nachbarinnen oder den Gehilfen Bombis und Große-Wortmanns sicher fühlte. Auch wenn er zugeben musste, dass es gerade weder Judiths Nachbarinnen noch die Geldeintreiber gewesen waren, die ihn an den Rand eines Herzinfarkts gebracht hatten, sondern nur seine eigene Neugier. Erschöpft registrierte er, dass in der Minute, in der er auf der Rolltreppe hinab zum Bahnsteig gefahren war, ein Zug der Linie 4 davonfuhr. Also musste er noch etwas durchhalten. Und auch am Rathaus bekam er keinen direkten Anschluss. Trotzdem wäre ihm im Traum nicht eingefallen, heute den Kilometer von dort bis zu seinem Haus zu Fuß zu laufen. Nicht mit dem Jungen vor dem Bauch. Und nicht nach der Aufregung, die er soeben durchlitten hatte! Julian hingegen nahm das Ganze wesentlich gelassener. Er war an Brökers Brust eingeschlummert.

Erst als die beiden die letzten Meter des Sparrenbergs bis zur kleinen gelben Stadtvilla zurücklegten, verflüchtigte sich Brökers Aufregung allmählich und ließ Raum für andere Gedanken. Eine Mischung aus Triumphgefühl und schlechtem Gewissen machte sich in ihm breit. Einerseits sagte ihm sein Instinkt, dass er mit der ominösen Mail, die er entdeckt hatte, einen Schritt weitergekommen war. Andererseits musste er Judith nicht nur erklären, wieso er einfach fortgegangen war, sondern auch, warum er in ihre Wohnung eingebrochen war. Vermutlich saß sie schon schäumend vor Wut vor seiner Haustür. Bevor er dort ankam, musste er sich also dringend überlegen, wie er sie beruhigen konnte. Doch was konnte er sagen? Nach einigem Nachdenken beschloss Bröker das Gespräch mit einem lockeren „Bei dir zuhause ist übrigens alles in bester Ordnung" zu beginnen und dann abzuwarten, wie Judith reagierte.

Als er jedoch sein Haus erreichte, sah er, dass seine Vorstellungen zumindest insofern falsch gewesen waren, als dass niemand vor seiner Tür saß, schon gar nicht schäumend vor Wut. War Judith womöglich noch gar nicht zurück? Vorsichtig schloss er die Tür auf. Die Geräusche aus der Küche verrieten ihm, dass er sich auch mit dieser Vermutung geirrt hatte. Von dort klang das Scheppern von Geschirr und da Gregor gerade die Treppe herunterkam, musste es wohl seine Mitbewohnerin sein, die dort mit Tassen und Tellern hantierte.

„Bröker", begrüßte ihn Gregor und lockte damit auch Judith aus der Küche hervor.

„Julian, mein Mäuschen, da bist du ja wieder!",
hatte sie nur Augen für ihren Sohn. Schnell hob sie ihn aus der Tragehilfe und nahm ihn auf den Arm.
Julian erwachte darüber und strahlte seine Mutter an. „Ja, wo bist du denn gewesen?"

Da ihr der Junge nicht antworten konnte, vermutete Bröker, dass sie die Frage nun an ihn richten würde, zusammen vermutlich mit den Vorwürfen über sein unerwartetes Verschwinden. Doch stattdessen bekam er eine Entschuldigung zu hören.

„Mensch, Bröker, es tut mir leid, dass ich dich einfach mit Julian allein gelassen habe. Aber du glaubst gar nicht, was alles durch den Tod von Max zu regeln ist. Erst musste ich noch mal bei der Polizei vorbei. Dann musste ich Max bei seiner Krankenkasse abmelden und mich um die Auszahlung seiner Lebensversicherung kümmern …"

„Max hatte eine Lebensversicherung?", wurde Gregor hellhörig und Bröker wusste sofort, was dem Jungen durch den Kopf ging.

„Ja, nichts Großes", erwiderte Judith, der Gregors argwöhnischer Unterton anscheinend entgangen war. „Das ist ganz typisch für Bankangestellte, das macht da fast jeder so. Max fand es halt gut, dass wir die erste Zeit versorgt sind, falls ihm irgendetwas zustößt. Auch wenn er sicher nicht geglaubt hat, dass das wirklich passiert." Judith schloss die Augen und hielt inne. Bislang hatte sie heute sehr gefasst, fast ein bisschen fröhlich auf Bröker gewirkt, nun aber sah er ihr an, dass sie bei dem Gedanken an ihren Mann um Fassung rang. Das konnte doch nicht gespielt sein?

„Wo wart ihr denn nun überhaupt?", wandte sich Gregor an Bröker und wechselte so unauffällig das Thema. Doch der druckste herum, wusste er doch, dass Judith die Antwort nicht gefallen würde.

„Na los, sag schon", bohrte der Junge weiter.

Bröker gab sich einen Ruck, mochte er Judith doch auch nicht anlügen.

„Ich, also, wir haben … also erst mal habe ich deinen Schlüssel wiedergefunden", begann er und zog den Bund hervor. „Er lag in der Küche."

Judith lächelte und steckte den Schlüssel in ihre Hosentasche. „Den hätte ich sicher noch ewig gesucht, danke!"

Bröker nickte mit unglücklichem Gesicht. Gregor schwante Böses. Judith sah die beiden fragend an. „Was ist denn?"

„Na ja, ich hab den Schlüssel eingesteckt und dann haben Julian und ich einen kleinen Spaziergang gemacht und irgendwie sind wir dann bei eurem Zuhause gelandet …"

„Was soll das heißen ‚bei eurem Zuhause gelandet'?" Allmählich ging Judith auf, was Bröker ihr sagen wollte. „Bist du in unserer Wohnung gewesen?"

„Ja", gab Bröker zu und wollte zu einer Erklärung ansetzen, doch Judith unterbrach ihn.

„Bröker, du kannst doch nicht einfach bei uns einbrechen!"

„Nun ja, einbrechen würde ich das nicht gerade nennen", wand der Angesprochene sich.

„Sondern?" Nun war auch Gregor interessiert.

„Na ja, ich dachte …" Bröker räusperte sich noch einmal, „…ich könnte ja mal nach dem Rechten sehen."

„Aber doch nicht, ohne mich vorher zu fragen!", warf Judith aufgebracht ein.

„Ich weiß, aber hört doch erst mal zu. In der Wohnung sind mir ein paar Computerausdrucke in die Hände gefallen …"

„So, so, in die Hände gefallen", echote Gregor spöttisch.

„Also eigentlich habe ich die Seiten Julian gegeben, damit er was malen kann!", verteidigte sich Bröker.

„Julian ist doch noch viel zu klein, um zu malen!" Trotz ihres Zorns musste Judith lachen.

„Ja, das habe ich dann auch gemerkt", brummte Bröker. „Jedenfalls habe ich gesehen, dass es in den Ausdrucken um Geocaching geht …"

„… und damit einfach in unseren Sachen rumgewühlt!" Nun war der Ärger in Judiths Stimme wieder deutlich zu hören.

„Ja, aber doch nur, weil ich dachte, vielleicht finden sich weitere Hinweise. Aber da kann uns eh nur der Computer von Max weiterhelfen, fürchte ich."

„Bröker, sag mal spinnst du! Du glaubst doch nicht wirklich, dass ich dir den Laptop nach all dem jetzt noch gebe!"

„Hast du ihn denn?", konnte der Getadelte sich nicht zurückhalten zu fragen.

„Ja, ich hab ihn! Vorhin von der Polizei zurückbekommen. Aber du kriegst ihn nicht!"

„Schon gut", brummelte Bröker schuldbewusst. Sicher hätte er nicht einfach in Judiths Wohnung eindringen sollen. Aber auf der anderen Seite hatte er vermutlich Beweismittel gefunden, die die Ermittlungen ein ganzes Stück weiterbringen konnten. Das war doch ein Triumph. Wieso nur fühlte er sich gerade so wenig triumphal?

„Leute, ich muss mich erst mal beruhigen!", beschloss Judith. Mit diesen Worten ging sie mit Julian auf dem Arm hinauf auf ihr Zimmer.

„Mann, Bröker, du machst aber auch Sachen!", tadelte ihn auch Gregor, als Judith es nicht mehr hören konnte. „Einfach in ihre Wohnung gehen und da herumstöbern, das kannst du doch echt nicht bringen!"

„Aber ich dachte, vielleicht finde ich noch eine Spur", verteidigte sich Bröker. „Sei jetzt nicht auch noch auf mich böse, Gregor! Ohne deine Hilfe verstehe ich dieses Geocaching-Zeug doch nicht."

Er zog den Computerausdruck aus seiner Tasche und schwenkte ihn verführerisch vor Gregors Augen. Der nahm Bröker den Zettel aus der Hand und warf einen kurzen Blick drauf.

„Was gibt es denn da nicht zu verstehen?", fragte er ungeduldig. „Da sind die Längen- und Breitenangaben des Caches, außerdem seine Größe. Und wenn du das hier entschlüsselst", er deutete auf einen Buchstabensalat am Ende der Seite, „bekommst du einen weiteren Hinweis."

„Hm, genau das habe ich nicht verstanden", erwiderte Bröker.

„Ich weiß ehrlich gesagt nicht, warum du schon wieder mit diesem Geocaching anfängst!"

„Ich habe da halt so ein Gefühl!", insistierte Bröker, auch wenn er nicht sagen konnte, worin dieses genau bestand.

„Na, dein Gefühl in allen Ehren", entgegnete Gregor, „aber solche Beschreibungen findest du zuhauf auf Geocachingseiten im Netz."

„Aber das ist kein Ausdruck einer Internetseite. Das ist eine E-Mail. Noch dazu wurde die kurz vor Max' Verschwinden verschickt. Das ist doch kein Zufall. Verschicken Geocacher denn ihre Hinweise überhaupt per Mail?"

„Um ehrlich zu sein: Ich habe keinen Schimmer." Gregor zuckte mit den Schultern. „Aber ich verspreche dir gleich dazu zu recherchieren, wenn du dafür bereit bist, mir zehn Minuten deiner kostbaren Zeit zu opfern. Ich habe nämlich auch was herausgefunden."

„Oh, und was?" Sofort hatte der Junge Brökers volle Aufmerksamkeit.

„Den Namen des Finanzberaters von dieser Bombi zum Beispiel!"

„Große-Wortmann", warf Bröker trocken ein.

„Ach, den kennst du schon?", fragte Gregor enttäuscht.

„Ja, ich habe Bombi einfach noch einmal angerufen und sie ein bisschen ausgequetscht", beschrieb Bröker das Telefonat nicht ganz wahrheitsgemäß. Der Junge musste ja nicht gleich mitbekommen, dass die Fitness-Lady freiwillig und beinahe ohne Brökers Zutun den Namen verraten hatte. Und noch weniger brauchte er zu wissen, dass Bombi vermutlich immer noch auf seinen Rückruf wartete.

Vielleicht wusste er das ja auch schon. „Hast du sie etwa auch … ich meine, hat sie hier angerufen?", fragte er und versuchte, sich nichts anmerken zu lassen.

„Nein, ich habe für solche Informationen doch meine eigenen Quellen", entgegnete Gregor.

„Hm?"

„Du weißt doch, nicht nur die NSA weiß von allem, was jemals im Netz verbreitet worden ist. Dein Mitbewohner kann das auch rausbekommen."

„Wie? Im Internet steht, dass Große-Wortmann Bombis Berater ist?"

„Natürlich! Bröker, nicht alle halten ihre Kontakte in einem alten Telefonbuch aus den 80ern fest. Manche müssen sogar mit ihren Geschäftskontakten ein wenig angeben, um neue Kunden zu gewinnen!"

„Du meinst, Große-Wortmann wirbt mit seiner Verbindung zu Bombi?"

„Genau, auf seiner Website!"

„Ach …" Nun war wiederum Bröker enttäuscht, dass es derart einfach war, den Namen des Finanzberaters herauszubekommen. Doch Gregor ging es ja ganz ähnlich.

„Du hast sicherlich schon den Hintergrund dieses Finanz-Heinis durchleuchtet, oder?", fragte der Junge und klang ein wenig geknickt.

„Welchen Hintergrund? Du vergisst, für die Recherchen im Internet brauche ich dich!", erklärte Bröker.

„Dann weißt du wirklich noch nicht …?"

„Was weiß ich nicht? Herrgott, Gregor, hör auf, in Rätseln zu sprechen! Nun sag endlich, was mit diesem Große-Wortmann los ist."

„Nun, ein ganz unbeschriebenes Blatt ist er nicht."

„Wie meinst du das?"

„Es ist schon ein bisschen her, aber Große-Wortmann hat eine Vorstrafe."

„Hat er einen Klienten übers Ohr gehauen?",

fragte Bröker verblüfft. „Das kann doch nicht sein! Wenn so was rauskommt, ist das sein Ende als Finanzberater."

„Nee, ganz so ist es auch nicht", berichtete Gregor. „Er ist wegen Scheckbetrugs vorbestraft!"

„Wie, das gibt es noch?" Bröker erinnerte sich noch an den Tag, als niemand seine geliebten Eurocheques mehr akzeptieren wollte und ihm sein Bankberater schließlich auf seinen Protest hin mitgeteilt hatte, dass dieses Zahlungsmittel europaweit nicht mehr gültig war.

„Nee, das war schon vor mehr als 15 Jahren", erläuterte Gregor. „Ich glaube heutzutage fälschen solche Leute Bankkarten!"

„Woher hast du das eigentlich?", wunderte sich Bröker. „Das wird doch Große-Wortmann nicht auch auf seiner Internetseite veröffentlicht haben."

„Nein!", lachte Gregor. „Für so etwas muss man schon woanders nachschauen."

„Und was bedeutet das jetzt für uns?"

„Nichts Konkretes", musste Gregor zugeben. „Aber kannst du dir nicht vorstellen, dass jemand mit dieser Vergangenheit leicht in Versuchung gerät, wenn er größere Geldbeträge zu verwalten hat?"

„Na ja, vorstellen kann ich mir das schon, aber auf so ein Vorurteil hin können wir doch nicht einfach den Typen des Mordes verdächtigen", gab Bröker zu bedenken.

„Er merkt es ja nicht", gab Gregor trocken zurück.

„Aber im Ernst: Ich habe natürlich auch in dieser Hinsicht recherchiert, aber da ist nichts zu finden. Was seine Klienten angeht, scheint Große-Wortmann bislang sauber zu sein. Andererseits: Einmal ist immer das erste Mal."

„Mag sein. Aber der Staatsanwaltschaft würde das nicht für eine Anklage reichen."

„Genau deshalb müssen wir auch noch mehr herausfinden", gab sich Gregor kämpferisch.

„Ich könnte morgen mal bei ihm vorbeigehen und ihm auf den Zahn fühlen", erbot sich Bröker.

„Und wie willst du das machen?"

„Ehrlich gesagt: Ich habe noch keine Ahnung. Aber mir wird schon was einfallen."

„Du kannst es ja mal versuchen", erwiderte der Junge. „Aber vermutlich brauchst du dafür etwas Glück."

„Wieso?"

„Ich habe heute aus ähnlichen Gründen bei ihm angerufen. Mir scheint allerdings, dass die Sekretärin ihren Chef gut abschirmt. Ich habe ihn jedenfalls nicht ans Telefon bekommen", verriet Gregor.

„Der Kerl scheint mir immer merkwürdiger", befand Bröker. „Nachher gibt er den Finanzberater nur vor und ist insgeheim so was wie der Pate in diesem Film. Einer der tief in der Szene steckt und alle Fäden in der Hand hat."

Der Junge musste lachen. „Nun, das wohl eher nicht. Aber verdächtig ist er in jedem Fall!"

„Apropos: Was hältst du eigentlich von der Lebensversicherung, die Max zugunsten von Judith abgeschlossen hat?", kam Bröker noch einmal auf die Neuigkeit von vorhin zurück.

Gregor zuckte mit den Schultern. „Es kommt natürlich drauf an, ob die Versicherung über 20 000 oder 2 000 000 Euro läuft. Aber irgendwie glaube ich das nicht so richtig."

„Ja, geht mir genauso", pflichtete ihm Bröker bei. „Wenn man ihre Tränen sieht, kann man sie sich nicht so richtig als kaltblütige Mörderin vorstellen."

„Es sei denn, du hast in der Wohnung noch etwas Belastendes entdeckt!"

„Ach, nicht wirklich. Ich hab in einer Tasche von Judith noch ein Foto von Martin gefunden, aber von dem wussten wir ja schon", winkte Bröker ab. „Da müssten die beiden ja schon gemeinsame Sache machen mit der Lebensversicherung. Aber das klingt ja dann wirklich wie im Fernsehen. Ansonsten war das einzig Interessante wie gesagt die ausgedruckte Mail."

„Ach, die könntest du mir eigentlich mal geben. Auch wenn ich noch immer nicht an deine Sage vom lebensgefährlichen Geocaching glauben mag."

Bröker zog den Ausdruck hervor und gab ihn seinem Freund.

„Wo wir gerade von Glauben sprechen", fuhr er dann fort. „Ich glaube, wir haben uns heute Abend ein gutes Essen verdient. Was hältst du denn davon, wenn wir ein paar Forellen im Kamin braten? Dazu würde ich uns dann einen Kartoffelsalat machen. Und natürlich gibt es einen leckeren Riesling." Bei dieser Vorstellung leuchteten Brökers Augen.

Gregor hingegen war in Gedanken schon ganz bei seinen Recherchen.

„Du wirst das schon machen", sagte er nur und ging nach oben.

Kapitel 19
Stochern im Nebel

Am nächsten Morgen herrschte so dichter Nebel, als sei mitten im August der Herbst angebrochen, und Bröker war froh, dass sie tags zuvor den schönen Sommerabend genutzt hatten. Er war noch einmal losgegangen und mit sechs fangfrischen Forellen zurückgekehrt. Er hatte sodann seinen berühmten Kartoffelsalat nach einem Rezept seiner Mutter vorbereitet und als er den Weißwein entkorkt hatte, war auch Gregor aus seinem Zimmer gekommen und hatte ihm Gesellschaft geleistet. Sie waren allerdings nicht dazu gekommen, sich weiter über den Fall zu unterhalten, denn wenig später war auch Judith zu ihnen gestoßen. In kurzen Worten gab sie Bröker zu verstehen, dass sie sein Verhalten als Vertrauensbruch empfand. Bröker hörte betroffen zu und Gregor war es nicht klug erschienen, die Stimmung durch eine

Diskussion über Brökers Entdeckungen im Hause Linnenbrügger noch zu verschlechtern. Am Ende hatte Judith verkündet, dass sie mit Julian für ein paar Tage zu ihren Eltern nach Karlsruhe fahren würde, um Abstand von allem zu gewinnen.

Nun starrte Bröker hinaus in den Nebel. Die mit ihm einhergehende Kälte machte ein Frühstück auf seiner Terrasse, wie er es so gerne genoss, unmöglich. Gerade heute hätte er alle Ruhe dazu gehabt. Judith hatte das Haus schon vor seinem Erwachen verlassen. Ein Zettel auf dem Küchentisch sagte, dass sie die nächsten Tage tatsächlich bei ihren Eltern verbringen würde. Und Gregor hatte er auch nur kurz gesehen.

„Ich muss dir noch was sagen", hatte er ihm eilig zugerufen. „Aber später, jetzt muss ich erst mal ins Unimax, wir haben heute Endredaktion für unseren geplanten Flashmob."

Bröker hatte sich den Spott des Jungen ersparen wollen und nicht gefragt, was nun schon wieder ein Flashmob war. So oder so war er an diesem Vormittag mit seinen Ermittlungen auf sich gestellt. Doch was konnte er tun? Ein wenig missmutig saß Bröker im Wohnzimmer und nippte an seinem Kaffee. Wenn er dem Verdacht nachgehen wollte, der Tod von Max habe mit dessen Hobby zu tun, war er auf Gregors Hilfe angewiesen. Insbesondere jetzt, da der Junge den Ausdruck der Mail an sich genommen hatte. Wollte Bröker aber die Spur des Finanzberaters weiterverfolgen, so konnte er Gregor ebenso gut gebrauchen. Ohne ihn wusste er noch nicht einmal, wo er Große-Wortmann finden sollte. Zum Teufel, wenigstens dazu musste er doch in der Lage sein!

Ärgerlich über seine Unkenntnis, was neue Medien betraf, stapfte er die Treppe hoch in sein Bücherzimmer und warf den Computer an. So schwer konnte es doch nicht sein, an eine Adresse zu kommen. Das hatte er doch sogar schon während seiner früheren Ermittlungen geschafft. Und richtig: Kaum hatte er die Schlagworte „Große-Wortmann" und „Bielefeld" in die Suchmaschine eingegeben, erschien eine Liste von Treffern, an deren dritter Stelle sich ein Vermögensberater befand. Das musste sein Mann sein. Rasch notierte sich Bröker die Adresse. Alfred-Bozi-Straße, das war zum Glück nicht weit. Wäre das Wetter ein wenig besser gewesen, Bröker hätte der Versuchung kaum widerstehen können, zu Fuß zu gehen.

So aber ließ er sich wenig später von der Stadtbahn durch den Nebel schaukeln. Am Jahnplatz allerdings stieg er schon wieder aus. Solch eine heikle Mission, wie der Besuch bei dem Zahlenjongleur, wollte geplant sein. Und eine ausgefeilte Strategie ließ sich am besten bei einem zweiten Frühstück entwerfen. Rund um den zentralen Platz Bielefelds gab es genügend Möglichkeiten, sich entsprechend zu stärken. Als er aus dem Stadtbahntunnel nach oben drängte, sah er rechterhand einen Automaten.

„Professionelle Visitenkarten in fünf Minuten!", versprach eine Werbetafel darüber. Hatten ihm nicht gerade neulich bei Bombi erst solche Pappkärtchen gefehlt? Eine kindliche Freude durchzuckte Bröker. Mit einem Lächeln im Gesicht lenkte er seine Schritte zu der Maschine, gab seine Daten ein, bezahlte fünf Euro und hielt wenig später einen kleinen Stapel Pappkärtchen in der Hand. Er betrachtete sie stolz und ließ sie dann in seinem Portemonnaie verschwinden.

Nun galt es noch den richtigen Ort für sein zweites Frühstück auszuwählen. Nach kurzem Nachdenken fiel seine Wahl auf das *3Eck*. Einerseits lag es nicht weit von der Alfred-Bozi-Straße entfernt. Und wenn man andererseits den Begriff Frühstück nicht allzu eng auslegte, so konnte er hier schon eine Folienkartoffel oder einen XXL-Burger zu sich nehmen. Den Kaffee müsste er dann natürlich durch ein Glas Weißwein ersetzen, aber zu diesem Opfer war er bereit.

Eine halbe Stunde später war nicht nur der XXL-Burger von seinem Teller verschwunden, sondern auch das zweite Glas eines sehr guten Silvaners ging langsam zur Neige. Nur einen Plan, wie er sich dem Finanzberater vorstellen wollte, hatte Bröker noch immer nicht gefasst. Nun, dann musste es eben ohne einen solchen gehen, entschied er und zahlte.

Das Büro des Finanzberaters befand sich keine fünf Minuten Fußweg von dem Café entfernt. Als Bröker das glänzende Messingschild „Bodo Große-Wortmann, Vermögens- und Finanzberatung" neben der Eingangstür sah, holte er tief Luft. Dann klopfte er.

„Ja, bitte!", schallte ihm eine helle Frauenstimme von innen entgegen. Bröker trat ein. Keine zwei Meter von der Tür entfernt befand sich ein enormer Tresen, hinter dem auf einem erhöhten Stuhl eine rothaarige Frau thronte. Dagegen nahmen sich die beiden Besucherstühle links von dem Eingangsbereich beinahe wie Kindermöbel aus. Bis auf zwei Drucke, die nichts als grasgrüne Äpfel zeigten, war der gesamte Raum in Weiß gehalten. Die Sekretärin sah Bröker mit ihren grünen Augen, die perfekt zu den Bildern an den Wänden passten, prüfend an: „Sie wünschen?"

„Mein Name ist Bröker", stellte der sich artig vor. „Ich hätte gern ein paar Worte mit Herrn Große-Wortmann gewechselt."

Das Grünauge warf ihr Haar zurück. Vermutlich will sie andeuten, dass sie eigentlich Model ist und nur versehentlich hier sitzt, dachte Bröker.

„In welcher Angelegenheit?", fragte sie dann. Ihrem Tonfall war anzuhören, dass sie die Antwort wenig interessierte.

„Er ist doch Vermögensverwalter?", gab Bröker zurück. Die Empfangsdame nickte. Sie blickte auf ihre Hände. Bröker fiel auf, dass selbst ihre Fingernägel weiß lackiert waren. Vermutlich versuchte sie sich der in diesem Büro dominanten Farbe maximal anzupassen.

„Gut. Ich hätte da einen Betrag zu meiner Verfügung und würde ihn gerne anlegen", gab er sich weltmännisch. Doch so leicht war die Sekretärin nicht zu beeindrucken.

„Haben Sie einen Termin?", erkundigte sie sich mit hochgezogenen Brauen. Bröker verneinte.

„Nun, es ist auch ganz egal", gab die Sekretärin zurück. „Der Chef ist nämlich nicht da."

„Aber ich kann doch sicherlich einen Termin mit ihm vereinbaren?", gab sich Bröker hartnäckig. So schnell wollte er sich dann doch nicht abspeisen lassen. Das verhinderte Model blätterte in einem Terminkalender, der beinahe ihre komplette Schreibtischplatte ausfüllte.

„Es sieht in nächster Zeit eher schlecht aus", gab sie bekannt.

„Wann ginge es denn im frühesten Fall?"

Wieder blätterte die Sekretärin.

„Warum geben Sie mir nicht einfach Ihre Karte?", entschied sie dann. „Ich melde mich dann bei Ihnen, sobald ein Termin frei wird."

Das wird vermutlich jedoch dauern, dachte Bröker. Es blieb ihm allerdings nicht viel anderes übrig, als der Aufforderung der Dame Folge zu leisten. Er zückte sein Portemonnaie. Zum Glück hatte er sich gerade noch die Visitenkarten gedruckt. Er schob eine davon über den Tresen. Die Sekretärin warf einen kurzen Blick darauf. Sie schien tatsächlich seinen Namen schon wieder vergessen zu haben.

„Gut, Herr Bröker", sagte sie dann. „Wir rufen Sie dann an!"

Mit einem geschäftsmäßigen Lächeln deutete sie an, dass das Gespräch für sie beendet war.

Als wenn ich ein Staubsaugervertreter wäre!, dachte Bröker und merkte, wie die Wut in ihm aufstieg. Anscheinend traten die Leute, mit denen der Finanzberater Kontakt hatte, ganz anders auf. Bröker wandte sich der Tür zu, die in diesem Augenblick geöffnet wurde, ohne dass ein vorheriges Klopfen zu hören gewesen wäre. Ein Mann trat ein, von dem er nicht hätte sagen können, ob es sich um einen Klienten oder einen Mitarbeiter des Büros handelte. Sein gebräunter Körper steckte in einem Sommeranzug, der vermutlich maßgeschneidert war, sein Lächeln entblößte ein Raubtiergebiss.

„Guten Morgen, Jennifer!", begrüßte er die Frau hinter dem Tresen.

„Guten Morgen, Bodo!", antwortete die mit einem fröhlichen Lächeln. Die beiden schienen ja ganz dicke miteinander zu sein. Bröker hatte also ihren Chef vor sich.

„Was steht heute an?", fragte der Finanzberater seine Sekretärin, ohne von seinem Besucher Kenntnis zu nehmen. Die schob ihm wortlos den Terminkalender zu. Nach einem Blick darauf wandte sich Große-Wortmann einer ebenfalls weißen Tür hinter dem Tresen zu.

„Und dann hätten wir noch diesen Herrn hier!", sagte die Rothaarige schnell und wies mit dem Kopf auf Bröker, der gerade im Begriff gewesen war, sich zu verabschieden. „Herrn …", wieder musste sie die Visitenkarte zu Hilfe nehmen, um sich an seinen Namen zu erinnern. „Herrn Bröker!", ergänzte sie.

Der Finanzberater griff nach der Karte und betrachtete sie. Dann gab er Bröker die Hand.

„Herr Bröker, guten Tag! Was können wir für Sie tun?" Dabei zeigte er wieder seine scharfen Eckzähne.

„Ich bräuchte eine Beratung", gab Bröker zurück. „Es geht um die Anlage eines kleinen Geldbetrages. Sie wurden mir da empfohlen."

Er beobachtete, wie die Augenbrauen des Zahlenjongleurs bei dem Wort „kleinen" nach oben schnellten. „Darf man fragen, um welche Größenordnung es sich dabei handelt?", fragte er.

Nun musste Bröker konkret werden. Aber was war eine angemessene Summe? Einerseits wollte er keine zu niedrige Zahl nennen, weil er vermutete, damit sofort das Interesse Große-Wortmanns zu verlieren. Andererseits wäre es sicherlich unrealistisch, einen Millionenbetrag anzugeben. Er versuchte, dem lauernden Blick seines Gegenübers auszuweichen. Dabei nahm er ungewollt wieder auch dessen Sekretärin in Augenschein.

„Das würde ich gerne unter vier Augen mit Ihnen besprechen", flüsterte er halblaut und ahmte dabei in Richtung der Sekretärin das abschätzende Nicken nach, mit dem diese zuvor auf ihn gewiesen hatte.

„Das kann ich natürlich verstehen", nickte der Finanzberater. „Darf ich wenigstens erfahren, wer mich empfohlen hat? Man kennt ja gerne seine zufriedenen Kunden", lachte er selbstgefällig. Hier fiel Bröker die Antwort leichter, schließlich kannte er nur eine Person, die von Große-Wortmann beraten wurde.

„Ich habe mit Bombi gesprochen", antwortete er wahrheitsgemäß.

„Bombi? Sie meinen Frau Ebbesmeyer?" Zum zweiten Mal schnellten die Augenbrauen seines Gegenübers nach oben. „Das wundert mich jetzt allerdings."

„Wieso?", fragte Bröker mit Unschuldsmiene.

„Ach, nun ja", zögerte Große-Wortmann. Ihm war wohl bewusst geworden, dass er einem Klienten in spe gegenüber vielleicht schon zu viel ausgeplaudert hatte. „Auch das ist sicher eher ein Thema für ein Vier-Augen-Gespräch", schob er mit dem Unterton einer Verschwörung nach. Bröker war enttäuscht, nickte aber verständnisvoll.

„Haben Sie denn schon mit Jennifer einen Termin gemacht?", erkundigte sich der Finanzberater.

„Sie wollte mich diesbezüglich anrufen", erwiderte Bröker. Der Sekretärin schien bei dieser Antwort nicht ganz wohl in ihrer Haut zu sein.

„Ja, ich konnte so rasch kein freies Zeitfenster in deinem Kalender finden", fügte sie daher erläuternd hinzu.

„Na, das kann doch so schwer nicht sein", schaltete sich ihr Chef wieder ein. Dann zog er noch einmal die Visitenkarte hervor. „Was machen Sie beruflich?", fragte er.

„Ich, ähm …“, geriet Bröker ins Stottern. Noch bevor er äußern konnte, dass er Privatier sei, ein Ausdruck, der in Große-Wortmanns Ohren sicherlich klimperte wie Bargeld, hatte dieser schon auf die Karte geschaut.

„Sie sind Lebenskünstler?“, fragte er verblüfft.

„Nun ja, gewissermaßen.“ Bröker wurde rot. Als er die Visitenkarte erstellt hatte, hatte ihm dieser Ausdruck so gut gefallen, dass er ihn in blau und in gesperrter Schrift unter seinen Namen gesetzt hatte. Er hatte ja eigentlich gar nicht vorgehabt, diese Karten tatsächlich zu gebrauchen. Allenfalls wollte er sie mit einem Zwinkern Gregor zeigen.

„Nun dann, Herr Lebenskünstler“, sagte der Finanzberater süffisant. „Jennifer wird Ihnen sicherlich einen Termin geben können.“ Mit diesen Worten verschwand Große-Wortmann hinter der Tür, die er wenige Minuten zuvor angesteuert hatte.

„Ja, Herr …“, schon wieder hatte die Sekretärin den Namen vergessen und diesmal konnte ihr auch keine Visitenkarte weiterhelfen. „Wie gesagt, wir melden uns dann bei Ihnen.“ Danach fiel ihr Blick wieder auf ihre Hände. Offenbar bedurfte der Nagellack dringend einer Kontrolle.

„Auf Wiedersehen!“, verabschiedete sich Bröker, öffnete die Tür zum Treppenhaus und ging.

Draußen konnte er spüren, dass seine Ohren noch immer rot waren. „Lebenskünstler“, murmelte er und ein Schauer rann ihm über den Rücken. Ihm war nach Weglaufen zumute. Doch dann bemerkte er, dass ihn noch ein anderes Bedürfnis quälte. Der Silvaner, den er eine halbe Stunde zuvor zu sich genommen hatte, war inzwischen in seiner Blase angekommen und begehrte heftig Auslass. Bröker zögerte, aber er sah ein, dass es nur eine Möglichkeit gab, wenn er nicht mit quälenden Nierenschmerzen durch die Stadt hasten wollte. Er klopfte noch einmal bei dem Finanzberater. Ohne eine Antwort abzuwarten, trat er ein.

„Entschuldigung, ich würde gerne noch Ihre Toilette benutzen", nuschelte er so undeutlich, dass er sich vermutlich selbst nicht verstanden hätte, hätte er sein Anliegen nicht so überdeutlich gespürt. Die rothaarige Sekretärin aber schien Gedanken lesen zu können. Ohne Bröker eines Blickes zu würdigen, deutete sie auf eine Tür, die auf Höhe ihres Tresens vom Flur abging.

Bröker öffnete sie und betrat einen schwarz gekachelten Raum, in dem sich das weiße Doppelwaschbecken und die chromblitzenden Armaturen noch edler ausnahmen, als sie es ohnehin schon taten. Doch dafür, dies zu bewundern, blieb Bröker keine Zeit. Er hatte Dringenderes zu erledigen.

Kurze Zeit später stand er dann wieder vor den Waschbecken. Alles war so sauber, dass er sich kaum traute, den Seifenspender zu benutzen. Sich die Hände einfach an der Hose abzureiben, kam ihm aber auch albern vor und so trat er nervös von einem Bein aufs andere. Erst als ihm sein Konterfei in dem wandgroßen Spiegel bei seinen Übersprunghandlungen entgegensah, fasste er sich ein Herz und wusch sich die Hände.

Als er sie sich anschließend mit einem der flauschig-weichen Handtüchern abtrocknete, hörte Bröker dumpf eine Stimme. Er lauschte. Eindeutig, Große-Wortmann telefonierte in seinem Büro. Und zwar mit so kräftigem Organ, dass Bröker bloß zu der Wand, durch die die Stimme des Finanzberaters zu ihm drang, schleichen und ein Ohr an eben diese legen musste, um dem Gespräch folgen zu können.

„Ja, genau!", sagte dieser soeben. „Ich weiß, wo die Frau sich aufhält. Sie ist mit ihrem Blag zu ihren Eltern gefahren!"

Dann trat eine Pause ein, in der sich offenbar Große-Wortmanns Gegenüber zu Wort meldete.

„Woher ich das weiß?", polterte der danach wieder los. „Das kann dir doch ganz egal sein. Ich habe da halt meine Quellen. Du musst nur wissen, wo das ist! Warte, ich gebe dir die Adresse durch."

Es entstand eine Pause. Vermutlich sah der Finanzberater etwas nach. „Kaiserstraße 51." Wieder gab es eine kurze Pause. „Ja, verdammt! Ich will, dass ihr da hinfahrt. Holt euch endlich das Geld." Erneute Pause. „Sicher weiß die Frau, wo das ist, meinst du, dieser Trottel hat das alles alleine ausgeheckt?" Noch eine Pause. „Ja, schüchtere sie halt ein, sag ihr, dass du dir sonst das Kind schnappst, hau ihr eins in die Fresse, was weiß ich. Wer von uns beiden ist denn der Geldeintreiber? Mach, was du willst, nur komm mir nicht noch mal mit so einer Pleite wie auf dem Friedhof!"

Dann hörte Bröker nur noch, wie der Finanzberater wüste Beschimpfungen über seinen Angestellten aneinanderreihte, vermutlich hatte er also aufgelegt. Aber er hatte auch genug gehört: Die Frau, um die es in dem Telefonat ging, konnte nur Judith sein. Sie war zu ihren Eltern gefahren und sie war auch bei der Beerdigung von Max belästigt worden. Somit war Große-Wortmanns Gesprächspartner vermutlich eine der finsteren Gestalten dort gewesen und, was viel schwerer wog, Judith und Julian waren in akuter Gefahr.

Bröker bemerkte, dass er trotz des klimatisierten Badezimmers wie so oft zu schwitzen begann. Was konnte er tun? Judiths Eltern wohnten in Karlsruhe. Wie sollte er dort hinkommen? Und wie vor allem sollte er es rechtzeitig dorthin schaffen? Schnell zog er sich wieder in eine der beiden Kabinen zurück, zückte sein Handy und schaltete es an. Es leuchtete auf und der Balken zeigte, dass es beinahe noch vollgeladen war. Auch Guthaben musste noch vorhanden sein. Hastig blätterte Bröker in seinem Adressbuch und wählte Judiths Mobilnummer, die sie ihm gegeben hatte, als sie Julian so überstürzt in seine Obhut gegeben hatte. Doch es meldete sich nur die Mailbox. Himmel! Bröker legte auf. Nun blieb ihm nur noch eine Möglichkeit. Wieder klickte er sich durch sein Adressbuch. Richtig, hier, das war die richtige Nummer. Er drückte den Verbindungsknopf.

„Polizeihauptkommissar Schewe!", hörte er nach dreimaligem Tuten die sonore Stimme des Ordnungshüters.

„Guten Tag Herr Schewe, hier ist Bröker!", flüsterte Bröker in den Hörer.

„Wer ist da?", kam die Antwort. „Ich kann Sie kaum verstehen!"

„Bröker!", zischelte Bröker nur wenig lauter.

„Sind Sie das, Bröker? Hören Sie, können Sie nicht ein wenig lauter sprechen? Sie sind wirklich kaum zu hören."

„Geht nicht", flüsterte Bröker zurück. „Passen Sie auf Schewe, ich habe eine dringende Bitte. Es geht um Judith."

„Judith?", fragte Schewe.

„Judith Linnenbrügger." Bröker fragte sich, wie viele Judiths der Hauptkommissar und er denn wohl gemeinsam kannten. „Sie wohnt doch derzeit bei mir, ist aber für ein paar Tage zu ihren Eltern gefahren."

„Darüber bin ich informiert. Und wo liegt da das Problem?"

„Das Problem ist, dass die Geldeintreiber, von denen Sie auch schon gehört haben, inzwischen auch wissen, wo Judith sich versteckt. Und die glauben anscheinend immer noch, Judith wüsste etwas von dem Geld, das Max angeblich hat verschwinden lassen. Kurz und gut: Ich bin davon überzeugt, sie ist in Gefahr!"

„Wo ist sie?", fragte Schewe.

„In Gefaaahhr!", raunte Bröker eine Nuance lauter.

„Ach so, ja", erwiderte der Polizist. „Und jetzt soll ich jemanden zum Haus ihrer Eltern schicken?"

„Ja. Ich dachte, dass Sie dazu etwas besser die Möglichkeit haben als ich", gab Bröker ironisch zurück.

„Uff!" Schewe seufzte vernehmlich. „Sicher, die Möglichkeit habe ich", fügte er dann hinzu. „Aber ich setze meine Leute nur ungerne an ergebnislose Aufgaben. Noch dazu, wenn Kollegen aus anderen Zuständigkeitsbereichen in die Sache mit reingezogen werden müssen. Ihr Haus haben wir auch observiert und dort haben sich keine Erpresser sehen lassen."

„Bitte, Schewe!", flehte Bröker. „Ich bin mir ganz sicher: Judith und ihr Sohn brauchen Ihren Schutz!"

Schewe schwieg. „Na gut!", willigte er schließlich ein. „Aber hoffen Sie besser, dass an Ihrem Tipp etwas dran ist." Dann hängte der Polizist ein. Bröker wusste nicht, ob er sich diesem letzten Wunsch Schewes anschließen sollte.

Er steckte sein Handy zurück in die Tasche. Dann verließ er das Bad. Die Sekretärin warf einen demonstrativen Blick auf ihre Uhr.

„Na, erfolgreich?", fragte sie mit ironischem Unterton.

„Ja", seufzte Bröker und aus einem Grund, der der Sekretärin für immer verborgen bleiben würde, klang seine Stimme tatsächlich ein wenig erleichtert.

Kapitel 20
Spurwechsel

Obwohl es schon später Mittag war, hatte sich der Nebel kaum gelichtet. Die Sonne war nur als kleiner weißer Kreis sichtbar. Dieses seltsame Augustwetter passte zu Brökers ebenso seltsamem Auftritt gerade.

Was hatte er nun über Große-Wortmann erfahren? Dass dieser seine Klienten im Wesentlichen nach ihren finanziellen Spielräumen beurteilte. Gut. Aber das hätte er bei einem Finanzberater auch nicht anders erwartet. Es machte ihn nicht gerade zu einem Sympathieträger, aber natürlich auch nicht sofort zu einem Mörder.

Veruntreute er wirklich die Gelder seiner Kunden oder zumindest die von Bombi? Bröker musste sich eingestehen, dass die wenigen Worte, die er mit Große-Wortmann gewechselt hatte, ihn bei dieser Frage kein Stück weitergebracht hatten. Schon gar nicht hätte er sagen können, ob der Finanzberater auch einen Mord in Kauf nehmen würde, um etwaige finanzielle Unregelmäßigkeiten seiner Kanzlei zu vertuschen. Da er schon einmal wegen Scheckbetrugs verurteilt worden war und bei dieser Tat vermutlich auch Kontakt zu entsprechenden dunklen Kreisen gehabt hatte, lag so eine Folgerung nicht allzu fern. Aber er musste zugeben, dass er sich dabei derselben Vorurteile bediente, die er Gregor tags zuvor noch vorgeworfen hatte. Gut, er hatte mitbekommen, dass Große-Wortmann nicht vorhatte, Judith und Julian in naher Zukunft in Ruhe zu lassen. Dass er ihnen seine Handlanger sogar bei ihren Eltern auf den Hals hetzte. Aber diese Art Skrupellosigkeit war Bröker ja schon bekannt und die Frage war eben genau, wie weit er für seine Interesse gehen würde.

Nein, das Einzige, was helfen würde, wäre ein erneutes Gespräch mit dem Verdächtigen. Nur würde ihn der wohl kaum noch einmal empfangen. Zumindest nicht als Kunden. Nun ja, vielleicht doch, dachte er. Vielleicht dann, wenn er seine Kontoauszüge mitbrächte. Immerhin hatte er ja das Geld, von dem er die nächsten 25 Jahre zu leben plante, auch wenn er nie ernsthaft in Erwägung zöge, es in die Hände eines Finanzberaters zu geben. Bröker nickte zufrieden, das klang zumindest nach einem Ansatz.

Dann bemerkte er, dass er ganz in Gedanken schon den kompletten Niederwall hochgelaufen war und sich kurz vor der Detmolder Straße befand. Eigentlich hatte er noch irgendwo einkehren wollen, um einen Kaffee zu trinken und dazu vielleicht ein Stückchen Torte zu verspeisen, aber nun mochte er auch nicht mehr umkehren. Also nahm er ächzend die letzten 200 Meter zu seinem Haus, auf denen die Straße noch einmal richtig anstieg. Wie so häufig schimpfte er auf seine Vorfahren, die ihr Haus ausgerechnet am Sparrenberg gebaut hatten, wo doch Bielefeld auch so viele flache Gebiete aufwies. Dann aber entschädigte ihn der Blick über die Stadt wieder für seine vielen Aufstiege. Von dieser Stadt war allerdings heute nicht viel zu sehen. Dafür aber stand Gregors Roller vor dem Zaun, der Brökers Grundstück umgab. Der Junge war also schon zurückgekehrt. Immerhin konnte der Hausherr so von seinen Erlebnissen berichten.

„Gut, dass du kommst!", begrüßte ihn der Junge freudig schon im Eingangsbereich. Er schien schon auf Bröker gewartet zu haben.

„Gut, dass du da bist!", erwiderte Bröker. „Du ahnst nicht, wo ich gewesen bin!"

„Du warst was essen?", riet Gregor aufs Geratewohl.

„Hm, stimmt", musste sein Freund zugeben, „aber nicht nur."

„Aha?" Gregor schaute Bröker gespannt an.

„Ich bin deiner Spur gefolgt. Ich war bei diesem Große-Wortmann."

„Und, war er da? Hast du etwas erreicht?"

„Er ist gerade gekommen, als seine Vorzimmertussi mich abwimmeln wollte", berichtete Bröker. „Ich habe mitbekommen, dass er davon weiß, dass Judith die Stadt verlassen hat. Er hat vor, ihr seine Geldeintreiber hinterherzuschicken."

„Dann müssen wir sie warnen!", sagte Gregor aufgeregt. „Aber haben wir überhaupt eine Adresse?"

„Ja, haben wir. Ich habe ja auch ihre Mobilnummer. Aber wir würden es nie rechtzeitig dorthin schaffen. Deshalb habe ich Schewe angerufen. Bei dem musste Judith ja sowieso ihren Aufenthaltsort angeben."

„Oh, sehr gut", sagte der Junge und war schon wieder etwas beruhigter. „Wenn die Bullen denn ihren Job richtig machen."

Bröker überlegte. „Ich glaube schon. Wir können ja schlecht auf deiner Vespa 450 km bis nach Karlsruhe fahren. Die hält mich so lange nicht aus. Und ein Taxi bis dahin ist selbst mir zu teuer."

In Wahrheit hielt Bröker es mit dem Reisen wie ein bekannter Königsberger Philosoph, mit dem er ansonsten nicht viel gemein hatte. Ebenso wie dieser war er in seinem Leben nicht oft aus seiner Heimatstadt herausgekommen. Mit Ausnahme einiger besonders spannender Auswärtsspiele der Arminia natürlich.

„Woher der Finanz-Heini wohl überhaupt wusste, dass Judith zu ihren Eltern gefahren ist?", fragte Gregor und das mulmige Gefühl, das ihn beim Gedanken an den vielleicht oberflächlichen Polizeischutz beschlichen hatte, verstärkte sich.

„Tja, das werden wir wahrscheinlich nie erfahren. Mich hat er jedenfalls nicht erkannt. Also scheinen sie uns nicht beschattet zu haben. Für mich sieht das eher so aus, als hätte er ein, zwei Bekannte bei der Polizei."

„Tja, sag ich ja. So ein Saftladen!" Der Junge rümpfte die Nase.

„Ansonsten habe ich bei Große-Wortmann allerdings nicht viel erreicht", wechselte Bröker das Thema. „Vermutlich habe ich keinen seriösen Eindruck auf ihn gemacht."

„Wie das?"

„Ich habe ihm vorgegaukelt, ich sei ein potenzieller Klient."

„Aber das klingt doch seriös."

„Das schon, aber dann habe ich ihm eine von diesen Visitenkarten gegeben." Bei diesen Worten zog Bröker ein weiteres der kleinen Pappkärtchen aus seinem Portemonnaie hervor und überreichte es Gregor, als sei dieser ein wichtiger Geschäftspartner.

Sein Freund betrachtete sie und schüttelte den Kopf.

„Du hast ihm wirklich diese Karte gegeben?"

„Ja, genauer gesagt, seiner Sekretärin", bestätigte Bröker.

„,Bröker, Lebenskünstler' – und sonst nur noch deine Adresse! Kein Wunder, dass er dich nicht ernst genommen hat!", lachte sein Mitbewohner.

„Nun ja, eigentlich waren sie ja nicht für ihn bestimmt!", verteidigte Bröker sich. Dann versuchte er die Scharte wieder auszuwetzen. „Ich habe mir überlegt, dass ich noch einmal zu ihm gehe, diesmal mit meinen Kontoauszügen. Dann wird er mich schon vorlassen."

„Das könnte in der Tat klappen", nickte Gregor. „Und was willst du dann machen?"

Bröker überlegte. „Ich könnte ihn nach seinen anderen Kunden fragen", sagte er dann. „Sozusagen nach Referenzen. Die könnten wir anschließend ausquetschen, ob die vielleicht in letzter Zeit auch merkwürdige Bewegungen auf ihren Konten beobachtet haben."

„Oh, Mr. Marple, du läufst ja zur Hochform auf", entgegnete Gregor. „Die Idee könnte glatt von mir stammen."

„Siehst du!", triumphierte Bröker.

„Ja, aber ich habe mir den Umweg über Große-Wortmann gespart", gab der Junge zurück.

„Was hast du gemacht?"

„Auf seiner Webseite hat der Finanz-Heini doch seine wichtigsten Kunden aufgeführt ..."

„Und?"

„Ich habe mir gedacht, ich rufe die im Namen der Steuerfahndung mal an ..."

„Du bist mir also zuvorgekommen?", fragte Bröker.

„Ach Bröker, wenn du erst lernst, die Mittel der modernen Kommunikation zu nutzen, wirst du auch ein richtig guter Detektiv!"

„Ha, ha! Hast du denn wenigstens etwas herausgefunden?"

„Nun, nicht viel", musste der Junge einräumen. „Bislang konnte ich erst zwei von Große-Wortmanns Kunden erreichen. Dann kamst ja du. Und die beiden haben keine Unregelmäßigkeiten auf ihren Konten festgestellt."

„Dann war es wohl mit der Idee auch Essig", murrte Bröker enttäuscht.

„Na ja, nach zwei Kunden kann man vielleicht noch keine allgemeingültigen Schlussfolgerungen ziehen", wandte Gregor ein. „Aber vorerst war es das wohl mit der Recherche in dieser Richtung."

„Wieso?" Bröker war tatendurstig und wollte sich umgehend ans Telefon setzen.

„Schau mal auf deine Uhr! Es ist fast halb vier. Und es ist Freitag. Ich habe eben schon beinahe niemanden mehr in den Buchhaltungsabteilungen erreicht."

„Stimmt!", entgegnete Bröker leicht geknickt.

„Zum Glück haben wir noch eine zweite Spur!" Anscheinend hatte Gregor ins Brökers Abwesenheit ganze Arbeit geleistet.

„Wirklich? Und welche?"

„Ich wollte es dir schon heute Morgen sagen, aber da war ich ein wenig in Eile …"

„Ja, ja, ist ja schon gut. Was ist es denn nun?", entgegnete Bröker ungeduldig.

„Ich habe mir gestern Abend diesen Ausdruck noch einmal angesehen, den du in Judiths Wohnung gefunden hast", eröffnete Gregor.

„Ja, und?" Bröker hasste es, wenn der Junge ihn auf die Folter spannte.

„Und ein wenig zu der Mail recherchiert", erwiderte der.

„Und was haben deine Recherchen ergeben? Mensch, Gregor, wenn du es weiter so spannend machst, kriege ich hier noch einen Herzinfarkt!"

„Das will natürlich niemand!", lachte Gregor. „Wo sollte ich denn dann wohnen?"

Bröker machte mit seinen Händen eine Geste, als wolle er Gregor erwürgen.

„Ich rücke ja schon damit raus!" Der Junge hob die Hände, wie um sich zu ergeben. „Das Besondere an dieser Mail ist ...", er legte eine Kunstpause ein, „dass es eben eine Mail ist!"

„Dass es eine Mail ist?"

„Ja genau Bröker, es ist eine Mail!"

„Mann, Gregor, das weiß ich auch! Ich habe sie ja schließlich gelesen! Aber was ist denn daran so Außergewöhnliches?"

„Nun, dass man – so wie du es gestern schon vermutet hast – das Versteck eines Caches tatsächlich normalerweise nicht in E-Mails herumschickt. Wenn du den Ausdruck einer Webseite gefunden hättest, wäre das normal. Aber eine Mail? Der Clou beim Geocaching ist ja, dass sich alle, die es interessiert, an der Schnitzeljagd beteiligen können."

„Und du meinst, das könnte also wirklich ein Hinweis darauf sein, dass irgendetwas mit der Mail nicht in Ordnung ist?"

„Yep!", bestätigte der Junge. „Es hat mich jedenfalls schon stutzig gemacht und deshalb habe ich versucht, den Cache auch auf den bekannten Seiten wiederzufinden, aber Fehlanzeige. Er ist nicht auf einer einzigen Seite verzeichnet."

„Und das heißt, wir haben es hier wahrscheinlich mit einem Fundstück zu tun, das ganz exklusiv für Max platziert worden ist", folgerte Bröker prompt.

„Ganz sicher kann man sich zwar nie sein, aber meine Suchprogramme arbeiten schon recht zuverlässig. Und da war nichts."

Bröker lauschte dem Jungen gespannt.

„Was allerdings nicht passt: Der Cache liegt keineswegs in der Nähe der Hünenburg", führte der weiter aus.

„Hm, vielleicht hat es ja trotzdem etwas zu bedeuten", überlegte Bröker. „Weißt du denn, von wem die Mail stammt?", versuchte er einen anderen Ansatz.

„Der Absender, der angegeben ist, sagt uns gar nichts über ihn", gab Gregor zu. „Der kommt von einem der großen Provider und das Präfix riecht danach, dass jemand bewusst eine anonyme Mailadresse kreiert hat."

„Ja", unterbrach ihn Bröker. „Aber das hätte ja notfalls sogar ich herausfinden können. Du hast da doch deine spezielleren Methoden."

„Sicher, da kann man schon was machen …"

„Hätten wir bloß den Laptop von Max!", stöhnte Bröker.

„Haben wir aber nicht", führte Gregor ins Feld. „Und Judith wird ihn uns nach deiner Aktion auch nicht geben."

„Hm", brummte Bröker unzufrieden.

„Lass uns doch solange Judith bei ihren Eltern ist, erst mal schauen, ob uns die Idee mit dem Geocaching überhaupt weiterbringt. Und falls ja, frage ich Judith, ob sie uns den Computer nicht doch geben mag. Immerhin hätten wir dann Argumente. Sie möchte doch auch, dass der Mörder ihres Mannes gefasst wird. Zumindest, wenn sie es nicht selbst ist", grinste Gregor.

„Ja, gut, einverstanden", stimmte Bröker immer noch ein wenig missmutig zu.

„Na, dann los!"

„Was meinst du mit ‚dann los'?"

„Tze, ganz ohne eigene Anstrengungen werden wir nicht herausfinden, ob uns diese Mail weiterführt. Bröker, wir müssen arbeiten!"

„Aha", entgegnete der Angesprochene wenig begeistert. Er wollte schon in dem Fall vorankommen, hatte sich aber auch auf einen geruhsamen Nachmittag gefreut, bei dem die Planung des Abendessens eine zentrale Position einnehmen sollte. „Und was genau arbeiten wir?"

„Wir gehen zum Geocaching!", verkündete Gregor und aktivierte die GPS-Funktion seines Handys.

„Zum Geocaching?", echote Bröker. „Na gut! Aber vorher brauche ich einen Kaffee. Und den finde ich ganz ohne moderne Technik."

Mit diesen Worten begab er sich in die Küche.

Kapitel 21
Ein blindes Huhn

„Bist du so weit?", drängte Gregor, kaum dass Bröker die Kaffeetasse zum ersten Mal an den Mund geführt hatte.

„Immer mit der Ruhe", gab der zurück und trank nun absichtlich langsam. „Wenn man einen Kaffee zu schnell hinunterstürzt, bekommt er einem nicht."

„Hättest du das mal eher gesagt, dann hätte ich dich gar keinen Kaffee kochen lassen! Ich will ja deiner Gesundheit nicht schaden."

„Nun ist es zu spät", sprach Bröker in seine Tasse hinein und achtete darauf, dass er wirklich nur einen winzigen Schluck trank. Mochte Gregor ruhig noch ein wenig vor Ungeduld zittern.

Dieser tat ihm den Gefallen. „Sag mal, du willst aber nicht warten, bis es dunkel ist, oder?"

„Nun übertreib mal nicht so!", wehrte Bröker ab. „Bis dahin sind es ja noch fünf Stündchen. Mal ganz davon abgesehen, dass die Sonne heute sowieso den ganzen Tag nicht zu sehen war. Sehr viel dunkler wird es da auch nicht mehr werden!" Dann lächelte er seinen Mitbewohner freundlich an: „Willst du vielleicht auch einen Kaffee?"

„Bröker!" Der Junge schien beinahe zu explodieren. „Das Einzige, was ich will, ist dass du endlich in die Pötte kommst und wir unserer Spur nachgehen können. Erinnere dich, dass wir versuchen, den Mörder von Max zu fassen. Bei deiner Geschwindigkeit ist er eines natürlichen Todes gestorben, bevor wir ihn kriegen!"

„Na, dann kann er wenigstens nicht weglaufen", schmunzelte Bröker, leerte aber nun seinen Becher. Er hatte Gregor lange genug provoziert und musste sich eingestehen, dass auch er gespannt darauf war zu sehen, ob die Mail mit den Koordinaten des Caches sie weiterbrachte. „Wo wollen wir denn eigentlich hin?", erkundigte er sich daher beflissen und stellte seine Tasse ab.

„Wenn mich mein Computer nicht betrogen hat, liegt der Cache beim Tierpark", gab der Junge Auskunft. Angesichts Brökers Bereitschaft, die Kaffeepause zu beenden, hatten sich seine Züge wieder deutlich entspannt.

„Oh, wirklich nach Olderdissen?", freute sich Bröker. „Ich war schon ewig nicht mehr da!"

„Na, dann ist es doch umso besser, dass du mal wieder hinkommst."

„Ja, ich werde uns gleich ein Taxi bestellen", war sein Freund nun endgültig Feuer und Flamme.

„Nichts da!", unterbrach ihn Gregor entschieden.

„Was heißt denn ‚nichts da'?", hielt Bröker inne.

„Mit den Öffentlichen ist es doch echt ein bisschen umständlich dahin zu kommen. Denk doch an das Geschaukel mit dem Bus." Nun, da er sich entschieden hatte, mit dem Geocaching zu beginnen, hatte er wenig Lust, sich erst in aller Ruhe zum Ort des Geschehens zu begeben.

„Na ja, so umständlich ist es nun auch wieder nicht", erinnerte Gregor ihn. „In einer Viertelstunde wären wir da. Aber ich hatte eigentlich etwas anderes im Sinn!" Bei diesen Worten schwenkte er zwei Helme in seiner Hand.

„Ach, Roller fahren!"

Bröker war immer mulmig zumute, wenn er als Sozius auf Gregors motorisiertem Zweirad unterwegs war. Ein wenig wackelig kam ihm die Angelegenheit jedes Mal vor, auch wenn er sich andererseits ein ganz klein bisschen – so hätte seine Mutter gesagt – fesch vorkam, wenn ihm der Wind durchs Haar blies. Eine Art Easy Rider von Bielefeld, nur ein bisschen schwerer vielleicht. Kurz überlegte er, ob er nicht doch auf den Vorschlag, den Bus zu nutzen, zurückkommen sollte. Dann aber dachte er, dass dies nicht der Moment war, seinen Ängsten nachzugeben. Er wollte wissen, was sich an der in der Mail beschriebenen Stelle befand. Und das möglichst schnell.

„Gut, gehen wir!", entschied er und ergriff einen der beiden Helme.

„Hey, zieh dir was an!", bremste ihn Gregor und warf ihm eine Jacke zu. „Sonst liegst du nachher krank im Bett und ich kann dich pflegen!"

„Ja, Papi!", antwortete Bröker und schlug ergeben seinen Blick zu Boden.

Dann machten sie sich auf den Weg zum Tierpark.

Als sie angekommen waren und Gregor seinen Roller parkte, wusste Bröker, dass die Mahnung des Jungen nicht verkehrt gewesen war. Selbst im August konnte es auf dem Roller in voller Fahrt empfindlich kalt werden, besonders an einem Tag mit so wenig Sonne wie dem heutigen. Bröker streckte seine Glieder.

„Komm, lass uns losgehen!", forderte ihn Gregor auf, sobald sein Gefährt gesichert war. Mit eiligen Schritten stürmte er vor in Richtung Eingang. Bröker lief keuchend hinterdrein.

„Warte doch!", rief er seinem Freund nach, der unterdessen den Tierpark schon betreten hatte. Dass man in diesen Tiergarten noch immer hineinkam, ohne Eintritt zu bezahlen, war eines der Dinge, die Bröker an seiner Heimatstadt so liebte. Schnell lief er Gregor hinterher. Doch schon nach wenigen Metern hätte er am liebsten wieder angehalten. Vor ihm lag der *Meierhof,* das Restaurant des Bielefelder Tierparks, das um vieles besser war als so manch andere Zoogaststätte. Bröker erinnerte sich der Käsespätzle mit einem großen Berg geschmolzener Zwiebeln, die er hier schon einmal genossen hatte. Und gerade schien ihm der Biergarten besonders einladend. Obwohl die Sonne noch immer nicht richtig durch die Wolken gebrochen war, war es in den vergangenen Stunden doch so warm geworden, dass sich etliche Besucher ins Freie getraut hatten und hier unter alten Kastanien an einem Pils schlürften.

„Moment mal!", rief Bröker. Ein kleines Bier

konnte sicher nicht schaden und würde ihn für den Rest der Ermittlungen stärken.

Gregor drehte sich kurz um, sah zu Bröker, blickte zum Biergarten und schüttelte dann lachend den Kopf.

„Nichts da! Wir sind hier weder für ein Weizen noch für ein Glas Weißwein hingekommen!"

„Ich lass dich nicht mehr bei mir wohnen", brummte Bröker, musste Gregor aber innerlich Recht geben. Der hatte seinen Blick schon wieder auf sein Handy gerichtet und bahnte sich in einem strammen Tempo den Weg durch die Gehege. Er hatte weder ein Auge für die Esel, die Bröker schon als Kind immer so niedlich gefunden hatte, noch achtete er auf die verschiedenen Vögel auf dem Teich, an dem sie vorbeikamen. Bröker hastete hinter ihm her. Im Gegensatz zu dem Jungen nahm er die Teichbewohner sehr wohl wahr und ihm fielen bei ihrem Anblick ein halbes Dutzend Rezepte für Enten und Gänse ein. Enten in Orangensauce müsste er mal wieder machen oder Entenbrust in Portweinsoße. Bei dem Gedanken lief ihm das Wasser im Mund zusammen und spontan begann er sich auf die Weihnachtszeit zu freuen.

„Komm Bröker, ein bisschen schneller!", trieb ihn Gregor an, der schon mehr als zehn Meter Vorsprung hatte. Er lief an einem Gehege entlang, in dem ein paar Steinböcke mit stoischer Miene in die Gegend blickten. Bröker versuchte aufzuholen. Steinbock hatte er noch nie gegessen, fiel ihm beim Anblick der gehörnten Tiere ein.

Bald dahinter begann das Wolfsgehege. Endlich wurde sein Freund langsamer und Bröker konnte aufschließen.

„Hier irgendwo muss es sein", sagte Gregor und lenkte seine Schritte in Richtung einer Holzbrücke, die das Areal überspannte. Von hier konnte Bröker einen Blick auf die Tiere werfen, die aus der Höhe nur wenig beängstigend aussahen. Sie lagen unter Sträuchern und taten sich an großen Knochen gütlich. Offenbar waren sie gerade gefüttert worden, was Brökers Hunger nur noch steigerte.

Auf der anderen Seite der Brücke blieb Gregor neben einer Bank stehen.

„Genauer bekomme ich die Koordinaten nicht", verkündete er. „Hier muss sich der Cache in einem Umkreis von fünf Metern irgendwo befinden."

„Aha", antwortete Bröker und schaute sich ratlos um. Hoffentlich lag der Schatz nicht im Wolfsgehege vergraben. Entdecken konnte er freilich auch dort nichts.

„Wonach suchen wir eigentlich?", fragte er. „Ich meine, wie sieht denn so ein Cache aus?"

„Alles kann ein Cache sein", gab Gregor Auskunft. „Allerdings gibt man für gewöhnlich zumindest seine ungefähre Größe an."

„Und stand darüber etwas in der Mail?"

„Ja, er fällt in die Kategorie ‚Mini'."

„Na prima! Und wie groß ist das?"

„Sehr klein eben", erwiderte Gregor. „Es gibt da keine genauen Vorschriften. Wer auch immer den Cache versteckt hat, wollte vermutlich nicht, dass ihn hier im Tierpark irgendjemand zufällig findet. Aber sei froh, es gibt auch noch die Größe ‚Nano'. Das wäre dann kaum größer als eine Münze."

„Na, da bin ich dem Absender der Mail aber dankbar", seufzte Bröker und ließ sich auf einer Bank nieder. „Wenn wir sowieso nicht wissen, wo der Cache liegt, kann ich ihn vielleicht auch von hier aus entdecken."

„Eher nicht", winkte Gregor ein wenig genervt von der Trägheit seines Freundes ab. Allein suchte er die Ränder der Wege ab, bog Äste angrenzender Büsche beiseite und stocherte in einem Papierkorb herum.

„Wenn du so weitermachst, werden dich die Leute noch für einen Obdachlosen halten!", kommentierte Bröker.

„Und wenn du so weitermachst, werden wir den Cache nie finden. Dann war's das mit deiner neuen Spur!", entgegnete der Junge scharf.

Auf der einen Seite sah Bröker ein, dass sein Freund Recht hatte. Andererseits aber fragte er sich, wie er denn einen Schatz finden sollte, von dem er weder wusste, wo er war, noch wie er aussah. Außerdem brach gerade zum ersten Mal an diesem Tag die Sonne durch die Wolken und tauchte den frühen Abend in ein Goldgelb. Behaglich streckte sich Bröker. Schön war es hier am Wolfsgehege!

Hinter sich vernahm er ein klackendes Geräusch. Er drehte sich um, konnte aber über die Rückenlehne der Bank hinweg nichts erkennen. Ächzend streckte er sich ein wenig weiter und sah dann, dass ihm bei seinen Dehnübungen das Portemonnaie aus der Tasche gefallen war. Fluchend stand er auf und kniete sich vor die Bank, um seinen Geldbeutel hervorzufischen. Nur mit äußerster Mühe gelang es Bröker, ihn zu erreichen.

„Schön, dass du jetzt auch begonnen hast zu suchen!", kommentierte Gregor seine Bemühungen, wobei Bröker aufgrund seiner ungünstigen Position nicht sagen konnte, ob dieser wirklich dachte, er suche nach dem Cache, oder es sich um eine seiner üblichen Neckereien handelte. Gerade wollte er sich wieder erheben, da erblickte er noch etwas anderes unter der Bank. An der Unterseite der Sitzfläche war etwas Schwarzes befestigt, vermutlich mit doppelseitigem Klebeband. Bröker griff danach und hielt wenig später ein Filmdöschen in der Hand.

„Guck mal, könnte das vielleicht der Minicache sein?", rief er zu Gregor und schwenkte seinen Fund. Der Junge kam sofort herbeigeeilt.

„Das glaube ich jetzt nicht!", rief er nach einem kurzen Blick und nahm Bröker den Behälter aus der Hand. Mit seinem Daumennagel schnippte er den Deckel ab. Es kam ein etwa drei Zentimeter langer

Bleistift und ein auf 10-Cent-Stück-Größe zusammengefaltetes Stück Papier zutage.

„Was ist das?", fragte Bröker stirnrunzelnd.

„Das, mein lieber Bröker, ist der Beweis, dass du tatsächlich den Cache gefunden hast!", erklärte ihm Gregor triumphierend. „Dieser Zettel ist das so genannte Logbuch. Hier trägt sich jeder ein, der den Cache gefunden hat. Und wenn du das weißt, ahnst du sicher auch, wozu man den Stift braucht."

„Du meinst wirklich, das ist das Ding, was wir die ganze Zeit gesucht haben?" Bröker schaute ungläubig.

„Was ich die ganze Zeit gesucht habe, meinst du", korrigierte der Junge ihn. „Du hast dich ja lieber ein wenig ausgeruht."

„Und dabei den Schatz gefunden!", triumphierte Bröker. Er fühlte sich fast so beglückt, als habe er soeben den Mord an Max aufgeklärt.

„Na ja, du weißt ja wie das mit den blinden Hühnern ist!"

„Ach, aus dir spricht doch nur der Neid. Du musst einfach zugeben, dass ich ein Naturtalent im Geocaching bin!"

„Vielleicht bist du eher ein Naturtalent im Auf-der-Bank-sitzen!", lachte Gregor.

„Na los, nun guck doch mal, was in diesem Logbuch steht", drängte ihn Bröker, der nun auch wissen wollte, was es mit seinem Fund auf sich hatte. Der Junge faltete den Zettel aus dem Filmdöschen auf, bis dieser DIN-A5-Größe hatte.

„Es steht nur ein einziges Kürzel drauf", berichtete er.

„Und zwar?"

„MxLi!"

„MxLi? Max Linnenbrügger!", rief Bröker aus. „Dann wissen wir also, dass er tatsächlich hier war!"

„Ja, und wir wissen sogar noch mehr!", trumpfte Gregor auf.

„Was denn?"

Statt einer Antwort hielt Gregor seinem Freund nur den kleinen Zettel hin. Der pfiff durch die Zähne.

„Max war der Einzige, der diesen Cache je gefunden hat", sprach er aus, was auch Gregor beobachtet hatte. „Außer mir natürlich!", fügte er dann stolz hinzu.

„Außer dir", zwinkerte der Junge. „Nur weiß ich nicht, was uns diese Beobachtung sagt."

„Dass das Fundstück vielleicht wirklich extra für ihn deponiert worden ist", mutmaßte Bröker.

„Gut möglich, aber was geschah dann? Der Täter hat Max ja wohl kaum hier im Tierpark gemeuchelt und dann auf die Hünenburg geschleppt."

Bröker musste bei dieser Vorstellung fast lachen. Aber eine Antwort auf Gregors Frage hatte er auch nicht.

„Auf jeden Fall will ich mich auch in dieses Logbuch eintragen", entschied er und griff nach Stift und Papier.

„Findest du das wirklich so eine gute Idee? Schließlich könnte der Cache später vor Gericht ein Beweismittel sein."

„Ach, komm schon, es ist schließlich mein erster Fund!", bettelte Bröker.

Gregor rollte nur mit den Augen.

Bröker deutete die Geste des Jungen freimütig als Zustimmung. Er überlegte kurz und trug dann „Brö" in das Logbuch ein. Als er den kleinen Zettel wieder zusammenfaltete und um den winzigen Bleistift wickelte, hielt er inne.

„Guck mal, da steht doch noch etwas auf dem Zettel!", verkündete er. Und nachdem er einen weiteren Blick darauf geworfen hatte: „Das sind, glaube ich, noch mal die Koordinaten von hier. Vermerkt man die auf dem Cache?"

„Davon habe ich noch nie gehört", erwiderte Gregor verdutzt. „Zeig mal!" Auch er schaute auf den Zettel, schaute noch einmal und stutzte. „Das sind nicht die Koordinaten von hier. Guck!" Er hielt seinem Freund den Ausdruck der E-Mail hin. Der verglich sie mit den neuen Angaben und nickte.

„Stimmt! Aber weit von hier kann es auch nicht sein. Die Angaben unterscheiden sich nur um ein paar Dutzend Winkelsekunden."

„Was bedeutet das?"

„Das bedeutet, dass wir es mit einer echten Schatzsuche zu tun haben, Bröker! Was du da in Händen hältst, sind die Koordinaten des nächsten Ziels!"

„Du meinst, das war nur der erste Fund?"

„Genau, von hier aus geht es zum nächsten und immer so weiter – und wenn wir Glück haben, führt uns die Suche auch irgendwann zur Hünenburg."

„So wie Max, meinst du."

„Ganz genau: so wie Max. Jemand anderes sollte jedenfalls die nächsten Ziele nicht entdeckt haben, wenn Max der Einzige war, der hier gewesen ist."

„Dann müssen wir dem Hinweis folgen!" Bröker war nun voller Tatendrang. Vielleicht war er ja doch für diese Art der Schnitzeljagd gemacht! „In welcher Richtung liegt denn der nächste Cache?"

Gregor schaute kurz auf sein Handy und deutete dann in Richtung des Botanischen Gartens: „Da irgendwo!"

„Dann lass uns lieber deinen Roller nehmen, sonst stehen wir irgendwann ohne Fahrzeug mitten in Jöllenbeck", schlug Bröker vor. Der Junge stimmte zu, doch sein Freund hatte sich schon auf den Weg gemacht, ohne dessen Antwort abzuwarten. Diesmal waren die Rollen vertauscht. Bröker stürmte durch den Tierpark und Gregor hatte Schwierigkeiten, Schritt zu halten. Allerdings währte Brökers neu gewonnene Begeisterung nur wenige hundert Meter. Als sie wieder am Meierhof vorbeigingen, kamen ihm seine Gedanken vom Hinweg in den Sinn und ein großes Pils erschien vor seinem geistigen Auge. Dann blieb sein Blick an einem Aufsteller hängen. Seine Hand, in der er immer noch das Cache-Döschen hielt, wanderte Richtung Hosentasche, und ließ ihren Inhalt hineinplumpsen.

„Guck mal, Gregor", sagte er, als der Junge ihn eingeholt hatte. „Würde das nicht prima zu unserem Abend passen?"

„Probieren Sie unser heutiges Angebot: Rahmschnitzel!", las sein Freund.

„Genau, mit Röstkartoffeln. Das wäre doch der gelungene Abschluss einer Schnitzeljagd."

„Oh Mann!", schüttelte Gregor lachend den Kopf. „Ich fürchte, mit diesem Fund kann bei dir kein anderer Cache mithalten."

„Du sagst es!", bestätigte der Angesprochene. Dann nahmen sie an einem gerade frei gewordenen Klapptisch Platz.

Kapitel 22
Auf einer Wellenlänge

An eine Fortführung ihrer Schatzsuche war an diesem Abend nicht mehr zu denken. Bröker ließ seinem ersten Pils noch ein weiteres folgen und als sein Schnitzel kam, orderte er ein drittes. Dabei wurde er immer beschwingter und malte sich die anschließende Suche nach dem nächsten Cache in den schönsten Farben aus. Nur nach diesem auch wirklich zu fahnden, dazu war Bröker, je später es wurde, immer weniger zu bewegen. Stattdessen beschloss er, den drei Bier noch einen Grauburgunder folgen zu lassen, und ließ gleich eine ganze Flasche kommen – wegen des günstigen Preis-Leistungs-Verhältnisses, wie er Gregor versicherte.

Der nippte unterdessen an seinem zweiten Glas Cola und war daher auch wenig von der Weisheit seines Freundes begeistert, als dieser mit fester, aber zu lauter Stimme „Wein auf Bier, das rat ich dir!", äußerte.

Kurz nach zwanzig Uhr erschien der Kellner erneut, diesmal um mitzuteilen, dass der Biergarten ebenso wie das Restaurant nun schlösse.

„Wie schade!", befand Bröker sichtlich betroffen. „Es ist noch so ein schöner Abend geworden. Und der Wein ist auch noch nicht alle!" Dann gab er sich aber damit zufrieden, dass ihm die Bedienung nicht nur die halb geleerte Weinflasche, sondern auch noch ein Glas mit auf den Heimweg gab. Diesen unterbrach Bröker nur wenige Meter weiter am Streichelzoo. Dort ließ er sich auf einer Bank nieder und machte dem restlichen Wein den Garaus. Gregor, der wusste, dass seinen Freund in dieser Stimmung nichts aus der Ruhe bringen konnte, setzte sich schicksalsergeben dazu.

Auf der Rückfahrt kam es Bröker vor, als wolle ihn der Junge für seine Eskapaden bestrafen, jedenfalls nahm dieser die Kurven in einem Tempo, das das Schnitzel und die Rahmsoße aus seinem Magen noch einmal so weit nach oben beförderte, dass er sie schmecken konnte. Als sie endlich das Tor zu seinem Haus am Sparrenberg erreicht hatten, war Bröker richtiggehend schlecht. Er sagte aber nichts und kurze Zeit später war die Fahrt wieder vergessen und der zufriedene Hausherr in das Reich der Träume eingezogen.

Als er am nächsten Morgen erwachte, reute ihn ein wenig, dass er es nicht bei den drei Bier hatte bewenden lassen und sein Talent als Geocacher an dem nächsten Fundstück versucht hatte. Die verloren gegangene Zeit musste er dann eben heute nachholen. Sofort begab er sich auf die Suche nach Gregor, um ihm mitzuteilen, dass er nun bereit war, sich auf die Suche nach dem nächsten Schatz zu machen.

Von ihm war allerdings weit und breit nichts zu sehen. Stattdessen fand Bröker einen Zettel auf dem Küchentisch: „Hallo Bröker, ich bin heute auf so was wie einer Demo. Wir müssen unsere Schnitzeljagd deshalb wohl auf morgen verschieben. Dann bist du vielleicht auch wieder nüchtern. Gruß, Gregor!"

Enttäuscht setzte Bröker einen Kaffee auf. Dass die Ermittlungen nun solch eine lange Unterbrechung erfuhren, passte ihm wenig. Dann fiel sein Blick auf die *Neue Westfälische*, die Gregor neben seinem Zettel hatte liegenlassen und seine Stimmung hellte sich schlagartig wieder auf. Richtig! Heute war ja Samstag und das Beste an diesem Samstag war, dass die Arminia spielte. Wenn er also schon nicht dem Rätsel, das sich um den Tod von Max rankte, nachjagen konnte, so könnte er ja vielleicht sein Samstagsritual, das er über so viele Jahre gepflegt hatte und das erst mit der

Drittklassigkeit des heimischen Fußballclubs ein wenig eingeschlafen war, wieder aufleben lassen. Ja, das war eine gute Idee! Er würde in der *Wunderbar* einem ausgiebigen Frühstück frönen und – da die Arminia heute auswärts in Hamburg spielte – würde er gleich sitzen bleiben und sich das Spiel dort im Fernsehen ansehen. Dass es so etwas wie Public Viewing gab, hatte er erst vor einiger Zeit von Mütze gelernt. Bis dahin hatte er sämtliche Fußballspiele ausschließlich an seinem alten Transistorradio verfolgt. Und auch wenn ihn die große Leinwand beeindruckte, so hatten für ihn doch besonders die Konferenzschaltungen im Radio darüber nicht ihren Reiz verloren. Ach, sagte Bröker sich, der Junge hatte Recht, Geocachen konnten sie auch morgen noch.

Beschwingt von seiner Idee betrat Bröker eine halbe Stunde später sein Lieblingscafé im Bielefelder Westen. Seine Laune hob sich sogar noch, als er an einem Tisch am rückwärtigen Ende des Gastraums Mütze entdeckte, der offenbar ganz ähnliche Gedanken gehabt hatte wie er selbst.

„Bröker!", winkte Mütze auch gleich. „Setz dich zu mir!"

„Hast dich mal wieder richtig in Schale geworfen!", machte er sich lustig, sobald sich sein Freund gesetzt hatte. Bröker schaute an sich hinab. Er hatte standesgemäß für einen Spieltag eines seiner Arminia-Trikots übergestreift. Wie beinahe alle seine Schätze war auch dieses über die Jahre ein wenig zu eng geworden und hatte durch das häufige Waschen an Farbe verloren. Ansonsten war es aber noch tadellos.

„Wenn man dich manchmal so sieht, möchte man meinen, die Arminia hätte in den letzten zehn Jahren keinen neuen Dress mehr aufgelegt", zwinkerte der Polizist und zuckte mit seinem Schnurrbart.

„Ich will halt nur an die Zeiten erinnern, in denen wir noch erstklassig waren", verteidigte sich Bröker. „Das ist ja bei deinem VfL Bochum auch schon einige Zeit her!" Dann bestellte er sein Frühstück, wie meist ein Rührei mit Tomate und Schinken, ein Lachsbrötchen und einen großen schwarzen Kaffee. So musste ein Samstag beginnen, dachte er dabei zufrieden.

Als Mütze und er wenig später einträchtig an ihren Speisen kauten, kam der Polizist auf Brökers letzten Anruf zurück.

„Sag mal, du hast dich doch vor Kurzem für diesen Toten von der Hünenburg interessiert", begann er.

„Genau, Max Linnenbrügger!", bestätigte Bröker.

„Und, bist du da weitergekommen?"

Bröker legte das Lachsbrötchen, von dem er gerade abgebissen hatte, beiseite.

„Wie man's nimmt", nuschelte er ausweichend mit vollem Mund. So gerne er Mütze hatte, wenn dieser ihn über Fälle befragte, mit denen er sich gerade befasste, wusste er nie, ob er mit dem Freund oder dem Polizisten sprach und ob Mütze diese beiden Rollen so genau trennen konnte.

„Was meinst du damit?", fragte der.

„Also gut", seufzte Bröker und spülte den letzten Bissen Brötchen mit einem Schluck Kaffee herunter. „Wenn du es nicht gleich Schewe erzählst, sage ich es dir. Ich war gestern bei Bombis Finanzberater und ich weiß nicht, ob der nicht irgendwie in den Fall verwickelt ist. Wenn er selbst die Fitnessbombe um das Geld erleichtert hat, hätte er ein Motiv, es Max in die Schuhe zu schieben. Und das geht umso besser, je weniger der reden kann."

Mütze nickte. „Wir ermitteln in dieselbe Richtung. Ich glaube, Schewe steht kurz davor, sich diesen Finanzberater einmal vorzuknöpfen."

Bröker hob die Brauen. Pass auf, Bröker, dachte er. Schewe war tatsächlich beschlagener als das Bild, das er sich von einem Durchschnittspolizisten machte. Er beschloss, Mütze deshalb lieber nichts von der Schatzsuche zu berichten, die er am vergangenen Abend mit Gregor begonnen hatte. Wenn sein Polizistenfreund es mit der Verschwiegenheit Schewe gegenüber ebenso wenig genau nahm wie umgekehrt, würden sie bei ihrer Schnitzeljagd sonst auch bald Konkurrenz von der Bielefelder Polizei bekommen.

„Ja, ich wüsste auch gern, wie viel an der Geschichte dran ist", ergänzte er daher nichtssagend.

Dann half ihm der aufkommende Lärm, das Gespräch in andere Bahnen zu lenken. In der letzten halben Stunde waren mehrere Dutzend Arminen-Fans in den Gastraum geströmt, so dass selbst an der Theke inzwischen kein Platz mehr war. In diesem Moment stellte die Bedienung hinter der Theke den Fernseher an und zwar in einer Lautstärke, die den üblichen Kneipenlärm noch zu übertreffen suchte. Dieser erhöhte sich automatisch auch, so dass sich für kurze Zeit ein Wettkampf entspann, den der Fernsehlautsprecher nach einer entschiedenen Drehung der Bedienung am Lautstärkeregler gewann.

„Wir begrüßen Sie im Stadion am Millerntor zur heutigen Zweitligapartie zwischen dem FC St. Pauli und der Arminia aus Bielefeld, die am vergangenen Wochenende die Pokalsensation schaffte …", hörte Bröker eine aufgeregte Reporterstimme. Sehen konnte er nur sehr wenig, da direkt zwischen ihm und dem Fernseher ein vierschrötiger Kerl von fast zwei Metern Körpergröße Aufstellung genommen hatte. Nun ja, noch liefen ja nur die Vorberichte.

Bröker vernahm Analysen, Listen von Spielern, die schon so früh in der Saison verletzungsbedingt fehlten, dann das obligatorische „You'll never walk alone" der St.-Pauli-Fans, bei dem ihm jedes Mal eine Gänsehaut über den Rücken lief.

Wenig später wurde das Spiel angepfiffen. Allerdings war auch das etwas, was Bröker nur akustisch vernahm. Seine Position war ohnehin nicht besonders gut, da er gleichzeitig versuchte, sich nicht völlig von Mütze abzuwenden und das Spiel zu verfolgen, das sich in diesem Fall in seinem Rücken abspielte.

Hinzu kam, dass der Riese nun seine Idealposition gefunden zu haben schien und diese sich passgenau zwischen Bröker und der Mattscheibe befand. Bröker wurde langsam unzufrieden. Auch wenn es sich um ein Arminiaspiel handelte, als Hörspiel fiel die Übertragung weit hinter Brökers heiß geliebte Bundesliga-Konferenz zurück, die er verfolgte, seit er sechs Jahre alt war. Oft schien der Reporter nur die Geräusche des Publikums zu imitieren. Schrie das vor Begeisterung auf, schrie auch der Kommentator, machten die Zuschauer enttäuscht „oooh", war genau dieser Laut wenig später auch vom Reporter zu hören und wurde bestenfalls von einem „Den hätte er aber machen müssen!" begleitet.

Zudem schien das Spiel nicht sonderlich interessant zu sein, wenn man den wenigen ganzen Sätzen des Kommentators Glauben schenken durfte. Bröker wollte ein Bier bestellen, doch er konnte ebenso wenig Blickkontakt zur Bedienung herstellen, wie er den Fernseher sah.

„Ein Spiel, in dem sich noch keine Mannschaft mit Ruhm bekleckert hat", hörte er dann die Reporterstimme und entschied mit einem Mal, dass es genug war. Eine tiefe Sehnsucht nach seinem Radiogerät und der gewohnten Bundesliga-Konferenz hatte ihn überfallen.

„Sei mir nicht böse, Mütze!", rief er seinem Freund gegen den Lärm des TV-Geräts zu.

„Wie?", brüllte der zurück.

„Sei mir nicht böse!", schrie Bröker noch lauter.
„Ich gehe nach Hause."

Mütze nickte nur zum Zeichen, dass er verstanden
hatte, und hob seine Hand zum Abschied an eine
imaginäre Kopfbedeckung.

Draußen atmete Bröker tief durch. Seine Oh-
ren fiepten von dem Lärm im Café. Er lenkte seine
Schritte in Richtung Bahnhofstraße und Jahnplatz.
Wenn er sich beeilte, würde er sich vielleicht sogar
noch die zweite Halbzeit von Uli Zwetz auf *Radio
Bielefeld* berichten lassen können.

Als er in die Bahnhofstraße einbog, schallten ihm
vom Jahnplatz Stimmen entgegen. Dann sah er auch
die zugehörigen Menschen. Bestimmt 100 Leute
hatten sich versammelt und umringten eine Schar
Sitzender, die vor Kästen hockten, die Bröker nicht
genauer erkennen konnte. Transparente wurden ge-
schwenkt. Die kleine Demonstration wurde von etwa
zwei Dutzend Polizisten abgeschirmt, wobei Bröker
nicht klar war, ob diese die Demonstranten oder die
Passanten schützen sollten. Beinahe sah es aus wie in
der Fankurve der Bielefelder Alm bei einem mäßig
besuchten Spiel. Bröker versuchte sich einen Weg
vorbei an dem Menschenauflauf zu bahnen. Dabei
musste er den Umweg über das Kaufhaus nehmen.
Gerade wollte er die Tür zum Warenhaus öffnen, als
er einen Ruf hörte.

„Bröker!"

Bröker wandte sich um. Irgendjemand in der Menschenansammlung musste ihn erkannt haben. Noch einmal erklang die Stimme: „Bröker, hier!"

Dann sah er aus der Mitte der Sitzenden heraus jemanden winken, einen eher schmächtigen, nicht allzu großen Jungen mit schwarzen Haaren. Ja, das war Gregor.

„Bröker, komm her, mach mit!", rief er und winkte noch einmal.

Zögernd bewegte sich Bröker wieder aus dem Eingangsbereich des Kaufhauses heraus und versuchte sich in die Menge der Demonstranten zu schieben. Ein Polizist versperrte ihm den Weg. „Da können Sie jetzt nicht durch, das sehen Sie doch!", sagte der.

„Ich gehöre dazu!", behauptete Bröker frech.

Der Polizist musterte ihn von oben bis unten. Bröker verstand, dass er dem Uniformierten schon wegen seines verwaschenen Trikots suspekt war. Schließlich hatte der Ordnungshüter aber ein Einsehen.

„Na, wenn Sie meinen!", sagte er nur. „Wogegen demonstrieren Sie denn?"

„Nicht wogegen, wofür!", korrigierte ihn Bröker. „Wir sind natürlich dafür, dass die Welt schöner wird."

Bevor der Polizist diese kühne Behauptung näher hinterfragen konnte, schob Bröker sich unter die Demonstranten.

„Das finde ich ja super, dass du hier bist!", kam Gregor ihm auch schon begeistert entgegen.

„Langsam, langsam", gab Bröker zurück. „So war

261

das eigentlich nicht gedacht! Wofür demonstriert ihr denn überhaupt?"

„Das kannst du mitentscheiden!", erwiderte sein Mitbewohner eifrig und hielt ein Schild mit der Aufschrift „Gelduntergang kann kommen" in die Luft.

„Geht's noch etwas genauer?"

„Na ja, siehst du da vorne unsere Gruppe sitzen? Wir machen doch heute unseren Flashmob."

Bröker seufzte. Hatte er doch gehofft darum herumzukommen, Gregor zu fragen, worum es sich bei diesem ominösen Mob handelte.

Doch der Junge kam ihm zuvor. „Zu einem Flashmob ruft man übers Internet oder Handy auf. Man hat eine Idee und hofft, dass möglichst viele dem Aufruf folgen. So bilden sich scheinbar spontane Menschenaufläufe und dann gibt es irgendeine Aktion. Zum Beispiel tanzen 30 Hip-Hop-Tänzer gleichzeitig. In unserem Fall handelt es sich um eine Print-it-yourself-Demo. Wir *CyberHoods* haben Computer samt Drucker auf den Jahnplatz gestellt, uns mit Strom versorgt, und nun dürfen sich alle, die mitmachen wollen, das, was ihnen wichtig ist, großformatig ausdrucken lassen. Einzige Bedingung: Es muss pazifistisch sein. Und gleich marschieren wir dann los! Willst du dir nicht auch noch schnell was ausdrucken lassen?"

Bröker blickte sich um und nickte anerkennend. Gregor hatte mit seiner Gruppe da wirklich etwas auf die Beine gestellt. Gleichzeitig fühlte er sich durch die Worte des Jungen unter Druck gesetzt. Er konnte ihm doch angesichts dieser hehren Ziele schlecht sagen, er wolle lieber nach Hause gehen, um der Fußballübertragung zuzuhören.

Überhaupt: Wie lang war es her, dass Bröker zuletzt bei einer Demonstration mitgelaufen war? 20 Jahre sicherlich, dachte er. Damals war es gegen die Rechten gegangen, um irgendetwas im Zusammenhang mit den damaligen Asylgesetzgebungen. So richtig wusste er es gar nicht mehr zu sagen. Er erinnerte sich nur, dass er sich inmitten der vielen Demonstranten, die vorwiegend aus ausländischen Mitbürgern bestanden hatten, exotisch vorgekommen war. Und daran, dass ihn sein Nachbar, ein Dunkelhaariger mit Schnauzbart zum Schluss auf die Schulter geschlagen und geraunt hatte: „Ist dir schon mal aufgefallen, dass eine Demo von uns Türken immer vor C&A endet?" Dabei hatte er so gelacht, dass sein Schnauzer auf und ab gewippt war.

„Nun, was ist?", holte der Junge Bröker wieder zurück in die Gegenwart. „Guck, die Ersten brechen schon auf!"

Langsam schloss die Menge auf dem Jahnplatz sich zu einem Pulk zusammen. Bröker versuchte, sich von den verschiedenen Transparenten inspirieren zu lassen. „Don't melt our future" stand auf einem. „Freiheit statt Sicherheitswahn" auf einem anderen. Ein Mann hielt ein besonders originelles Schild in die Höhe: „Röcke sind für alle da!" Und natürlich

waren auch die Klassiker „Atomkraft? Nein danke"
und „Nazis raus" vertreten. Das waren alles ehrenwer-
te Ziele, wie Bröker fand, und doch konnte er sich
mit keinem der Sprüche wirklich identifizieren. Das
lag sicherlich auch daran, dass es ihm generell schwer
fiel, sich zu Meinungen anderer, ja sogar zu seiner eigenen Meinung zu bekennen. Vielleicht wäre es das
Beste, einfach nach Hause zu gehen, überlegte er.
Doch dann blickte er zu Gregor. Von dessen Gesicht
konnte er ablesen, wie wichtig es ihm war, dass sein
Freund seine Ideen nicht nur verstand, sondern sie
auch unterstützte. Zum Glück fiel Bröker just in diesem Moment doch noch eine Phrase ein, die, wie er
fand, tatsächlich ein wichtiges politisches Statement
war. Schnell lief er in den sich schon auflösenden
Sitzkreis und erhielt als einer der Letzten sein Transparent. Beherzt hielt er es in die Luft, damit Gregor es
sehen konnte. Der feixte. Bröker nickte stolz zurück.

Als der Pulk sich kurz darauf in Bewegung setzte
und begann, vielstimmig durch die Bahnhofstraße
zu ziehen, lief Bröker als einer unter vielen und hob
sein Transparent noch ein Stückchen höher in den
Himmel. In dicken schwarzen Lettern stand darauf
geschrieben: „Mit Essen spielt man nicht!"

Kapitel 23
Auf eigene Faust

Als Bröker nach Hause kam, schaltete er sofort das Radio an. Das Spiel der Arminia war zu Ende und die Berichterstattung zur Ersten Liga lief schon in der zweiten Halbzeit. Bröker hatte einen 1:0 Sieg der Bielefelder verpasst. Dennoch war er vollkommen zufrieden, zwar ein wenig erschöpft, aber mit dem Gefühl, etwas geschafft zu haben. Er war mit dem Pulk noch bis zur Detmolder Straße mitgezogen und hatte sich dann guten Gewissens abgeseilt. In seiner Hand wog er ein kleines Päckchen, das ihm Gregor zugesteckt hatte, als er die Demonstration verlassen hatte.

„Das habe ich mir von einem Freund geborgt", hatte er gerufen. „Damit du das nächste Mal auch mitmachen kannst!"

Als Bröker die Schachtel öffnete, blickte ihm ein Mobiltelefon entgegen. Seltsam war, dass es keine Wähltasten besaß. Als er es skeptisch anschaltete, wies auch die Anzeige Angaben auf, die für ein Telefon eher unüblich waren. Bröker sah eine Landkarte, ein Feld, das seine Geschwindigkeit zeigte – 0 km/h – sowie seine genauen Koordinaten. Gregor hatte ihnen also ein GPS-Gerät besorgt! Interessiert drückte Bröker verschiedene Tasten. Ziele ließen sich einprogrammieren, Höhenprofile wurden angegeben. Bröker lief von seinem Wohnzimmer hinaus in den Garten, wobei er die Augen starr auf die Anzeige gerichtet hielt.

Er ging genau 3,2 Stundenkilometer in südwestlicher Richtung und auf dem Weg bis zur Terrasse hatte er einen knappen Höhenmeter zurückgelegt. Erstaunt bemerkte er, wie leicht es ihm fiel, das GPS-Gerät zu bedienen. Wieder fühlte er sich darin bestätigt, eine natürliche Begabung fürs Geocaching zu besitzen.

Zu dumm nur, dass Gregor immer noch nicht zuhause war, sonst hätten sie sich gleich an dem nächsten Ziel versuchen können, dachte Bröker. Aber das war wohl nicht zu ändern. Dann würde er eben auf den Jungen warten müssen und dabei den Bielefelder Sieg mit einem Tropfen Weißwein begießen. Vergnügt holte er eine Flasche Riesling aus dem Keller.

Als er sie zum Öffnen auf den Küchentisch stellte, befiel ihn jedoch eine starke Unruhe. Was, wenn die Polizei schon kurz davor stand, den Fall zu lösen? Sollte er sich vielleicht lieber allein auf dem Weg zum nächsten Fund machen? Aber nein, wenn er es recht bedachte, war bei allem Stolz, den er auf seinen ersten Erfolg beim Geocaching hegte, Gregor derjenige gewesen, der ihm gezeigt hatte, wo er suchen sollte. Ohne ihn würde er vermutlich noch nicht einmal die richtige Stelle finden. Außerdem hatte er nun gerade die Flasche Wein aus dem Keller geholt und verspürte einen gewissen Appetit auf einen guten Schluck Riesling. Ja, er würde sich zunächst ein Gläschen genehmigen und dann in aller Ruhe auf den Jungen warten.

Genau diesem Vorsatz folgte Bröker auch. Zufrieden ließ er die Strahlen der Augustsonne auf sein Gesicht scheinen und lauschte der Bundesligakonferenz auf *WDR 2*. Dabei nippte er gelegentlich von dem Riesling, der perfekt zu diesem Sommertag und Brökers Laune passte. Trotz seines eher sparsamen Weingenusses hatte er das Glas bald geleert und er musste sich nachschenken. Als er sein Glas zum zweiten Mal wieder auffüllte, war gerade die Sportsendung inklusive der Nachberichterstattung zu Ende und Bröker begann sich Gregor allmählich zurückzuwünschen. Womit konnte der nur so lange beschäftigt sein? Sicher, die Demonstration war erfolgreich verlaufen. Er hatte Bröker noch währenddessen zugeraunt, dass er nie mit so vielen Teilnehmern gerechnet hatte. Aber musste man deshalb gleich so übertreiben? Schließlich wurde der Junge ja auch hier gebraucht. Bröker sah im Geiste Schewe bereits mit einer Hundertschaft an Polizisten rund um die Hünenburg das Gelände absuchen. Gegen eine Hundestaffel hatte er nicht die leiseste Chance. Dazu durfte es nicht kommen!

Bröker trank sein drittes Glas leer, dann fällte er eine Entscheidung. Vielleicht hatte ihn der Alkohol selbstbewusster gemacht, vielleicht war er es aber auch einfach nur leid, tatenlos auf Gregors Rückkehr zu warten: Wenn der Junge nicht kam, würde er eben allein nach dem nächsten Fundstück suchen. Schließlich ging es auch darum, in dem Fall weiterzukommen. Entschlossen ging er zum Telefon und wählte die Nummer der Taxizentrale.

Keine halbe Stunde später rollte Bröker auf dem

Parkplatz des Botanischen Gartens Bielefeld vor. Hier irgendwo also musste sich der nächste Cache befinden, dachte er, nachdem er das Taxi bezahlt hatte. Vertrauensvoll gab er die Koordinaten von dem Zettel, den er immer noch in der Hosentasche hatte, in das GPS-Gerät ein. Das brauchte nur kurze Zeit, dann zeigte es einen Kartenausschnitt, auf dem sich neben Brökers aktuellem Standort auch das Ziel befand. „Entfernung: 220 Meter, geschätzte Reisezeit: 3 Minuten 10 Sekunden", verkündete das Display. Bröker machte sich auf den Weg.

Nun verstand er, warum Gregor am gestrigen Nachmittag keinen Blick für die Tiere in ihren Gehegen gehabt hatte. Auch Brökers Blick war nun starr auf das Display des kleinen elektronischen Wunderdings gerichtet, das erstaunlicherweise sogar die Wege im Botanischen Garten kannte und ihn im munteren Zick-Zack durch die verschiedenen Beete Richtung Ziel lotste. Um die Schönheit der kleinen Parkanlage zu bewundern, fehlte Bröker gegenwärtig einfach die Muße. Allerdings hätte er sie vermutlich auch dann nicht bewundert, wenn er nicht mit dem GPS-Gerät auf Schatzsuche gewesen wäre. Blumen, oder besser Pflanzen im Allgemeinen, waren nicht Brökers Sache. Die Topfblumen seiner verstorbenen Mutter waren zum größten Teil an der Dürre, der er sie ausgesetzt hatte, verschieden. Und diejenigen, die diese Behandlung überlebt hatten, waren eingegangen, weil er von da an zwar regelmäßig, aber viel zu stark gegossen hatte. Überhaupt unterschied er bei Blumen im Wesentlichen zwischen Krokussen, die er zu kennen glaubte, und Nicht-Krokussen. Daher empfand er den Verlust, gerade nicht die Schönheiten des Botanischen Gartens genießen zu können, als erträglich.

Er kam an einem Seerosenteich vorbei, als die Anzeige noch 40 Meter bei einer geschätzten Reisezeit von 35 Sekunden angab. Er bog um zwei Kurven. Das Häuschen ein Stück weiter entsprach vermutlich den angegebenen Koordinaten. Als Bröker davor stand, stellte er fest, dass es sich um ein Bienenhaus handelte. Hatte darin wirklich jemand ein Fundstück versteckt?

Unmöglich erschien es Bröker nicht. Allerdings würde es in dem Fall schwierig werden, den Cache zu finden, geschweige denn, an ihn heranzukommen. Er sah sich zweifelnd um. Gerade war niemand in diesem Teil des Botanischen Gartens zu entdecken. Vorsichtig näherte sich Bröker dem Bienenhaus. Er hörte ein Summen wie von einem kleinen Streichorchester beim Stimmen. Es wohnten also tatsächlich Bienen in diesem Haus. Bröker überflog eine Schautafel, die vor dem Gebäude aufgestellt worden war, und rüttelte dann an der Eingangstür. Sie war abgeschlossen. Durch ein Fenster hindurch konnte man die Überreste eines Bienenstocks sehen und gewiss befanden sich im Inneren noch zahlreiche andere Dinge. Bröker hoffte nur, dass das Fundstück nicht dort platziert worden war, schließlich konnte er schlecht am helllichten Tage die Scheiben des Bienenhauses im Botanischen Garten einwerfen. Dennoch schienen die Koordinaten eben diese Stelle zu markieren. Kritisch warf Bröker einen erneuten Blick auf das Holzhaus.

War es möglich, dass jemand den Schatz auf der Rückseite des Bienenhauses deponiert hatte? Doch wie sollte Bröker dort hingelangen? Er ging ein paar Schritte weiter und fand sich vor einer dicken Glasscheibe. Von hier aus hatte man einen Blick auf das muntere Treiben der Insekten. Zu Dutzenden tanzten sie vor verschiedenfarbigen Löchern, bevor sie in diese hineinflogen. Einen potentiellen Cache konnte Bröker jedoch nicht entdecken. Vermutlich wäre es auch zu offensichtlich gewesen, wenn man ihn von hier aus entdecken könnte, dachte Bröker und erinnerte sich daran, wie sorgfältig das Fundstück im Tierpark versteckt gewesen war.

Er schaute sich um. Immer noch war niemand in Sichtweite. Ob er seitlich an der Glasscheibe vorbei klettern konnte? Aber würden die Bienen friedlich bleiben, wenn er in ihr Revier eindrang? Bröker schwitzte, wobei er nicht hätte sagen können, ob dies auf die Außentemperatur oder sein Vorhaben zurückzuführen war.

Dort, wo die Glaswand aufhörte, fiel der Hang steil ab. Vorsichtig erprobte Bröker mit einem Fuß, ob er trotz des stark abschüssigen Hügels das Gleichgewicht würde halten können. Doch er rutschte schon beim ersten Schritt ein gutes Stück abwärts. Dennoch versuchte Bröker auch den zweiten Fuß folgen zu lassen. Er schwankte.

„Sie, was machen Sie denn da?", hörte er mit einem Mal eine Stimme hinter sich.

Bröker erschrak und fuhr herum. Dabei geriet er endgültig ins Straucheln, taumelte und landete unsanft auf allen Vieren auf dem Boden.

Eine ältere Frau mit Dutt, Typ pensionierte Grundschullehrerin, sah auf ihn herab. Neben ihr stand ein Pudel, der direkt vom Hundefriseur zu kommen schien, in Habachtstellung.

„Darf ich wissen, was Sie hier machen?", wiederholte die Frau ihre Frage. Dabei deutete sie mit etwas auf Bröker, das dieser verwundert als Regenschirm identifizierte. Dabei hatte es seit zwei Wochen nicht mehr geregnet.

„Ich?", fragte Bröker überrascht, um Zeit zu gewinnen.

„Ja, genau Sie! Oder sehen Sie sonst noch jemanden?"

Bröker war sich jetzt sicher, dass es sich um eine ehemalige Lehrerin handeln musste.

„Ich bin von den Bielefelder Insektenfreunden und ich mache hier verschiedene Untersuchungen", entgegnete Bröker vage und fand, dass er sich bei dieser Antwort gar nicht so weit von der Wahrheit entfernt hatte.

„So, was untersuchen Sie denn?", fragte die Frau misstrauisch.

„Na, die Bienen. Das sehen Sie doch! Wir wollen wissen, ob sie eine bestimmte Farbe für ihr Einflugloch bevorzugen." Trotz der Bredouille, in die er gerade mal wieder geraten war, war Bröker zufrieden mit der Antwort.

„Und das können Sie nicht durch die Glasscheibe feststellen?"

„Doch, die meisten Beobachtungen machen wir von dort", versuchte Bröker die Frau für sich einzunehmen. „Aber für einige unserer Analysen müssen wir uns die Bienen ganz aus der Nähe ansehen!"

„Und haben Sie dazu eine Genehmigung?"

„Ja natürlich, alles bestens! Sie können sich gern erkundigen!", schlug Bröker in der Hoffnung vor, die Frau so loszuwerden. Und tatsächlich schien sein Plan aufzugehen.

„Das werde ich auch, das werde ich, verlassen Sie sich drauf!", sagte sie noch und zog dann weiter. Ihr Hund ging stramm bei Fuß.

Ächzend rappelte sich Bröker wieder auf. Das war beinahe schiefgegangen. Und schon näherte sich die nächste kleine Besuchergruppe dem Bienenhaus. An einen zweiten Versuch, zur Rückseite des Häuschens zu gelangen, war also nicht zu denken. Bröker hätte ihn vermutlich ohnehin nicht gewagt, wie er sich eingestand.

Noch einmal schaute er auf das Display des GPS-

Geräts. Ja, genau hier sollte der Schatz sein. Er stand auf und ging ein paar Meter zur Seite. Die Anzeige blieb unverändert. Nun erinnerte er sich, dass Gregor im Tierpark das gleiche Phänomen beschrieben hatte. Diese GPS-Empfänger waren natürlich immer nur in einem gewissen Toleranzbereich genau. Der Schatz konnte also ebenso gut hier am Weg versteckt sein. Oder vielleicht noch besser bei der Erdzeituhr daneben, fand Bröker.

Er betrachtete die erhöhte diskusförmige Steinscheibe, die mittels Gravuren in verschiedene Segmente unterteilt war. Jedes dieser Tortenstücke stand für eine andere Epoche in der Erdgeschichte. Bröker erinnerte sich, dass sein Vater ihm diese Uhr schon gezeigt hatte, und ebenso wie damals lief ihm ein kleiner Schauer über den Rücken, wenn er sich vorstellte, wie dünn der Strich wäre, den die Geschichte der Menschheit auf dieser Uhr einnähme. Einen Cache konnte er allerdings auch hier nicht entdecken. Eigentlich eignete sich die Uhr auch nicht sonderlich gut, um irgendetwas zu verstecken. Der kleine Garten aus Basaltsäulen, Naturasphalt und Bänderschiefer daneben schon eher. Die aufrecht stehenden grauen Steine in verschiedenen Größen sollten wohl illustrieren, wie glatt die Erde unter Druck Steine schleifen konnte. Bröker sah genauer hin. Grau in grau, befand er. Wenn hier etwas versteckt war, war es vielleicht vergraben. Aber nachdem er schon beinahe beim Einbruch ins Bienenhaus ertappt worden war, konnte er nun nicht auch noch den Steingarten umgraben!

Er blickte sich um. Gerade war niemand zu sehen, dann schaute er wieder auf die Steine. Was war eigentlich das? Der allerkleinste Stein dieser Natur-Menhire war eigentlich zu regelmäßig für die aufgestellten Felsstücke. Noch einmal blickte Bröker sich um. Ja, die Luft war rein. Er bückte sich und griff nach dem Stein. Er war ganz leicht. Nun, da er ihn in der Hand hielt, sah Bröker, dass es sich keineswegs um ein Stück Basalt, sondern um ein grau angemaltes Päckchen handelte.

An der Seite des Päckchens war eine kleine Lasche. Bröker zog an ihr. Wie schon beim ersten Cache fand er ein Filmdöschen mit einem winzigen Stift und einem mehrfach gefalteten Stück Papier. Wieder trug dieses nur ein einziges Kürzel, MxLi, und ein Datum, das zeigte, dass Max hier einen Tag nach seinem Besuch im Tierpark gewesen war. Bröker wendete den Zettel. Auch hier waren auf dem Rand der Rückseite zwei neue Koordinaten notiert. Er zog sein Notizbuch hervor und notierte die Zahlen sorgfältig. Danach ließ er das Buch samt dem Cache wieder in der Hosentasche verschwinden. Nicht einmal sein Kürzel hatte er eingetragen, obwohl er als Finder das Recht dazu hatte. Gregor musste stolz auf ihn sein, befand er zufrieden, als er den Botanischen Garten wieder verließ.

Kapitel 24
Der Kreis schließt sich

„Bröker! Du warst echt alleine geocachen?" Gregor war am nächsten Morgen geplättet.

Am Abend zuvor war er so spät heimgekehrt, dass Bröker keine brauchbaren Informationen mehr zu entlocken gewesen waren. Der hatte nämlich beschlossen, dass er den schönen Sommerabend nach dem restlichen Riesling nicht allein verbringen wollte und so noch einen alten französischen Bekannten zu sich ins Wohnzimmer gebeten: Marius. Im hintersten Winkel seines Weinkellers hatte er diesen Roten aus dem Languedoc entdeckt. Und als er gegen neun Uhr abends viel zu früh von ihm gegangen war, hatte Bröker gerade mit einem zweiten Fläschchen des hervorragenden Weins für Nachschub gesorgt, als es an der Haustür geschellt hatte. Vermutlich hatte Gregor wieder seinen Schlüssel vergessen, hatte Bröker gedacht und sich gefreut, dass der Junge endlich zurückkam. Doch es war nicht Gregor, sondern Judith, die vor der Tür gestanden hatte. Ihren schlafenden Sohn hatte sie auf dem Arm gehalten und über die andere Schulter hatte sie eine Tasche gehängt. Was sie aber nicht davon hatte abhalten können, Bröker dankbar um den Hals zu fallen. Sie berichtete, dass die Geldeintreiber ihr vor dem Haus ihrer Eltern aufgelauert und den Versuch unternommen hatten, ihr Julian wegzunehmen. Dass aber dank Bröker, wie sie von Schewe wusste, die Polizei eingeschritten war und die beiden Kerle verhaftet hatte. Sie saßen nun in Untersuchungshaft und auch Große-Wortmann hatte eine Vorladung erhalten.

Als gegen Mitternacht endlich Gregor erschienen war, war auch die zweite Flasche so gut wie leer gewesen und Judith und Bröker ein wenig angeschlagen.

„Ich habe eine Überraschung für dich, die muss ich dir unbedingt erzählen", hatte er seinen Freund begrüßt. „Aber nicht jetzt, jetzt feiern wir, dass Judith und Julian wieder da sind!" Und Gregor hatte sich zu den beiden gesellt und zu dritt hatten sie noch bis spät in die Nacht zusammengesessen.

Am nächsten Morgen waren alle Hausbewohner noch sehr müde gewesen. Selbst Julian hatte herzzerreißend gegähnt. So war es ein einvernehmliches, aber nicht sehr wortreiches Frühstück geworden. Als Judith sich mit Julian noch einmal hingelegt hatte, hatte Bröker mit seinen Neuigkeiten nicht länger hinter dem Berg halten können und so die Reaktion Gregors ausgelöst, von der er nicht wusste, ob in ihr in erster Linie Verwunderung über die plötzliche Aktivität Brökers, Erstaunen über seinen selbstständigen Umgang mit dem GPS-Gerät oder Enttäuschung darüber, dass der Junge bei dem neuen Fund nicht zugegen gewesen war, die Überhand hatte.

„Und hast du auch im Botanischen Garten neue Koordinaten gefunden?", wollte er wissen. Bröker schob ihm wortlos den Zettel hin, auf dem die beiden Zahlenfolgen notiert waren. Diesmal hatte er das Gefühl, nichts falsch gemacht zu haben.

Gregor warf einen prüfenden Blick auf das Blatt Papier und zog dann seinen Laptop hervor.

„Wollen wir nachsehen, wo sich der nächste Fundort befindet?", fragte er. Bröker nickte und sein Freund begann, die Daten auf seinem Rechner einzugeben.

„Bingo!", verkündete er wenig später.

„Was meinst du mit ‚Bingo'?", runzelte Bröker die Stirn. „Wir sind hier schließlich nicht in einer Spielhalle!" Der Weinkonsum des Vorabends verursachte ihm noch ein leichtes Ziehen in den Schläfen und so hatte er für Gregors geheimnisvolle Andeutungen keinen rechten Sinn.

„Du hast den Beweis gefunden, dass das Geocaching tatsächlich mit dem Tod von Max zu tun hat", erklärte der.

„Wieso das? Gregor, du sprichst in Rätseln!", erwiderte sein Freund unwirsch.

„Bröker, du solltest eindeutig abends weniger trinken, wenn du tags darauf so miese Laune hast und schwer von Begriff bist", entgegnete Gregor ein wenig schadenfroh. Dann erklärte er aber doch, was er gemeint hatte: „Guck mal, das ist der Ort, dessen Koordinaten du gefunden hast."

Mit diesen Worten schob er Bröker den flachen, kleinen Computer zu. Der blickte auf den Bildschirm. Für einen Moment hatte er Schwierigkeiten, sich auf der elektronischen Landkarte zurechtzufinden. Dann verstand er.

„Wirklich?", fragte er.

Gregor nickte. „Genau!"

„Das heißt, der Cache im Botanischen Garten verweist tatsächlich auf die Hünenburg?"

Gregor nickte abermals. „Richtig! Das ist nicht nur der Hinweis gewesen, der Max zu dem Ort geführt hat, an dem er umkam, es ist auch der Beweis dafür, dass deine Spur zu dem Verbrechen führt, das wir untersuchen!"

Bröker durchlief bei Gregors Worten ein heißes Gefühl. Seine Spur!

„Dann sollten wir umgehend aufbrechen und gucken, ob Max auch auf dem Zettel des letzten Caches sein Kürzel eingetragen hat!", zeigte er sich sofort einsatzbereit, obwohl er noch nicht einmal eine Tasse seines geliebten Kaffees getrunken hatte.

„Meinst du wirklich?"

„Aber sicher doch! Was gibt es denn da zu überlegen?"

„Im Grunde können wir uns die Mühe vorerst sparen. Wir wissen ja jetzt, dass der Cache aus dem Botanischen Garten auf die Hünenburg deutet. Also wissen wir auch, warum Max da war."

Bröker nickte. „Und warum willst du nicht kontrollieren, ob er es auch entdeckt hat?", erkundigte er sich.

„Eigentlich ist das doch egal", gab Gregor zurück.

„Dass er an der Hünenburg war, hat er ja dadurch bewiesen, dass er dort tot aufgefunden wurde."

„Also manchmal frage ich mich, von wem du deinen schwarzen Humor hast."

„Das fragst du dich ernsthaft?"

Die beiden Freunde sahen sich an und mussten lachen. Dann aber konzentrierten sie sich wieder auf den Fall. „Wir wissen also nun, dass der Tod von Max etwas mit seinem Hobby zu tun hatte. Entweder war es tatsächlich ein Unfall, oder es hat ihm jemand eine Falle gestellt."

„Und um rauszufinden, welche der beiden Möglichkeiten die richtige ist, könnte man doch jetzt mal den Laptop von Max nach dem Absender der Mail befragen", schlug Bröker vor. „Niemand außer ihm hat die Caches gefunden. Es scheint doch so, als sei die Schatzsuche extra für ihn arrangiert worden."

„Du hast Recht. Und damit könnte der Absender auch der Mörder sein! Oder zumindest auf ihn hindeuten", stimmte ihm Gregor zu. Dann überlegte er. „Du hast verhindert, dass die beiden Gorillas Julian was zuleide tun. Wenn du Judith jetzt fragst, ob du den Laptop haben darfst, ist sie sicher einverstanden."

Und richtig, Judith überließ Bröker den Rechner. Dankbar trug der das Gerät zu Gregor ins Zimmer. Der Junge nahm das Notebook, klappte es auf und setzte sich im Schneidersitz aufs Bett. Bröker nahm auf einem Stuhl daneben Platz.

„Das Passwort kennt sie leider nicht."

„Das sollte nicht das Problem sein", befand Gregor tatendurstig.

Bröker rutschte neugierig auf seinem Stuhl hin und her. Nur zu gern wollte er endlich wissen, wer der Absender dieser geheimnisvollen Mail war. Außerdem hatte er seinem Freund noch nie dabei zugesehen, wie er einen Computer knackte. Er stellte sich dies ungemein aufregend vor. „Na, dann leg mal los!", drängelte er.

„Hab ich doch schon", gab Gregor zurück und auf dem Bildschirm des Laptops erschien die Windows-Maske, die nach dem Kennwort zum Benutzernamen fragte. Gespannt beobachtete Bröker, was der Junge nun tun würde. Der überlegte einen Augenblick und tippte dann etwas in das für das Kennwort vorgesehene Feld. Der Computer zeigte ein rotes Kreuz und den Text: „Der Benutzername bzw. das Kennwort ist falsch."

„Das war wohl nichts", kommentierte Bröker.

„Stimmt", gab Gregor zu und tippte ein neues Wort ein. Die Reaktion des Rechners war dieselbe.

„Ich dachte eigentlich, ich sehe was Spektakuläres", wunderte sich Bröker.

„Was denn zum Beispiel? Soll ich im Handstand arbeiten?"

„Nein, eher so was wie, dass du deinen Computer anschließt und ein Passwortknackprogramm laufen lässt! Wenn du einfach die Wörter eingibst, die dir gerade einfallen, sitzen wir vermutlich ewig hier."

Gregor lachte. „Alles zu seiner Zeit. Natürlich habe ich auch so ein Zauberprogramm wie das, von dem du gerade träumst. Aber erst einmal wollen wir versuchen, ob Max nicht ein bisschen naiver war, als es für ein sicheres Kennwort gut ist." Wieder gab er eine Buchstabenfolge ein, doch der Computer blieb bei seinem Nein.

„Hm", überlegte Gregor, zögerte kurz und gab dann erneut ein Wort ein. Diesmal ließ der Computer eine Melodie ertönen und eine Arbeitsfläche erschien, die Bröker in ähnlicher Weise von seinem Rechner kannte.

„Wow!", staunte er. „Wie hast du das gemacht?"

„Ach, das war einfach", gab der Junge zurück. Seine Stimme ließ erkennen, dass er tatsächlich nicht besonders stolz auf seine Leistung war. „Viele Leute, die nicht so viel mit dem Computer arbeiten, nehmen Passwörter, die sie sich besonders gut merken können, also zum Beispiel ihren Namen oder den von Freunden."

„Und?"

„Ich habe ‚Max', ‚Judith' und ‚Julian' probiert und als das nicht funktioniert hat, ‚Judith1'. Das war das Passwort. Max wollte anscheinend auf Nummer sicher gehen, indem er eine Zahl in das Passwort eingebaut hat." Nun musste der Junge lachen.

„Ah so", sagte Bröker nur, nahm sich aber fest vor, das Kennwort auf seinem Computer in nächster Zeit zu ändern. „Uli1" würde sicherlich einem Hacker wie

Gregor auch nicht lange Widerstand leisten. Gregor grinste. Vielleicht ahnte er, was seinen Freund gerade beschäftigte.

„Und was machen wir nun?", fragte der, um den Jungen abzulenken.

„Nun schauen wir uns mal an, was Max alles so in seinem Postfach hat", erwiderte sein Mitbewohner und klickte mit der Maus auf das Symbol eines kleinen Briefumschlags. Sofort öffnete sich ein neues Fenster mit einer Liste von Zeilen, die Betreff, Absender und Datum von verschiedenen E-Mails zeigten.

„Na, ein Internet-Junkie war Judiths Mann wohl eher nicht", kommentierte Gregor, was er sah.

„Wie kommst du darauf?"

„Jemand, der viele virtuelle Kontakte hat, bekommt häufiger elektronische Post als alle zwei oder drei Tage." Bei diesen Worten begann Gregor nacheinander die Mails im Posteingang von Max zu öffnen.

„Es scheint nicht wirklich etwas Interessantes dabei zu sein", kommentierte er. „Er hat offenbar manchmal Spielzeug, Elektronikwaren, Bücher und so Zeugs übers Internet bestellt und daher auch die entsprechenden Bestellbestätigungen erhalten. Wie jeder halt. Irgendeine Verwandte hat ihm auch regelmäßig geschrieben, hier zum Beispiel."

Der Junge klickte auf eine Zeile mit dem Betreff „Re: Pfingstbrunch". Bröker überflog den Text. „Mir scheint, das könnte seine Tante sein. Die, die auf der Beerdigung war."

„Ja, kann hinkommen", sagte Gregor. „Sie unterhalten sich jedenfalls über alles Mögliche. Wann sie sich mal wieder treffen sollen, wie es Julian geht. Guck, hier hat Max sogar erzählt, dass es manchmal schwierig zwischen ihm und Judith ist. Ist aber schon etwas länger her."

Bröker nickte.

„Dann scheint mir Max noch manchmal gechattet zu haben. Das erkennt man etwa an dieser Nachricht, in der er mal vor Monaten sein Passwort neu angefordert hat. Aber auch an neueren, wie wir hier sehen können." Gregor klickte auf den Papierkorb des Mailprogramms. Hier lagen eine Reihe von Spammails, aber auch Benachrichtigungen über den Erhalt privater Nachrichten auf einer Chatplattform. Er folgte verschiedenen Links auf eine Website, die Chatspaß pur garantierte.

Bröker sah seinen Freund hilflos an.

„Du willst gar nicht wissen, worum es beim Chatten geht", befand der. „Ich schau mir das später genauer an, aber das, was ich eben kurz durchgeklickt habe, scheint mir eher das typische Geschnatter in den Chatrooms zu sein, mit dem man sich von langweiligen Familienabenden ablenkt. Sich ein bisschen anders geben, flirten oder sich auch mal über Probleme unterhalten. Kommt öfter vor."

„Was kommt öfter vor?"

„Na, dass sich Leute dort tummeln. Auch verheiratete. Ehen sind nun mal ein bisschen langweilig.

Oder kannst du mir ein Paar nennen, das sich nach vielen Jahren Zweisamkeit noch was zu sagen hat?"

Bröker dachte nach. Dann zuckte er mit den Schultern. Ihm fiel keines ein. Allerdings war er, was Ehen betraf, auch kein Experte. Außer seinen Eltern gab es eigentlich niemanden in seinem Bekanntenkreis, der verheiratet war. Auf der anderen Seite kannte er auch nicht besonders viele Leute.

„Ansonsten kann ich nichts Außergewöhnliches entdecken."

„Gar nichts?", fragte Bröker enttäuscht.

„Nichts, bis auf die Mail, deren Ausdruck du gefunden hast."

„Und kannst du nun mehr über den Absender herausfinden?"

Gregor öffnete die besagte Post und schüttelte den Kopf. „Es ist die gleiche anonyme Adresse wie auf dem Blatt. Und es gibt auch nur diese eine Mail zu diesem Absender. Wenn du mich fragst, bedeutet das, dass Max den Absender nicht kannte oder zumindest keinen regelmäßigen Kontakt zu ihm hatte."

„Also hat Max von einem Unbekannten die Koordinaten eines neuen Caches erhalten und ist kurz darauf losgestapft, um ihn zu finden?" Bröker wiegte den Kopf. „Klingt das nicht ein wenig leichtgläubig oder zumindest wagemutig? Beides sind Eigenschaften, die so gar nicht in mein Bild von Max passen wollen."

„Wenn Judith uns ihren Mann richtig beschrieben hat, dann war er eben nicht nur eine Beamtenseele, sondern auch ein Geocaching-Junkie. Einer, dem dieses Hobby viel bedeutet hat", gab Gregor zu bedenken. „Ich kann mir schon vorstellen, dass der bei so einer Mail alles stehen und liegen lässt!"

„Hm, da magst du Recht haben", stimmte Bröker zu. „Aber was hilft uns das alles nun? Wenn der Absender Max unbekannt war, dann wird er uns erst recht unbekannt bleiben."

„Nicht so schnell, Bröker!", unterbrach ihn Gregor. „Zu irgendetwas muss es ja auch gut sein, dass wir hier gemeinsam ermitteln."

„Ja, du hast den Computer geknackt."

„Wenn sich meine Fähigkeiten als Hacker darauf beschränken würden zu raten, dass Max den Namen seiner Frau als Passwort genommen hat, hätte ich im Leben keine Sozialstunden aufgebrummt bekommen", lachte Gregor. „Lass mich mal machen."

Er öffnete das Fenster eines Internetbrowsers und begann eine Adresse einzugeben. Dann warf er einen Blick auf die Mail mit dem Fundort des Caches und gab wieder etwas ein. Kurze Zeit später flogen seine Finger erneut über die Tasten.

„Und?", fragte Bröker, der zunehmend unruhiger wurde. „Das Internet wird ja wohl auch nicht wissen, wer Max diese Mail geschrieben hat."

„Nicht direkt", gab Gregor zurück.

„Was meinst du mit ‚nicht direkt'? Wie kann das Internet es denn indirekt wissen?"

Gregor bedachte Bröker mit einem Blick, den ihm

sonst nur seine Mutter am Tisch zugeworfen hatte, wenn er nach einem dritten Stück Kuchen greifen wollte.

„Es ist doch so", begann er dann zu erklären. „Wenn ich dir eine Mail schreibe, dann geht die ja nicht direkt von meinem Rechner zu deinem."

Bröker nickte zustimmend. Das hatte er schon einmal gehört.

„Es gibt da einige Zwischenstationen, große Computer, so genannte Router, die die E-Mail passieren muss. Das ist genauso wie die Briefzentren der Post."

„Ja, ja, das weiß ich doch alles", unterbrach ihn Bröker ungeduldig. „Aber wieso hilft uns das, den Absender der Mail zu finden?"

„Na, vielleicht finden wir nicht den Absender, aber den Computer, von dem die Nachricht geschrieben wurde. Jeder Server, den eine Mail passiert, hinterlässt so eine Art Stempel auf ihr und so kann man den Weg der elektronischen Post zurückverfolgen."

„So einfach geht das?", wunderte sich Bröker.

„Ganz so leicht ist es nicht! Wenn jemand den Weg seiner Post verschlüsseln will, dann benutzt er Proxys, also andere Adressen als seine wirkliche. Er schickt die Mail über viele Server mehrfach um die Welt, bevor sie beim Empfänger ankommt." Gerade schien Gregor Spaß daran zu haben, seinen älteren Freund über die Geheimnisse des Internets aufzuklären. Er tippte wieder etwas auf der Tastatur.

„Nun, dieser Absender hat es uns aber recht einfach gemacht", erläuterte er dann. „Man kann genau sehen, über welche Stationen die Mail gelaufen ist. Schau mal!"

Er drehte Bröker den Bildschirm hin. Der zeigte eine Weltkarte mit einer Reihe von roten Punkten, die mit Linien verbunden waren.

„Wie?", fragte Bröker. „Die Mail ist über die USA gelaufen?"

„Das ist nicht weiter ungewöhnlich", wusste Gregor. „Du musst bedenken: Die Mails sind mit zigtausend Kilometern pro Sekunde unterwegs. Die physikalische Entfernung spielt da keine Rolle, eher schon, welche Strecke gerade wenig belegt ist und welcher Router frei. Aber das Wichtigste ist: So können wir herausfinden, woher unsere Mail kommt."

„Und woher kommt sie?" Beinahe bedauerte es Bröker, dass er dem Jungen beim Hacken zusah und der dadurch jeden seiner Handgriffe erklären musste. Vermutlich gefiel es diesem, ihn ein wenig schmoren zu lassen.

„Warte, das haben wir gleich!", sagte Gregor, tippte noch einmal etwas ein, schaute auf den Bildschirm und schnippte dann mit den Fingern.

„Was schnippst du denn?"

„Du glaubst nicht, von wo aus die Mail mit dem Fundort des Caches versendet worden ist."

„Na, von wo aus denn, Gregor? Herrgott Junge, nun mach es doch nicht so spannend!"

„Von der *Sparbank Bielefeld*!"

Kapitel 25
Charlys Ente

„Bist du dir sicher?" Bröker versuchte die neuen Informationen zu verdauen. Gregor nickte.

„Sehr sicher! Weißt du, wer auch immer Max den Hinweis geschickt hat: Ein Internetprofi war er nicht. Die Spur der Mail war ganz einfach zu verfolgen." Er machte eine kurze Pause. „Und wenn du es dir recht überlegst: So unplausibel ist es nun auch wieder nicht, dass der Absender ein Kollege von Max war. Ich meine, wir sind bei der Rückverfolgung schließlich nicht im Weißen Haus gelandet!"

„Stimmt schon!", gab Bröker zu. „Aber das wirft natürlich neue Fragen auf. Nehmen wir mal an, es war kein Unfall …"

„Ja, davon würde ich nach wie vor ausgehen", warf Gregor ein.

„Eben, also nehmen wir an, dass es kein Unfall war. Wer in der Bank hätte denn ein genügend starkes Motiv gehabt, um Max umzubringen?"

„Keine Ahnung!"

„Wer genau die Mail geschrieben hat, kannst du wohl nicht rausbekommen?"

Gregor schüttelte den Kopf. „Keine Chance. In der *Sparbank* hat ja nicht jeder Rechner eine eigene Kennung. Da siehst du von außen nur, dass eine Mail von irgendeinem ihrer Computer gesendet wurde."

Bröker schwieg. Sollten sie nun, nachdem sie den

288

Spuren, die sie gefunden hatten, gefolgt waren und die Schnitzeljagd von Max nachvollzogen hatten, in einer Sackgasse landen?

„Es bleibt nur, dass es doch irgendetwas mit dem verschwundenen Geld von Bombi zu tun hat", seufzte er. „Vielleicht wollte Große-Wortmann mit Max und einem seiner Kollegen die Fitness-Lady über den Tisch ziehen und dann hat Max sich überlegt, dass er das Geld lieber selbst auf die Seite schafft."

„Aber nach allem, was wir über Max wissen, war er dafür nicht unbedingt der richtige Typ, oder?", wendete der Junge ein. „Höchstens, wenn …"

„Höchstens, wenn was?", horchte Bröker auf.

„Nun, dieser Martin arbeitet doch auch in der Bank …"

Bröker sah den Jungen erschrocken an. „Aber das hieße dann, dass Judith …"

„… auch in die Sache verwickelt sein könnte. Sie wusste zum Beispiel, dass man Max mit einem Cache überall hinlocken konnte."

Bröker verstummte. Dann schüttelte er den Kopf. Alles in ihm sträubte sich, das Puzzle auf diese Weise zusammenzusetzen. Er wollte einfach nicht, dass dies die Wahrheit war.

„Ich mache uns erst einmal einen Kaffee", entschied er dann. „Ohne den kann aus dem Tag ja nichts Gutes werden."

„Lass uns doch noch mal in Ruhe gucken, was wir jetzt haben", sagte Bröker, als sie ein paar Minuten später vor ihren dampfenden Tassen saßen. „Nicht, dass wir uns da in etwas verrennen."

„Nun ja, wir wissen jetzt, dass es ein Mitarbeiter der *Sparbank* war, der Max auf diese Schatzsuche aufmerksam gemacht hat", erwiderte Gregor.

„Ja", nickte Bröker. „Das könnte dieser Martin gewesen sein. Wobei ich mir nicht ganz vorstellen kann, wie sich da die verschiedenen Fronten – Große-Wortmann, Max, Martin und Judith – zueinander verhalten haben."

Gregor nickte und lauschte den Annahmen seines Freundes.

„Nehmen wir also mal an, dass der Mailschreiber nicht dieser Martin war", fuhr Bröker fort.

„Ja, aber das hilft uns auch nicht so wirklich weiter", gab der Junge zu bedenken. „Schließlich können wir schlecht in die Bank hineinspazieren und fragen: ‚Wer von Ihnen hat Max Linnenbrügger diese Mail geschrieben?'" Gregor überlegte angestrengt. „Es bleibt dann eigentlich nur noch der letzte Cache an der Hünenburg. Den sollten wir vielleicht doch noch suchen."

„Stimmt!", antwortete Bröker. „Aber ich denke, es ist unwahrscheinlich, dass wir dort einen Hinweis auf den Mörder entdecken. Auch an den anderen Fundorten waren ja immer nur diese Filmdöschen."

„Ja, vermutlich hast du Recht", erwiderte Gregor und klang ein wenig resigniert. Bröker nahm noch einen Schluck Kaffee. Mit einem Male hellte sich seine Miene ein wenig auf.

„Der Schatz könnte uns trotzdem weiterhelfen", dachte er laut nach.

„Wie das?"

„Überleg mal: Wer außer uns weiß noch von diesem Cache?"

Nun glitt auch ein Lächeln des Verstehens über Gregors Züge.

„Du meinst, nur der Mörder?"

„Genau!"

„Aber wenn wir das ausnutzen wollen, müssen wir ihn irgendwie zum Fundort locken!"

„Und genau das können wir doch", behauptete Bröker feierlich.

„Wie denn? Du glaubst doch wohl nicht an das Ammenmärchen, dass es einen Mörder an den Ort seiner Tat zurücktreibt?"

Bröker schüttelte den Kopf und musste lachen. „Nein, das kommt wohl eher selten vor. Aber wir könnten ihn doch wissen lassen, dass es am Fundort Hinweise auf ihn gibt."

„Verstehe!" In Gregors schwarzen Augen blitzte es. „Vielleicht hilft uns da unser alter Freund, der Computer wieder!"

„Und wie?"

„Na ja, wir wissen zwar nicht, wer der Mörder ist, aber wir haben eine E-Mail-Adresse von ihm."

„Du meinst, wir könnten ihm schreiben?"

„Richtig! Und zwar werden wir ihm einfach einen kleinen Erpresserbrief schicken. Mal sehen, was er dazu sagt!" Mit diesen Worten griff sich der Junge seinen eigenen Laptop und öffnete ein Mailprogramm.

„Moment, Moment!", protestierte Bröker, dem das Ganze ein wenig zu schnell ging. „Sollte so eine kleine Erpressung nicht auch anonym sein, selbst dann, wenn wir sie nicht ernst meinen?"

„Sicher!"

„Und wie willst du unerkannt bleiben, wenn du das Ganze über deinen Laptop schickst?"

„Ich nehme einfach die Adresse von Max!", zwinkerte der Junge. Dann fuhr er ernster fort: „Nein, natürlich mache ich das nicht. Aber glaubst du denn, ich hätte noch nie anonym eine Mail versendet?" Er öffnete ein Browserfenster und begann darin zu tippen. Bröker sah ihm über die Schulter.

„Heidiho, die beste Tarnung nützt wenig, wenn man Spuren im Logbuch hinterlässt", tippte der Junge. „Aber ich bin sicher, wir werden uns einig!"

„So?", fragte er dann.

„Klingt überzeugend", staunte Bröker. „Ich würde Angst bekommen. Hast du so was schon öfter gemacht?"

„Klar", behauptete Gregor vergnügt. „Was meinst du, warum ich so schweinereich bin! Schauen wir mal, wie unser Mörder reagiert!"

„Ich hoffe nur, die Mail landet nicht bei Martin oder Judith", zögerte Bröker.

„Man kann sich seine Mörder leider nicht aussuchen!", bemerkte Gregor nur und klickte auf den „Senden"-Button. Auf eine Reaktion brauchten die beiden Freunde nicht lange zu warten. Fast im selben Moment gab ein Klingelton das Zeichen, dass Gregor unter der anonymen Adresse Post erhalten hatte. Der Junge klickte sie an und verzog enttäuscht das Gesicht.

„Was ist?", erkundigte sich Bröker.

„Ach, ich hätte es wissen sollen. Na gut, damit ist unser Mörder schlauer als gedacht", erklärte sein Mitbewohner. „Die Mailadresse existiert nicht mehr. Manche Provider bieten die Möglichkeit, gleich beim Erstellen einer anonymen Adresse festzulegen, wann sie nicht mehr gültig sein soll. Auf die Art kommen wir also nicht mehr an ihn heran."

„Mist!", kommentierte Bröker. „Dabei war es an sich keine schlechte Idee!"

„Ja, sie war ja auch zur Hälfte von mir", ergänzte Gregor gespielt süffisant.

„Nun, vielleicht können wir sie ja noch retten", erklärte sein Freund nach einem Augenblick des Nachdenkens.

„Und wie willst du das anstellen?"

„Kennst du diese Radiowerbung?"

„Was für eine Radiowerbung?", fragte Gregor ein wenig ungehalten, weil er den seltsamen Gedankensprüngen seines Freundes nicht folgen konnte.

„Warte mal ab. Da gibt es verschiedene Spots. Die

hören immer mit einem Satz auf: ‚Mit Radio erreichen Sie immer die Richtigen.'"

„Aha. Und das hat dich auf eine Idee gebracht?"

„Ja, genau. Wie wäre es denn, wenn wir die Zeitungen abdrucken lassen, dass die Polizei den begründeten Verdacht hat, dass ein Cache für die Aufklärung des Falles eine Rolle spielt und sich Hinweise aus dessen Logbuch erhofft."

„Dazu müssten wir erst einmal wissen, ob der an der Hünenburg überhaupt noch an Ort und Stelle ist."

„Stimmt, aber das hätten wir im Grunde auch wissen müssen, bevor du deine geniale Erpresser-Mail abgeschickt hast."

„Da hast du Recht", musste Gregor zugeben.

„Wenn also der Mörder davon überzeugt werden kann, dass er bei einem der Caches ein wichtiges Indiz vergessen hat, wird er vielleicht dorthin zurückkehren. Und er wird der Einzige sein, der weiß, wo er suchen soll!"

„Bröker, du bist genial!", entfuhr es dem Jungen.

„Ich weiß", lächelte Bröker und streichelte sich über den Bauch.

„Und wie machen wir das Ganze nun bekannt?"

„Wozu habe ich eine gute Freundin, die Journalistin ist?", antwortete Bröker und machte sich auf den Weg zu seinem Telefon.

„Stimmt! Aber warte noch einen Moment!"

„Wieso?"

„Ich möchte den gleichen Fehler nicht zweimal machen! Bevor wir Charly Bescheid geben, würde ich gerne nachschauen, ob es das dritte Logbuch wirklich gibt."

„Klingt einleuchtend, dann lass uns losgehen!"

„Sei mir nicht böse, Bröker", sagte der Junge mit einem entschuldigenden Unterton. „Aber ich schätze, ich bin alleine ein bisschen schneller." Bei diesen Worten hatte er schon seinen Helm von der Garderobe genommen und sich Richtung Haustür bewegt. „Ich rufe dich an, sobald ich den Cache entdeckt habe!", schob er noch nach. Dann war er verschwunden.

Und er hielt Wort. Keine halbe Stunde später klingelte Brökers Telefon und Gregor meldete sich.

„Ich habe das Logbuch!", berichtete er, noch bevor Bröker umständlich nachfragen konnte. „Es ist ganz in der Nähe der Hünenburg, liegt aber ein wenig versteckt, so dass man es nicht gleich findet."

„Und hat sich Max eingetragen?"

„Ja, hat er", bestätigte Gregor. „Der Täter hat ihn also noch seinen Fund machen lassen, bevor er ihn in die ewigen Jagdgründe befördert hat."

„Bestimmt war er in dem Moment gut zu überrumpeln", überlegte Bröker.

„Ja, gut möglich. Also ziehen wir unseren Plan durch?", erkundigte sich der Junge.

„Ja, tun wir. Ich rufe sofort Charly an."

Kaum 20 Sekunden danach wählte er auch schon

Charlys Nummer. Dass er in den letzten Tagen so häufig telefoniert hatte, war ein Zeichen dafür, dass er sich mitten in Ermittlungen befand. Unter anderen Umständen hätte er noch nicht einmal gemerkt, wenn jemand die Erfindung des Telefons wieder rückgängig gemacht hätte.

„Hier Charly", meldete sie sich mit ihrer fröhlichen Stimme. Als sie hörte, dass Bröker am anderen Ende der Leitung war, erriet sie sofort den Grund. „Du jagst doch wieder einer heißen Spur nach. Es geht um den Toten an der Hünenburg, oder?"

„Jaaa", raunte Bröker in den Hörer und fühlte sich durchschaut.

„Tja, vielleicht sollte ich auch ins Detektivfach wechseln", lachte die Journalistin.

„Wie kann ich dir denn helfen?"

„Du hast doch vor ein paar Tagen einen Bericht über so ein neues Hobby gebracht", begann ihr Freund sein Anliegen vorzutragen.

„Richtig, Geocaching heißt das. Sag nicht, das interessiert dich."

„Ach, ich finde es wirklich ganz spannend. Ich habe sogar schon zwei Caches gefunden!", entgegnete Bröker und konnte nicht verhindern, dass Stolz in seiner Stimme mitschwang. „Aber das ist nicht der Grund meines Anrufs", gab er dann zu. „Es ist so. Der Tote war ein begeisterter Geocacher. Und es scheint, dass er bei einer Schatzsuche ermordet wurde."

„Wow", stieß Charly beeindruckt hervor. Dann

hörte Bröker am anderen Ende der Leitung leise Tipp-Geräusche.

„Du schreibst doch nicht etwa mit?", fragte er lachend.

„Hey, ich bin schließlich Journalistin!", entgegnete diese mit gespielter Entrüstung.

„Ja, ja, schon gut", erwiderte Bröker. „Du wirst staunen, diesmal will ich sogar, dass du darüber schreibst!"

„Wie das?"

„Na, ich dachte, dass du vielleicht im Anschluss zu deinem Bericht diese Woche über das ach so gefährliche Hobby Geocaching schreibst. Dass es den ersten Toten in diesem Zusammenhang gegeben hat. Und dann sagst du, dass die Polizei die Bevölkerung bittet, ihr beim Finden des Caches zu helfen, der Max zum Verhängnis geworden sein soll, da es ihr bisher nicht gelungen sei, ihn ausfindig zu machen. Und du müsstest in dem Zusammenhang unbedingt noch erwähnen, dass die Polizei den begründeten Verdacht hegt, im Logbuch Hinweise auf den Täter zu finden."

„Ja, stimmt das denn?"

„Ich glaube, die Polizei weiß noch nicht einmal etwas von diesem Logbuch", lachte Bröker. „Du wärst also die Erste, die darüber berichtet."

„Und die Einzige! Das ist ja zumindest eine halbe Ente!", rief Charly aus, war aber trotzdem begeistert. „Nur eins verstehe ich nicht …"

„Was?"

„Warum gehst du damit an die Öffentlichkeit? Warum gibst du deinen Informationsvorsprung vor Schewe auf?"

„Weil Gregor und ich hoffen, so den Mörder zu fangen. Außer uns weiß nämlich nur er, wo das Logbuch an der Hünenburg liegt. Und wenn er kommt, um es zu holen, werden wir auf ihn warten."

„Guter Plan! Aber dann will ich auch etwas von euch!"

„Und was?" Für einen Moment fürchtete Bröker, Charlys Wünsche nicht erfüllen zu können.

„Ihr lasst mich mitmachen: Ich lauere dem Mörder mit euch auf und habe dann die ganze Geschichte exklusiv!"

„Das musst du sogar!", führte Bröker aus. „Sag mal, du hattest doch Kontakte zum *WDR*. Meinst du, die könnten ein kleines Kamerateam schicken? Der Plan geht nämlich noch weiter."

„Ich wusste es immer, B., du willst ins Fernsehen. Die ganze Welt soll Mr. Marple von der Sparrenburg kennenlernen!", neckte Charly ihren Freund.

„Unsinn", lachte Bröker. „Du wirst schon sehen, wofür das gut ist. Aber ihr müsst dann wirklich vor Ort sein, wenn es drauf ankommt, klar?"

„Abgemacht!", jubelte die Journalistin.

„Wann wird der Artikel erscheinen?"

„Wenn du willst, schon morgen! Für so was mache ich doch mit Vergnügen ein paar Überstunden."

„Gerne!", erwiderte Bröker erfreut.

„Dann müssten wir uns aber auch schon morgen in den frühen Morgenstunden auf die Lauer legen. Was meinst du?"

„Charly, du bist die Beste!"

„Das weiß ich doch!", säuselte Charly und wollte auflegen.

„Einen Gefallen musst du mir aber noch tun", hielt Bröker seine Freundin noch einen Moment zurück.

„Und der wäre?"

„Kannst du ein paar der Zeitungsexemplare morgen in aller Frühe vor der Zentrale der *Sparbank* in der Bahnhofstraße an prominenter Stelle auslegen?"

„Wenn du mir verrätst, weshalb?"

„Versteh mich nicht falsch", druckste Bröker herum. „Ich weiß, die *Neue Westfälische* ist eine tolle Zeitung …

„Aber?" Charly musste wie so häufig lachen, wenn Bröker um den heißen Brei herumredete.

„Nun ja … ich möchte einfach sichergehen, dass der Täter auf den Artikel aufmerksam wird …"

„Ach, daher weht der Wind!", lachte die Journalistin, zeigte dann aber Verständnis.

„Das ist ein guter Plan, B. Aber das heißt, du vermutest, dass der Täter ein Mitarbeiter der *Sparbank* ist?"

„Danach sieht es aus, ja", sagte Bröker und nickte bedächtig, obwohl Charly dies gar nicht sehen konnte.

„Gut, dann steht der Plan, oder? Ich schreibe den Artikel, fahre morgen mit ein paar druckfrischen Exemplaren zur Bank, lege sie dort aus und komme dann zur Hünenburg, wo ihr auf mich wartet."

„Ja, so könnte es klappen", befand Bröker.

„Okay, bis morgen dann!" Charly hatte endgültig aufgelegt.

Auch Bröker ließ den Hörer langsam auf die Gabel gleiten. Es schien, als könnte der Fall bald gelöst sein.

Kapitel 26
Versteckspiel

„Du stellst dich an wie ein kleines Kind, Bröker!" Allmählich begann Gregor die Geduld mit seinem Freund zu verlieren. Mit griesgrämigem Gesichtsausdruck stand dieser neben dem blauen Roller des Jungen auf dem Parkplatz vor der Hünenburg und rieb die Hände gegeneinander.

„Aber es ist kalt, meine Hose klebt mir an den Beinen und außerdem ist es höllisch früh!", maulte der Angesprochene. Mit all dem hatte Bröker nicht ganz Unrecht, wie auch Gregor zugeben musste. An diesem Montag zeigte sich der Bielefelder Sommer wieder einmal von seiner bekannten Seite. Regen hatte ihre Rollerfahrt zur Hünenburg begleitet und auch er fror ein wenig. Und früh war es wirklich. Gerade erst wurde der Himmel im Osten so hell, dass man auch ohne das Licht der Vespa alles klar erkennen konnte.

„Es war schließlich deine Idee, den Täter mit dem Zeitungsartikel noch einmal hierher zum Tatort zu locken!", gab Gregor zu bedenken.

„Ich weiß", brummte Bröker zurück. „Aber es war nie die Rede von halb sechs Uhr morgens! Dass ein Mensch so früh auf den Beinen sein könnte, zeigt schon seine Schlechtigkeit! Ein anständiger Geocacher würde bestimmt nie auf Schatzsuche gehen, bevor er ordentlich gefrühstückt hat." Bei diesen Worten nahm Bröker den Rucksack ab, den er sich von Gregor geborgt hatte. „Zumindest das können wir jetzt nachholen", sagte er und sah schon eine Spur zufriedener aus.

„Sag nicht, du hast dir etwas zu essen mitgebracht!", rief Gregor empört aus. „Wenn ich gewusst hätte, dass du nur sinnloses Zeugs mitschleppst, hätte ich dir meinen Rucksack nicht geliehen!"

„Ich schleppe doch kein sinnloses Zeugs mit! Du willst doch, dass wir den Täter schnappen, richtig? Und auf nüchternen Magen kann ich bestimmt keine Verbrecher jagen!" Bröker schnürte sein Gepäckstück auf und entnahm ihm zwei Käsebrötchen, drei hartgekochte Eier und eine mittelgroße Thermoskanne.

„Bröker, wir sind hier nicht zum Picknicken, sondern um den Mörder von Max dingfest zu machen!", erinnerte ihn Gregor.

„Ja, ja", erwiderte der etwas undeutlich, da er schon einen großen Bissen von dem ersten Brötchen genommen hatte. „Das weiß ich doch. Aber solange der Verbrecher noch nicht da ist, können wir die Zeit ja sinnvoll nutzen!"

„Aber bis er kommt, müssen wir alles vorbereitet haben!", sagte der Junge aufgebracht. „Bevor du hier eine größere Mahlzeit zubereitest, könnten wir wenigstens den letzten Cache wieder platzieren. Und danach verhalten wir uns unauffällig!"

„Ist ja schon gut. Wo lag der Cache denn?", gab sich Bröker kompromissbereit.

Gregor bedeutete, ihm zu folgen. Er bahnte sich einen Weg durch ein paar engstehende Büsche, die den beiden Freunden ihre nassen Zweige ins Gesicht schlugen, und hielt an einem abgestorbenen Baum. Er zog ein Filmdöschen aus seiner Tasche hervor und langte in ein Astloch.

„So, alles an seinem Platz!", verkündete er.

Bröker nickte zufrieden. „Gut, dann können wir ja nun endlich frühstücken!"

Zielstrebig kehrte er zum Parkplatz zurück und bewegte sich anschließend auf eine große Eiche zu. „Wir sollten uns wenigstens etwas unterstellen. Es ist niemandem geholfen, wenn wir nicht nur müde, sondern auch noch pitschnass sind."

Gregor musste seinem Freund Recht geben und folgte ihm unter den Baum am Rande des Parkplatzes. Unterdessen pellte Bröker vergnügt die gekochten

Eier und goss sich einen Kaffee ein. Sogar an einen zweiten Becher hatte er gedacht.

„Willst du auch?", fragte er Gregor zwischen zwei Happen von dem Ei, nur um dann undeutlich hinzuzufügen. „Ach nee, du darfst ja nicht."

„Seit wann darf ich denn keinen Kaffee mehr trinken?", hakte der Junge nach. „Erinnere dich daran, dass du mir schon ganz andere Getränke eingeflößt hast. Sogar an deinem Whiskey musste ich schon nippen!"

Bröker schaute schuldbewusst drein. „Genau das ist ja das Problem", gab der dann kleinlaut zu. Im ersten Moment wusste Gregor nicht, was dieser gemeint haben könnte, dann dämmerte es ihm.

„Du hast Whiskey in die Thermoskanne getan …"

„Ich füll doch keinen Whiskey in Thermoskannen!", entgegnete der Angesprochene entrüstet, musste aber lachen.

„Sondern?" Gregor schaute seinen Freund prüfend an.

„Na ja, hauptsächlich Kaffee!"

„Und nebensächlich?"

„Nun ja …", druckste Bröker herum. „Ich habe mir eben gedacht, dass es kalt werden würde. Und da habe ich den Kaffee mit ein wenig Cognac verdünnt."

„Verdünnt!" Obwohl seine Nerven blank lagen, musste Gregor lachen. „Ja, es ist natürlich bei solch kaltem Wetter wichtig, dass man keine zu großen Koffeinmengen zu sich nimmt!"

„Richtig", stimmte Bröker zu und nahm einen weiteren Schluck des Heißgetränks.

„Ich sag's dir, wenn du mir hier wegschnarchst, weil du schon am frühen Morgen einen Rausch hast, lasse ich dich liegen und rufe Mütze an und sage, dass ich im Wald einen Penner gefunden habe!", drohte Gregor. Dann fuhr er versöhnlicher fort: „Sag mal, eine Picknickdecke hast du nicht auch noch mitgebracht, oder?"

Bröker schob sich das letzte Ei in den Mund und nuschelte: „Nein, ich wollte erst, aber dann dachte ich, die wird bei dem Regen eh nur nass!"

„Schade, das wäre mal nützlich gewesen", kommentierte der Junge.

Bröker wurde das Gefühl nicht los, dass er bei der Diskussion um die Stücke, die er mitgebracht oder nicht mitgebracht hatte, nicht gewinnen konnte und wechselte schnell das Thema: „Sag mal, wollte Charly nicht längst da sein? Die müssen wir doch dabei haben, damit unser Plan funktioniert!"

„Ja, so langsam sollte sie aufkreuzen", bestätigte Gregor. „Vermutlich hat sie morgens ähnliche Schwierigkeiten aufzustehen wie du. Ist vielleicht eine Frage des Alters. Sie ist doch nicht viel jünger als du, oder?"

„Hey, das hat mit dem Alter überhaupt nichts zu tun!", fuhr Bröker auf. „Charly war schon ein Morgenmuffel, da war sie kaum älter als du jetzt!" Dann erst bemerkte er am Gesichtsausdruck seines Freundes, dass er diesem wieder einmal auf den Leim gegangen war. Doch bevor er zum Gegenschlag ausholen konnte, hörten die beiden ein Motorengeräusch von der Straße, die zur Hünenburg führte. Wenig später sahen sie auch schon Charlys roten Flitzer um die Ecke biegen. Das Verdeck, das sie an guten Tagen zurückgeklappt hatte, war diesmal oben geblieben.

„Bröker, Gregor, seid ihr da irgendwo?", rief sie aufs Geratewohl in Richtung Wald.

Bröker trat unter der Eiche hervor und winkte. „Ja, hier sind wir!"

„Möchtest du einen Kaffee?", schob er wenig später nach, als die Journalistin bei den beiden Freunden angelangt war.

„Lass bloß die Finger davon!", warnte Gregor sie. „Das Zeug ist der pure Alkohol!"

„Gar nicht!", verteidigte Bröker sich. „Gregor ist einfach noch in einem Alter, in dem man schon von der bloßen Erwähnung alkoholischer Getränke einen Schwips bekommt. Ich habe nur einen Schuss Cognac in den Kaffee getan, um die morgendliche Kälte zu vertreiben!"

„Ich kann mir schon vorstellen, wie groß so ein Schuss bei dir ist", neckte ihn nun auch Charly. „B., dass du nun auch schon am frühen Morgen trinkst!" In gespielter Ernsthaftigkeit hob sie den Zeigefinger. Derweil beschäftigte Gregor etwas anderes. „Du bist spät dran. Hat alles geklappt in der Bank?"

„Ja, alles ist prima gelaufen", konnte die Journalistin berichten. „Ich habe gestern nach deinem Anruf noch einen netten Herrn von der Zentrale erreicht und ihm gerade die Exemplare überreicht. Ich dachte ja eigentlich, wir kleben einfach nur den Artikel an die Eingangstür und legen dann ein paar Exemplare im SB-Bereich ab. Aber als ich Armin mein ehrenwertes Anliegen vorgetragen hatte, hat er sich gleich verpflichtet gefühlt, mir und der Polizei höchstpersönlich das Verteilen der Zeitung abzunehmen. Ich glaube nicht, dass irgendwer in der Bank heute nicht die *Neue Westfälische* liest."

„Armin, soso!" Bröker lachte. Charly konnte wirklich nahezu jedes männliche Wesen auf diesem Planeten um den Finger wickeln.

„Okay, das klingt ja ganz gut", sagte Gregor. „Aber wolltest du nicht auch einen Fotografen mitnehmen?", erkundigte er sich weiter. Er schien wirklich sehr aufgeregt, ob ihr Plan aufgehen würde.

„Ja, ich wollte schon, aber Hannes hatte keine Zeit", erwiderte Charly. „Vermutlich hatte er einfach keine Lust, sich hier gegebenenfalls die Beine in den Bauch zu stehen. Na ja, ich habe ihn auch nicht ganz eingeweiht. Wenn es nicht klappt, habe ich gedacht, stehe ich in der Redaktion wenigstens nicht ganz so dumm da."

„Also werden wir keine Fotos haben?", hakte Bröker nach.

„Ich dachte, du machst welche", zwinkerte die Journalistin ihrem Freund zu und erinnerte ihn damit an seine letzte Ermittlung, bei der er als Charlys Fotograf aufgetreten war, allerdings vergessen hatte, einen Film in seine alte Kamera zu legen.

„Ja, ja, bohr nur in den alten Wunden rum", brummelte Bröker.

„Nun ja, für den Fall, dass alle Stricke reißen, habe ich eine eigene Kamera mitgebracht", trumpfte Charly auf und zog eine digitale Spiegelreflexkamera aus ihrer Handtasche. „Außerdem wird es uns an Bildern vermutlich sowieso nicht mangeln", fügte sie dann hinzu und deutete auf einen Wagen mit einer Parabolantenne auf dem Dach und der blauen Aufschrift *WDR* auf der Seite, der in diesem Moment vor der Hünenburg vorfuhr.

„Sag bloß, das Fernsehen kommt wirklich!", entfuhr es Bröker. Charly nickte.

„Ich habe es dir doch versprochen", erklärte sie. „Du kennst die Reporterin sogar. Jeanette Kleinmeier-Begemann, die bezaubernde Jeannie."

In diesem Moment entstieg dem Ü-Wagen eine zierliche Frau, deren blonder Haarturm in die Luft ragte, als wolle sie damit die Fernsehübertragung persönlich in den Äther leiten. Bröker erinnerte sich. Tatsächlich hatte Frau Kleinmeier-Begemann ihn schon einmal zuhause besucht und sein damaliger Mitbewohner Ulf hatte sich spontan in sie verliebt. Es mochte an der frühen Morgenstunde liegen oder daran, dass sie dieses Mal von einem Kamerateam umgeben war, jedenfalls erschien sie Bröker in diesem Augenblick deutlich weniger ätherisch als bei ihrem letzten Aufeinandertreffen.

„Hallo Charly, guten Morgen, Herr Bröker", begrüßte sie diejenigen, die sie schon kannte. „Ich bin Jeanette", stellte sie sich dann auch Gregor vor. „Dann wollen wir mal schauen, was uns heute Morgen hier erwartet, was?"

Die kleine Runde nickte.

„Am besten verstecken wir uns und gucken, was er macht!", schlug Bröker vor.

„Hm", machte Charly. Es war ihr anzusehen, dass sie es als Journalistin nicht gewohnt war, sich zu verstecken. Dann sah sie aber ein, dass es für sie das Beste war. „Vielleicht sollten wir den Ü-Wagen wirklich ein wenig ins Gebüsch fahren. Und auch wir halten uns besser im Hintergrund", sagte sie in Richtung der Fernsehreporterin. „Aber für Gregor und dich, Bröker, gibt es eigentlich keinen Grund, warum ihr nicht hier sein solltet. Meint ihr nicht, dass ihr so vom Treiben der Täter mehr mitbekämt?"

„Da hast du Recht", pflichtete Bröker seiner Freundin bei. „Gregor, wieso geben wir uns nicht einfach als Geocacher aus, die den Aufruf in der Zeitung gelesen haben, und nun ihr Glück versuchen? Die Rolle als Schatzsucher liegt uns ja inzwischen!"

„Keine schlechte Idee", bescheinigte ihm der Junge. „Aber du hast einen entscheidenden Punkt verdrängt."

Bröker sah Gregor fragend an. Auch Charly und Jeanette blickten gespannt zu ihm. Der jedoch starrte nur vielsagend zu seinem Freund. Bröker kratzt sich am Kopf. Was meinte der Junge bloß? Dann fiel es ihm siedend heiß ein. Natürlich, es konnte ja auch Martin oder gar Judith auftauchen. Die beiden durften sie natürlich nicht entdecken. Sie würden sofort die Flucht ergreifen und dann war der ganze Plan im Eimer. Wie hatte er das nur vergessen können. Seine Gefühle mussten ihm einen Streich gespielt haben. Er wollte einfach nicht, dass die Mutter des kleinen Julian etwas mit dem Mord tun hatte.

„Gregor hat Recht", sagte er deshalb und die Betonung seiner Worte machte klar, dass er jetzt nicht weiter darüber sprechen wollte.

„Dann solltet ihr aber auch euer kleines Picknick hier zusammenräumen", erinnerte ihn Charly.

„Oh, ja", stimmte Bröker zu. Schnell griff er sich die Alufolie, in der er seine gekochten Eier eingewickelt hatte, und verstaute sie ebenso wie seine Thermoskanne wieder im Rucksack. Letztere nicht, ohne sich noch einen letzten Schluck des alkoholhaltigen Kaffees genehmigt zu haben. Gleichzeitig fuhr das Kamerateam den Übertragungswagen in einen versteckten Waldweg. Dann hieß es warten.

Missmutig starrte Bröker immer wieder von ihrem Unterstand unter der alten Eiche in den trüben Morgen. Sie waren nun bestimmt schon seit zwei Stunden hier an der Hünenburg. Den anderen schien es weniger auszumachen, auf der Lauer zu liegen. Er aber dachte wehmütig an den Schlaf, der ihm auf diese Weise entgangen war. Wieso hatte Charly in ihrem Bericht nicht erwähnt, dass zehn Uhr morgens eine gute Zeit war, um so einen Cache zu finden? Bei diesem Gedanken musste Bröker leise lachen.

„Na Bröker, hast du dir einen Witz erzählt, den du noch nicht kanntest?", neckte ihn Gregor, dem Brökers Gemütsregung nicht verborgen geblieben war.

„Nein, aber gerade ist mir eingefallen, dass ich vielleicht doch noch ein Brötchen und zwei Eier im Rucksack habe", redete sich dieser rasch heraus.

Dann fand er, dass dies ja wirklich keine schlechte Art war, die Wartezeit zu überbrücken. Gerade als er den Reißverschluss des Rucksacks aufziehen wollte, hörte er jedoch erneut ein Motorengeräusch, das rasch näher kam.

Kapitel 27
Die Falle schnappt zu

Gerade noch rechtzeitig verschwanden Charly und Jeanette mit dem Kamerateam im Gehölz. Gregor und Bröker schlugen sich in der Nähe des Caches in die Büsche. Nur wenige Augenblicke später fuhr ein schwarzer Sportwagen mit deutlich überhöhter Geschwindigkeit vor der Hünenburg vor. Als er mit quietschenden Reifen in einer Pfütze anhielt, spritzte der Schlamm bis aufs Autodach. Der PS-Kanone entstieg ein ungleiches Paar.

Es ist nicht Judith, war Brökers erster Gedanke, als er die beiden sah, und er atmete auf. War der Beifahrer ein breitschultriger Kerl mit dunklem Haar und Schnäuzer, der mehr als 1,90 Meter maß und Bröker ein wenig an den Magnum-Darsteller in den 80ern erinnerte, krabbelte dagegen aus der Fahrertür ein dürres Kerlchen mit Goldbrille und schütterem Haar. Beide trugen helle Anzüge, die weder zum Wetter noch zur Umgebung passten. Während sie zielsicher auf die Stelle zusteuerten, an der der Cache verborgen lag, unterhielten sich die beiden leise, aber aufgeregt. Dabei blickten sie immer wieder nervös umher.

„Das müssen sie sein", raunte Gregor Bröker zu.

Bröker nickte nur, denn er brachte keinen Ton heraus, und lugte durch die Zweige, durch die man einen nahezu ungehinderten Blick auf das Cache-Versteck hatte. Mit gespannter Erwartung schauten die beiden Freunde, was geschehen würde. Schon konnten sie sehen, wie die beiden Männer sich der Stelle näherten, an der Gregor ein paar Stunden zuvor den letzten Schatz der Schnitzeljagd gefunden und wieder platziert hatte. Ohne auch nur einmal ein GPS-Gerät zu befragen, ging der Dunkelhaarige auf den abgestorbenen Baum zu und langte in das Astloch. Jedenfalls nahm Bröker das an, denn ausgerechnet auf das Versteck versperrte ihm ein dicker Ast die Sicht.

„Da haben wir das gute Stück ja!", war dafür eine Stimme zu hören, die Bröker aufgrund ihrer tiefen Stimmlage eher dem Dunkelhaarigen zuordnete. Zum Glück waren die beiden zu zweit. Sonst hätten Bröker und Gregor nichts von dem mitbekommen, was sich am Versteck des Filmdöschens abspielte.

„Alles noch da, wie ich dir gesagt habe! Damit hätten wir alle drei verdammten Caches zusammen", verkündete der Bariton wenig später.

„Zum Glück!", quäkte die Stimme des Kleineren zurück.

„Mann, was haben wir Schwein gehabt, dass dir Armin vorhin in der Bank den Zeitungsartikel brühwarm unter die Nase gerieben hat! Und du hast gleich geschaltet", feierte das Magnum-Double seinen Kumpanen.

„Ich hoffe nur, denen in der Bank ist nicht aufgefallen, dass wir nacheinander raus sind."

„Und wenn schon! Auf jeden Fall werden die Bullen sich freuen", befand der Bariton hämisch. „Obwohl ich ja immer noch bezweifele, dass wir irgendwelche Spuren hinterlassen haben."

„Sicher ist sicher", entgegnete der kleinere der beiden skeptisch. „Wenn wir die Caches verschwinden lassen, kann man uns nichts mehr nachweisen."

„Wie die Bullen wohl überhaupt auf die Sache mit dem Cache gekommen sind", überlegte der Dunkelhaarige.

„Das kann uns doch egal sein. Die können jetzt

jedenfalls lange suchen." Der Kleinere lachte selbstgefällig. „Und jetzt steck endlich das verdammte Ding ein und dann hauen wir ab. Mir wird das hier langsam zu heiß."

Der Größere schien mit diesem Vorschlag einverstanden, denn kurz darauf waren die beiden Gestalten wieder zu sehen. Zügig bewegten sie sich Richtung Parkplatz. Bröker merkte, wie es in seinem Gehirn *Klick* machte. Nun hieß es schnell sein, sonst würden sich die beiden in ihr Auto schwingen und könnten, selbst wenn man sie später ausfindig machen würde, immer behaupten, nie etwas von irgendeinem Cache gewusst zu haben.

„Herzlichen Glückwunsch!", rief er so laut durch den Wald, dass es vermutlich auch noch im Bielefelder Zentrum zehn Kilometer entfernt gehört wurde. Ein Schwarm Krähen schreckte in den Bäumen auf und flog davon.

Die beiden Anzugträger zuckten zusammen und sahen sich erschrocken um.

„Sie haben einen der Caches gefunden, den die Polizei sucht, richtig? Der zum Mordfall, der heute Morgen in der Zeitung steht! Wir haben ein Stückchen weiter oben auch danach gesucht. Natürlich völlig vergeblich. Aber immerhin konnten wir so an Ihrem großartigen Fund teilhaben. Das ist wirklich ganz große Klasse, wie Sie das gemacht haben!"

„Sogar Superklasse ist das!", stimmte Gregor in Brökers Rufen ein. „Für so einen Fund braucht es einfach echte Profis. Nicht so ein paar Amateure wie mich oder gar ihn." Kräftig nickend deutete er auf seinen Freund. Dann, als sie die beiden Sportwagenfahrer erreicht hatten, dämpfte er seine Stimme etwas. Dennoch schien es Bröker übermäßig laut, als er fragte: „Stimmt doch, ihr habt so ein Ding gefunden, oder?"

Der Schnauzbart nickte. „Ja, haben wir", bestätigte er beschwichtigend. „So eine große Sache ist das aber nun auch wieder nicht."

Inzwischen hatten die beiden Anzugträger den Parkplatz beinahe wieder erreicht. Die Rufe, die Bröker und Gregor ausgestoßen hatten, und schließlich nun die Bestätigung des Dunkelhaarigen, dass sie wirklich wegen des Caches an der Hünenburg waren, gaben den Startschuss für die Reporter. Zuerst brach Charly aus dem Gebüsch. Ohne Vorwarnung zückte sie den Fotoapparat. Mehrere Blitzlichter erhellten die Gesichter von Schnauzbart und Goldbrille. Ihr auf dem Fuß folgte Jeanette mit ihrem Kamerateam. Sie schob ein dickes Mikrofon unter die Nase des Kleineren.

„Jeanette Kleinmeier-Begemann von der Aktuellen Stunde des Westdeutschen Rundfunks!", sagte sie mit professioneller Stimme. „Wir bringen eine Sondersendung zu dem Mord an Max Linnenbrügger und dem Geochaching, das damit in Zusammenhang zu stehen scheint. Sie beide haben diesen Cache also tatsächlich gefunden?"

Goldbrille war sichtlich verdattert. „Nun ja … das kann man so sagen", stieß er schließlich hervor.

„Dürfen wir ihn einmal sehen?"

Zögernd hob der Magnum-Verschnitt das Filmdöschen in die Kamera.

„Ach, so sieht also der Cache aus. Und wie haben Sie ihn entdeckt?", wollte die Reporterin sofort wissen.

„Ja, eigentlich war das ganz einfach", meldete sich der Bariton nun zu Wort.

„So einfach nun auch wieder nicht, wie mir Herr Bröker hier soeben mitteilt", fuhr Charly dazwischen. Sie hatte unterdessen ein paar Worte mit ihrem ehemaligen Studienkollegen gewechselt. „Sie mussten angeblich vorher noch zwei weitere Verstecke ausfindig machen, um diesen Cache hier an der Hünenburg zu finden, ist das richtig?"

„Ja, das stimmt", gab der Schnauzbart zu.

„Und wo haben Sie die anderen beiden gefunden? Und haben Sie sie auch dabei?", wollte nun die Fernsehreporterin wieder wissen.

Der Große zögerte deutlich. „Ach, was spielt denn das alles jetzt noch für eine Rolle", stieß er hervor. „Hauptsache wir haben die Dinger, oder?" Dabei ließ er ein Magnum-Lächeln aufblitzen.

„Es würde unsere Mitbürger aber schon interessieren, wo die Verstecke waren und wie die anderen Caches aussehen", hakte Charly nach. „Sie sind schließlich die Helden der Stunde!"

315

„Also gut, sag du es ihnen!", forderte der Lange seinen Kumpanen auf.

„Ich?" Der Kleinere riss hinter seiner goldumrandeten Brille die Augen auf. „Nun gut, also …", stammelte er.

„… der erste Cache war im Tierpark und der zweite im Botanischen Garten."

Sein Partner zog bei diesen Worten die anderen beiden Döschen hervor.

„An all diesen Stationen waren Sie also heute schon?"

„Ja. Wir sind losgefahren, sobald wir den Aufruf in der Zeitung gelesen hatten. Aber mehr möchte ich dazu jetzt nicht mehr sagen."

„Eine letzte Frage habe ich noch", beharrte Charly.

„Ja?" Der Gesichtsausdruck des Kleinen wurde nun sichtlich angespannt.

„Welche Hinweise haben Sie denn überhaupt hier an die Hünenburg geführt? Was kann denn in diesen kleinen Döschen versteckt sein, das die nötigen Informationen liefert?"

„Kleine Zettel, auf denen die Koordinaten des jeweils nächsten Fundortes stehen", sagte der Schnauzbart.

„Ach so! Also, hab ich das richtig verstanden: Im Tierpark haben Sie die Koordinaten vom Cache im Botanischen Garten und dort die vom Cache an der Hünenburg erhalten?"

„Ja, genau so. War's das dann? Ich denke, wir soll-

316

ten mit unseren Fundstücken jetzt endlich zur Polizei." Mit entschlossenen Schritten gingen die beiden in Richtung Auto.

Bröker spürte, wie sein Herz schneller schlug. Jetzt!, hämmerte es in seinem Kopf, du musst jetzt etwas machen, sonst sind sie weg.

„Einen Moment noch!", rief er mit fester Stimme und trat den beiden Anzugträgern in den Weg.

„Was denn jetzt noch?", zischte Goldbrille.

„Nur eine Kleinigkeit", erwiderte Bröker. Er hatte nun dieses Gefühl, das er eigentlich nur daher kannte, wenn sich ein Fall dem Ende zuneigte. Ein Gefühl großer Sicherheit. „Das ist eine sehr gute Idee mit der Polizei. Aber vielleicht ist es besser, wenn sie hierherkommt." Mit einem Kopfnicken gab er Gregor ein Zeichen, der sein Mobiltelefon zückte.

„Ach, die Polizei hat doch genug zu tun", wiegelte derweil der Schnauzbart ab. „Wozu sollten die sich extra hierher bemühen?"

„Aus einem einfachen Grund: Um Sie festzunehmen. Ihre Geschichte ist nämlich erlogen." Mit diesem Satz ging ein Blitzlichtgewitter auf ihn nieder. Charly hatte ihren Fotoapparat gezückt und machte fleißig ein Bild nach dem anderen.

„Wie kommen Sie darauf, die Geschichte sei erlogen?", fragte der Kleine mit unsicherer Stimme.

„Aus einem ebenso einfachen Grund: Sie können durch den Cache im Botanischen Garten keine Hinweise auf den nächsten Fundort gefunden haben.

Genauso wenig wie durch den Cache im Tierpark. Denn wir haben die Zettelchen in dem Filmdöschen durch andere ersetzt, die diesen zum Verwechseln ähnlich sind. Mit nur einem Unterschied. Es stehen auf beiden andere Koordinaten drauf! Wären Sie einem von beiden gefolgt, stünden Sie nun vor meinem Haus am Sparrenberg."

Die beiden vermeintlichen Geocacher begriffen sofort.

„Aber … aber wieso muss man deshalb gleich die Polizei holen? Wir haben … uns eben einen kleinen Scherz erlaubt mit Max. Und jetzt hatten wir Angst, dass wir in was reingezogen werden, womit wir gar nichts zu tun haben!"

„Das war mehr als nur ein kleiner Scherz", setzte Bröker den Schlussstein unter seine Argumente. „Nur derjenige, der den dritten Cache hier an der Hünenburg versteckt hat, konnte wissen, wo er sich befindet. Und der, der ihn versteckt hat, ist laut der Polizei der Mörder von Max!"

Die Reaktion der beiden Beschuldigten auf diese Offenbarung Brökers war höchst unterschiedlich. Der Schnauzbart schien beinahe zusammenzubrechen. Wie paralysiert blieb er stehen und flüsterte: „Scheiße, scheiße, scheiße."

Sein Partner hingegen ergriff die Initiative. Mit einer Wucht, die ihm niemand zugetraut hätte, rammte der kleine Mann seinen lichten Schädel in Brökers Bauch. Für den kam die plötzliche Attacke zu überraschend und er ging ächzend zu Boden. Goldbrille stürmte weiter in Richtung seines Wagens. Als Bröker sich wieder aufrappelte, sah er einen Schatten. Charly stand mit dem Finger auf dem Auslöser ihrer Spiegelreflex über ihm.

„Untersteh dich!", zischte er, sprang auf und rannte dem Mann im Anzug nach. Nach wenigen Metern sah er, dass Gregor ihn überholte. Aber auch für den flinkeren Jungen war es zu spät. Goldbrille schloss per Fernbedienung den Wagen auf, sprang hinein und startete ihn. Das Ganze in weniger als zwei Sekunden. Schlamm spritzte auf, als er das Gaspedal durchtrat. So sehr sich Bröker auch bemühte, er konnte das Kennzeichen des Autos nicht mehr erkennen.

„Komm, Bröker, ihm nach!", rief Gregor und warf seinem Freund den Helm zu. Während dieser ihn überstreifte, knatterte schon die Vespa.

Kapitel 28
Hase und Igel

Es war ein ungleiches Rennen. Auf gerader Strecke hatte Gregors Roller, der merklich mit der doppelten Besetzung durch Bröker und den Jungen zu kämpfen hatte, dem sportlichen Auto wenig entgegenzusetzen. Einzig, wenn der Weg kurvig wurde, oder der Wagen durch Ampeln aufgehalten wurde, machten die Freunde ein paar Meter gut. Mehrfach befürchtete

Bröker, dass sie den mutmaßlichen Mörder vollends aus den Augen verloren hatten, doch immer wieder tauchte ihr Ziel im Verkehr auf.

Es war Bröker auch nicht klar, ob der Mann mit der Goldbrille wusste, dass er verfolgt wurde, oder ob es zu seinem Plan gehörte, so zügig über den Ostwestfalendamm zu fahren und den dichten Berufsverkehr der Innenstadt zu meiden. Fast schien es, als wollte er den Wagen möglichst schnell loswerden. Nicht unplausibel, fand Bröker. Schließlich wusste er ja, dass man ihn darin gesehen hatte und musste befürchten, dass die Polizei schon nach ihm fahndete. So passierte er auf seiner Flucht die Abfahrt am Johannistal und an der Stapenhorststraße und verließ den Ostwestfalendamm erst auf Höhe der Rückseite des Bahnhofs. Die Freunde versuchten ihm so dicht wie möglich auf den Fersen zu bleiben. Doch als Gregor dieselbe Abfahrt nahm, hatte der Fluchtwagen schon den Kreisverkehr 100 Meter weiter passiert und steuerte auf ein fünfstöckiges Parkhaus zu. Wenn er da hineinführe, hätten Bröker und Gregor ihn vermutlich für immer verloren. Zum Glück entschied er sich anders und stellte sein Auto auf einem der Kurzzeitparkplätze vor dem Bahnhof ab. Er sprang heraus und lief durch ein Tor direkt auf den letzten Bahnsteig. Wenn er wirklich nicht sicher war, ob er verfolgt wurde, war dies zweifellos ein schlauer Plan. Denn von hier aus konnte er direkt in die Bahnhofshalle gelangen und so den Blicken möglicher Verfolger entkommen. Gregor drehte sich zu Bröker um und rief ihm etwas zu. Der verstand nicht und klappte sein Visier hoch.

„Du musst ihm hinterherlaufen. Wenn ich den Roller erst abstelle, haben wir ihn verloren", erklärte der Junge noch einmal dumpf durch den Helm.

Bröker nickte, sprang ab und riss sich den Helm vom Kopf.

„Ich fahre zur Vorderseite", rief Gregor noch und brauste davon.

Bröker folgte dem hellen Anzug, der auch auf Distanz gut zu erkennen war und nun auch sein Tempo gemäßigt hatte, wohl um nicht aufzufallen. Über den Bahnsteig nahm er die Treppe zur Unterführung unter den Gleisen, dann eine Rolltreppe hinauf in den Eingangsbereich. Obwohl der vermeintliche Täter langsamer geworden war, betrug der Abstand zwischen ihm und Bröker noch immer gut 30 Meter. Eben musste auch ein Zug angekommen sein, denn eine dichte Menschenmenge schob sich durch die Ausgangstür des Bahnhofs. Goldbrille hatte die Halle noch eben vor der Menge verlassen, während Bröker dahinter war. Vergeblich versuchte er, sich an den Menschen vorbei zu drängen. Nicht nur seine pyknische Gestalt, sondern auch der Helm, den er unter dem Arm trug, machte ihn für derartige Manöver einfach zu unbeweglich. Er begann wieder zu schwitzen.

Himmel!, fluchte er, doch es half nichts. Er musste warten, bis die Reihe an ihm war. Vielleicht war ja Gregor schon auf dem Bahnhofsplatz angekommen und konnte die Verfolgung übernehmen. Doch von ihm war nichts zu sehen, als Bröker endlich die Bahnhofstür durchquert hatte. Dafür erblickte er aber den Anzug wieder. Sein Vorsprung war nun auf etwa 50 Meter angewachsen. Er steuerte auf die Fußgängerampel an der Jöllenbecker Straße zu. Bröker eilte hinterher. Er musste dichter an seine Zielperson herankommen. Andernfalls war er verloren. Goldbrille brauchte nur überraschend irgendwo abzubiegen. Wo Gregor nur blieb? Ein zweiter Verfolger hätte sich dem Täter von der anderen Seite nähern können. Zumindest wäre sein Freund vermutlich etwas flinker gewesen als Bröker.

Gerade als dieser sich an einer kleinen Gruppe Menschen vorbeischob, die sich lebhaft unterhielten, sprang die Fußgängerampel auf Grün. Der Anzugträger beschleunigte seine Schritte und überquerte die vielbefahrene Straße. Bröker stürmte hinterdrein. Der Schweiß tropfte ihm inzwischen von der Stirn und vermischte sich mit dem Nieselregen. Doch noch bevor er die Straße erreicht hatte, wechselte die Ampel wieder auf Rot. Bröker hastete weiter, hatte jedoch einen Kleinlaster übersehen, der just in diesem Moment heranbrauste. Energisch betätigte der Fahrer die Hupe und trat in die Bremsen. Der Wagen schlitterte leicht auf der regennassen Fahrbahn und kam dann mit quietschenden Reifen zum Stehen. Der Fahrer kurbelte das Seitenfenster herunter.

„Hast du keine Augen im Kopf?", brüllte er. Bröker merkte, wie ihm das Blut in den Kopf schoss. Nun hatte er die volle Aufmerksamkeit aller Umstehenden. Verdammt! Er versuchte, sich unauffällig in die zweite Reihe der Menschen zu schieben, die auf die nächste Grünphase warteten. Dabei musste er in Kauf nehmen, dass sich der Verfolgte wieder deutlich von ihm entfernte. Immer weiter entschwand er in der Fußgängerzone der Bahnhofstraße seinem Blick in Richtung Jahnplatz.

Endlich sprang die Ampel wieder auf Grün und auch Bröker konnte sich wieder in Bewegung setzen. Slalomartig umkurvte er die vielen Menschen, von denen sich die meisten vermutlich auf dem Weg zur Arbeit befanden. Nur so war zu erklären, warum es hier um kurz vor neun Uhr morgens schon so voll war. Schließlich hatten nur wenige Geschäfte bereits geöffnet. Bröker stellte fest, dass es ihm schwerfiel, sich gleichzeitig schnell und unauffällig zu bewegen, aber immerhin hatte er sich Goldbrille wieder bis auf etwa 20 Meter genähert. Noch einmal beschleunigte er seine Schritte und versuchte dabei, sein Ziel nicht aus den Augen zu lassen. Der Anzug ging links und suchte Schutz unter den Überdachungen der Geschäfte. Vielleicht konnte Bröker ihn auf der rechten Seite der Fußgängerzone überholen und ihm dann entgegenkommen und ihn so überwältigen. Ja, das konnte funktionieren. Bröker versuchte die Straßenseite zu wechseln, prallte dabei jedoch gegen etwas Blaues.

Zunächst sah Bröker nur einen dicken Mann in einer blauen Jacke, der vor ihm stand, während er selbst langsam, aber unaufhaltsam zu Boden torkelte.

„Sachte, sachte. Wohin sind wir denn unterwegs? So geht das aber nicht!", musste sich Bröker nun schon zum zweiten Mal innerhalb weniger Minuten für verkehrsuntauglich erklären lassen. Er war wirklich nicht für Verfolgungsjagden geschaffen. Wenn sich Goldbrille umdrehte, war er entdeckt, und gerade das wollte er doch um jeden Preis vermeiden. Hastig rappelte sich Bröker wieder auf und murmelte eine Entschuldigung. Dann sah er, dass es noch schlimmer war, als er befürchtet hatte: Der Mann, mit dem er zusammengestoßen war, war ein untersetzter Polizist auf Fußstreife. Prompt hielt der ihn auch auf: „Sagen Sie mal, Sie sind doch nicht etwa schon betrunken?"

„So ein Unsinn!", entgegnete Bröker unwirsch, als sei es die absurdeste Idee der Welt anzunehmen, er habe je in seinem Leben schon einmal Alkohol getrunken. Dann dämmerte ihm, dass diese Antwort einem Polizisten gegenüber vielleicht ein wenig zu offensiv war. „Ich meine: nein, natürlich nicht. Wie kommen Sie darauf?", verbesserte er sich daher schnell und wischte sich den Schweiß von der Stirn.

„Wenn ich Sie hier so herumtorkeln sehe, scheint mir das nicht ganz abwegig!", erwiderte der Gesetzeshüter. „Hauchen Sie mich mal an!"

Bröker fühlte sich gedemütigt, aber er sah ein,

dass er durch eine Diskussion mit dem Polizisten nur noch mehr Zeit vergeuden würde, in der er das Ziel seiner Verfolgung vermutlich gänzlich aus den Augen verlieren würde. Also tat er, wie ihm geheißen und hoffte, dass der Cognacduft schon verflogen war. Der Streifenpolizist schnupperte und lächelte dann.

„Na, es scheint ja, als hätten Sie die Wahrheit gesagt", befand er. „Dann mal nichts für ungut." Er drehte sich um und stapfte weiter Richtung Bahnhof.

Auch Bröker setzte seine Verfolgungsjagd fort. Eben meinte er den hellen Anzug in der Nähe des Eingangs zur *Sparbank* gesehen zu haben. Er konnte sich aber auch täuschen, der Vorsprung war immerhin auf mehr als 100 Meter angewachsen. Doch nein, er war es! Bröker legte einen kleinen Spurt ein, wobei er darauf achtete, nicht wieder jemanden über den Haufen zu rennen. Doch es war zu spät. Auf halbem Wege sah er, wie Goldbrille in die weiten Hallen der *Sparbank* trat.

Bröker blieb stehen und schnaufte. Und nun?, fragte er sich. Was sollte er tun? Er konnte dem Anzug nicht einfach in die Bank folgen. Der war dort zu Hause und besaß Zugang zu Räumen, in die Bröker nicht hineinkam. Aber abwarten war auch keine Lösung. Nach allem, was in den letzten Stunden geschehen war, war der Verfolgte bestimmt nicht in die Bank gegangen, um dort nun seinen Arbeitstag zu beginnen. Viel wahrscheinlicher verwischte er seine Spuren, raffte Geld und ein paar Sachen zusammen und machte sich auf und davon! Verzweifelt blickte Bröker das stattliche Gebäude der *Sparbank* an, das er unterdessen erreicht hatte. Leider war Gregor nach wie vor nicht zu sehen. Es war also niemand da, mit dem er sich beratschlagen konnte.

Die Polizei! Natürlich! Ja, Mütze oder Schewe würden sich natürlich Zugang zu Goldbrilles Büro verschaffen und diesen sogar festnehmen können. Er zog sein Mobiltelefon aus der Tasche, froh, es nicht zuhause vergessen zu haben. Er schaltete es an und blickte erschrocken auf die Batterieanzeige, auf der ein winziger Strich davon kündete, dass dem Gerät nur noch ein winziger Hauch an Restenergie verblieb.

„Verdammt", fluchte Bröker nun schon zum wiederholten Male an diesem Tag und blätterte hastig im Adressbuch seines Mobiltelefons. Hatte er die Nummer unter Mütze oder unter Schikowski gespeichert? Er wusste es nicht. Während er noch suchte, erlosch die Anzeige. Das Telefon war tot. Hektisch drückte er mehrfach auf die Starttaste, aber es tat sich nichts.

„Verdammter Mist!", entfuhr er ihm noch einmal, diesmal so laut, dass sich die Passanten nach ihm umdrehten. Vielleicht konnte er ja einen von denen nach einem Handy fragen. Zwar wusste er dann noch immer nicht Mützes Nummer, aber er könnte immerhin das Präsidium anrufen. Wenn Gregors Anruf geklappt hatte, waren die beiden sowieso unterwegs zur Hünenburg, um den langen Kumpanen von Goldbrille festzunehmen.

„Entschuldigen Sie bitte, haben Sie vielleicht ein Handy?", sprach er spontan eine ältere Dame an. Die schaute ihn skeptisch an, zog dann ihre Handtasche fester an sich und ging schnell weiter. Ein Junge von vielleicht 12 Jahren fiel ihm ins Auge, der ganz offensichtlich mit einem Smartphone hantierte.

„Hey, kann ich mir dein Telefon gerade mal für eine Minute leihen?", fragte Bröker.

„Vergiss es, siehst du nicht, dass ich gerade am Spielen bin!", war die Antwort. Ein Mann, den Bröker als Nächstes ansprach, ging einfach weiter, ohne eine Miene zu verziehen. Es war zum Verzweifeln.

Bröker blickte sich um. Richtig! Keine 50 Meter entfernt war ja eine dieser freistehenden Telefonsäulen. Er legte den Helm ab, kramte in den Hosentaschen und zog etwas Kleingeld hervor. Doch als er ein paar Schritte auf die Zelle zugegangen war, sah er, dass sich jemand den Spaß erlaubt hatte, den Hörer abzukappen. Vor seinem geistigen Auge sah Bröker die Wohnung des Telefon-Vandalen, in der hunderte von abgeschnittenen Telefonhörern von der Decke baumelten, und eine unbändige Wut überkam ihn.

Dann schlug er sich innerlich vor die Stirn. Vor weniger als fünf Minuten war er doch mit einem Polizisten zusammengeprallt, hatte ihm aus 20 Zentimeter Entfernung ins Gesicht gehaucht. Der würde, der musste ihm einfach helfen!

Bröker blicke sich um. Aber der Mann mit der dunkelblauen Polizeiuniform war wie vom Erdboden verschluckt. Es war zum Haareausraufen. Während Bröker hier vergeblich nach einem Weg suchte, die Polizei zu alarmieren, konnte der vermutliche Mörder in der Bank in aller Ruhe seine Flucht planen! Verzweifelt starrte Bröker auf den Eingang der *Sparbank*. Wie konnte er nur dafür sorgen, dass die Polizei umgehend eintraf und den Mörder von Max stellte? Mit einem Mal fiel es ihm wie Schuppen von den Augen.

Kapitel 29
Hände hoch

Bröker holte tief Luft. Dann wiederholte er noch einmal, was er sich kurz zuvor gesagt hatte: Er musste um jeden Preis die Polizei herbeirufen!

Er griff in seinen Rucksack, kramte die Thermosflasche mit dem alkoholhaltigen Kaffee hervor und nahm einen großen Schluck. Dann verschraubte er sie wieder fest, tat sie aber nicht in den Rucksack zurück.

Gut, sagte er sich, was sein muss, muss sein. Mit kräftigen Schritten betrat er die Bank. Entschlossen lenkte er seine Schritte in den SB-Bereich auf eines der dortigen Stehpulte zu. Eine Frau mittleren Alters in einem adretten Kostüm lächelte ihn freundlich an. Das wird sich gleich legen, dachte Bröker nur. Er trat so nah wie möglich an sie heran und hob seine Thermosflasche in die Luft.

„Das ist ein Banküberfall", zischte er. „In dieser Flasche befindet sich so viel Flüssigsprengstoff, dass ich damit die ganze *Sparbank* in die Luft jagen kann."

Bröker konnte sehen, wie der Frau das Lächeln aus dem Gesicht fiel. Gleichzeitig wurde sie kreidebleich und Bröker musste damit kämpfen, sich nicht anmerken zu lassen, wie leid es ihm tat, sie so erschreckt zu haben. Aber es ging nun einmal nicht anders. Auf normalem Weg war die Polizei ja nicht herbeizurufen gewesen.

„Und was wollen Sie?", fragte sie mit zittriger Stimme.

„Ich möchte alle Geldvorräte aus Ihrem Tresor – sofort!", sagte Bröker und versuchte nun seine Stimme etwas lauter klingen zu lassen. Schließlich wollte er ja gar nicht tatsächlich das Geld, sondern nur, dass irgendjemand die Polizei rief.

„Tun Sie alles hier hinein!", befahl er und deutete auf seinen Rucksack. Parallel beobachtete er, wie die ersten Besucher der Bank auf ihn aufmerksam wurden. Auch ein paar Angestellte drehten sich zu dem Pult, um zu sehen, was dort vor sich ging. Gut so, dachte Bröker.

„Es tut mir leid, aber ohne Anweisung kommen wir nicht an unsere Geldvorräte", sagte die Frau ängstlich.

„Dann lassen Sie sich halt eine solche Anweisung ausstellen!", raunzte Bröker und staunte, wie echt seine Stimme klang.

„Aber wie denn?", piepste die Frau.

„Himmel, lassen Sie sich halt etwas einfallen!",
fuhr Bröker mit seinen Drohungen fort. „Oder wollen Sie, dass das ganze Gebäude in die Luft fliegt? Ich
kann Ihnen sagen: Mein Leben ist mir egal! Wenn
Ihnen Ihres auch gleichgültig ist, dann machen Sie
nur so weiter!"

Bröker nahm sich vor, der Frau einen großen Blumenstrauß zu schenken, wenn alles überstanden war.
Aber was sollte er machen, wenn er glaubhaft wirken
wollte? Ihm fiel ein, dass er den Effekt noch steigern
konnte. Er drehte sich zu der Kundschaft um, die an
den anderen Stehtischen anstand.

„Ja, gucken Sie nur ganz genau her!", rief er so laut,
dass er sich nun sicher sein konnte, dass jeder von
seiner Aktion Wind bekam. „Das ist ein Überfall!
In meiner Thermoskanne habe ich einen hochkonzentrierten Flüssigsprengstoff. Wenn ich nicht gleich
den gesamten Tresorinhalt ausgehändigt bekomme,
jage ich uns alle in die Luft!" Dabei schwenkte er die
Isolierkanne über dem Kopf. Einige Leute kreischten
entsetzt auf, einige blieben wie angewurzelt stehen,
die meisten aber rannten hinaus ins Freie.

„Nun geben Sie ihm doch das Geld!", rief einer
der verbliebenen Kunden der Schalterangestellten
zu. „Ihre Bank ist doch sowieso versichert!"

„Genau!", pflichtete ihm eine Frau bei. „Geben Sie
ihm das Geld, bevor er uns hier alle umbringt!"

„Ich kann nicht", sagte die Mitarbeiterin der *Sparbank* kleinlaut und Bröker wäre bereit gewesen, ihr zu glauben. So langsam könnte die Polizei eintreffen, fand er.

Aus den Augenwinkeln sah er einige Mitarbeiter aus den hinteren Räumen in die Schalterhalle schleichen. Vermutlich waren sie durch den Lärm alarmiert worden. Hoffentlich befand sich nicht Goldbrille unter ihnen. Denn er würde Bröker zweifellos wiedererkennen. Und dann wäre sein ganzer schöner Plan in Gefahr. Hoffentlich hielt er sich aus Angst, selbst entdeckt zu werden, im Hintergrund.

Mit einem Mal bekam Bröker mit, dass ihn alle anstarrten. Richtig, er musste jetzt irgendetwas sagen.

„Los jetzt, ein bisschen dalli, wir wollen hier ja nicht alle auf die Polizei warten!", stieß er drohend aus, obwohl er natürlich genau das wollte. Die Kassiererin zögerte noch immer.

„Machen Sie nur, Frau Wiese, das ist schon in Ordnung", erklang eine Stimme von hinten. Nun endlich hatte die Frau das Einverständnis eines ihrer Vorgesetzten und sie drückte ein paar Tasten. Bröker hörte eine Maschine unter dem Stehpult rattern.

„Geben Sie mir Ihren Rucksack!", sagte die Frau heiser. Bröker tat wie ihm geheißen. Ein Schacht tat sich auf, aus dem die Frau mehr Bargeld entnahm, als er je in seinem Leben in den Händen gehalten hatte. Hastig stopfte die Frau die Scheine in Brökers Rucksack. Dann versiegte der Geldstrom.

„70 000 Euro, mehr haben wir derzeit nicht in unserem Tresor", gab die Kassiererin beinahe entschuldigend Auskunft. „Es ist früh am Morgen, die größeren Einzahlungen kommen erst nachmittags und abends."

Bröker schwitzte. Was sollte er machen? Er glaubte der Frau, aber die Polizei war immer noch nicht da. Wie konnte er Zeit schinden?

„Geben Sie mir auch noch das Münzgeld!", befahl er daher aufgeregt.

„Das Münzgeld?" Die Frau sah ihn fragend an.

„Ja sicher, das Münzgeld!", insistierte Bröker. „So etwas haben Sie doch?"

„Ja sicher!"

„Na also! Tun Sie es in den Rucksack!"

Schnell warf die Frau auch noch etliche Rollen Hartgeld zu den Scheinen hinzu. Dann schob sie Bröker den Rucksack zurück.

Der blickte hilflos auf seine Beute hinab. Wonach konnte er noch verlangen? Ihm fiel nichts mehr ein. Er konnte ja aber auch nicht davonstürmen. Wenn er in einer Viertelstunde auf der Flucht mit einem Rucksack voll Geld geschnappt würde, würde es schwer werden zu behaupten, er habe nur den Mörder von Max Linnenbrügger überführen wollen. Musste er nun vor die Bankkunden und deren Berater treten und verkünden: „Ich bin gar kein echter Bankräuber, ich habe das alles nur inszeniert, um Herrn Goldbrille zu überführen!" Leicht würde das nicht werden. Dennoch erschien es ihm Moment die bessere der beiden schlechten Möglichkeiten. Er zögerte noch einmal kurz und bemerkte, wie ihn die Umstehenden begannen, seltsam anzusehen. Sicher, die erwarteten, dass er Hals über Kopf floh.

Nein, es blieb nichts. Er würde in den sauren Apfel beißen müssen und seine Rolle versuchen aufzuklären.

„Hände hoch! Polizei!"

Bröker wirbelte herum. Während er mit sich gehadert hatte, waren zwei Polizisten in die Schalterhalle gestürmt und standen nun etwa fünf Meter mit gezogenen Waffen vor ihm. Der eine war schmächtiger und kleiner, als Bröker es von einem Polizisten erwartet hätte. Den anderen erkannte er. Es war der untersetzte Streifenpolizist, mit dem er vor einer Viertelstunde zusammengestoßen war.

„Wird's bald!", forderte der ihn nun unmissverständlich auf. Langsam hob Bröker die Hände.

„Was hat er für eine Waffe?", fragte er die Bankangestellte, da weit und breit keine Pistole zu entdecken war.

„Er hat Flüssigsprengstoff. Da in der Thermoskanne", flüsterte die. Sie schien nun endgültig einer Ohnmacht nahe.

„Ach Unsinn, in der Thermoskanne ist nur Kaffee!", ging Bröker dazwischen.

„Sie hat niemand gefragt!", fuhr ihn der Polizist an. „Geben Sie mir die Thermoskanne, aber ganz vorsichtig und keine falschen Bewegungen!"

333

„Da ist echt nur Kaffee drin. Na ja, und ein bisschen Cognac vielleicht!", beharrte Bröker. „Warten Sie, ich zeige es Ihnen!" Er machte sich daran, die Kanne aufzuschrauben.

„Nehmen Sie die Hände hoch und geben Sie uns die Kanne! Sofort!", brüllte nun auch der Kleine hysterisch.

Bröker fühlte, dass dies nicht der richtige Moment war, um ihn darauf aufmerksam zu machen, dass dies die falsche Reihenfolge war. Erst musste er ihnen die Kanne geben, dann konnte er die Hände hochnehmen. Nicht umgekehrt. Vorsichtig nahm er die Thermoskanne und schob sie den beiden Uniformierten zu. Dabei nahm er wahr, dass draußen vor der Bank eine Reihe von Polizeiwagen Aufstellung genommen hatten. Einige behelmte Einheiten strömten in die Bank und nahmen hinter den beiden Streifenpolizisten Stellung auf. Ein zweiter Trupp schleuste sich an ihnen vorbei in die hinteren Räume. „Machen Sie sie auf, Sie werden sehen, dass ich nicht gelogen habe", bat er, so höflich er konnte.

„Tu's nicht!", flüsterte der schmächtige der beiden Polizisten seinem korpulenteren Partner zu, der sich das Behältnis geschnappt hatte. „Rufen wir lieber die Spezialeinheit. Die macht das Ding sofort unschädlich!"

„Na ja, so gefährlich wird das Ding schon nicht sein", brummte der Dicke zurück. „Schließlich hat der Kerl es die ganze Zeit mit sich rumgeschleppt.

Das hätte er wohl kaum gemacht, wenn es jeden Moment hätte explodieren können!"

Beherzt drehte er an dem Verschluss der Thermoskanne. Es gab ein lautes Ploppen, als der Deckel sich löste. Einige der Menschen in der Schalterhalle warfen sich auf den Boden. Sonst aber geschah nichts.

Der stämmige Polizist schnupperte an der Öffnung der Kanne.

„Das scheint wirklich Kaffee zu sein!", befand er und hielt auch seinem Kollegen den Behälter hin. Auch der roch daran.

„Ja. Und irgendetwas Alkoholisches", befand er dann.

„Cognac, das habe ich doch gesagt", gewann Bröker wieder Oberwasser.

„Und was soll das bedeuten?", fragte der korpulente Polizist. „Wieso marschieren Sie mit einer Thermoskanne in eine Bank und behaupten, es sei Flüssigsprengstoff?" Dann huschte ein Zeichen des Erkennens über sein Gesicht. „Kenne ich Sie nicht irgendwoher? Moment mal, Sie sind doch eben in mich hineingerannt! Sagen Sie, sind Sie vielleicht nicht ganz richtig im Kopf?"

„Doch, doch, bin ich!", beeilte sich Bröker zu erwidern, obwohl er sich dessen in diesem Moment nicht so sicher war. „Hören Sie, ich wollte ja gar kein Geld erbeuten. Ich wollte nur, dass Sie möglichst schnell herkommen!"

„Ach so, und was haben Sie da in Ihrem Rucksack?", fragte der kleinere der beiden Uniformierten höhnisch.

„Geld", gab Bröker zu. „Damit Sie kommen, musste ich den Überfall natürlich glaubhaft aussehen lassen!", entgegnete Bröker und konnte nicht verhindern, dass seine Stimme ungeduldig klang.

„Und wieso sollten wir das glauben?"

„Wenn ich hätte fliehen wollen, wäre ich schon vor fünf Minuten weg gewesen, so langsam wie Sie waren!" Bröker vergaß nun jegliche Vorsicht.

„Und wieso wollten Sie unbedingt, dass wir kommen?", zeigte sich der Dickere seinen Argumenten gegenüber aufgeschlossener. „Das ist doch sonst nicht so die Art der Bankräuber."

„Weil Sie diesen Herrn dort festnehmen müssen!" Bröker deutete auf Goldbrille, der gerade mit einigen anderen Mitarbeitern der Bank, die sich in den hinteren Räumen versteckt gehalten hatten, in die Schalterhalle geführt wurde. „Er ist in den Mord an Max Linnenbrügger verstrickt."

„Max wer?", fragte der Kleine.

„Linnenbrügger, du weißt schon, der Tote von der Hünenburg!", erklärte ihm sein Kollege.

„Und wieso sollte der Herr da hinten etwas damit zu tun haben?", fragte der andere Polizist verdutzt.

„Das ist eine lange Geschichte", holte Bröker zu einer Erklärung aus.

„Kommen Sie bitte auch hier herüber, Herr …", forderte der Beamte Goldbrille auf.

„Schmalhorst", gab der Auskunft.

„Und Sie, glauben Sie nicht, dass Sie uns jetzt lange Geschichten erzählen können", wandte sich der Kleine barsch an Bröker. „Wir lassen Sie jetzt abführen!"

„Gibt es jemanden, der Ihre Geschichte bestätigen kann?", sprang ihm sein Kollege bei.

Bröker überlegte. Er könnte Charly als Zeugin benennen, aber abgesehen davon, dass er nicht wusste, ob die Polizisten einer Journalistin glauben würden, stand sie vermutlich noch mit dem anderen Banker und der Polizei an der Hünenburg. Nein, Charly war keine Option.

„Schewe!", stieß er hervor. „Hauptkommissar Schewe. Den können Sie anrufen. Oder, wenn Sie den nicht erreichen, Hauptkommissar Schikowski!"

Der Kleine wich ein paar Schritte zurück und funkte die Zentrale an.

„Ha, das haben Sie sich ja fein ausgedacht!", wusste er kurz darauf zu verkünden. „Die sind beide auf einem Einsatz."

„Aber das konnte er doch gar nicht wissen!", verteidigte der Dicke Bröker. Der wiederum schlug sich gegen den Kopf.

„Doch, das wusste ich sogar", gab er zu. „Ich habe die beiden ja an die Hünenburg bestellt. Mist!"

Die beiden Polizisten blickten sich verdutzt an.

„Sie haben nicht gerade ein Händchen dafür, glaubhaft dazustehen", wandte sich der Polizist, der ihm ein wenig mehr zugetan schien, erneut an Bröker.

Der überlegte fieberhaft, wen er noch nennen konnte. Auch Gregor war als ehemaliger Hacker sicher nicht das, was die Polizei einen glaubwürdigen Zeugen nennen würde. Davon abgesehen war der gerade unauffindbar und würde sich vielleicht sowieso weigern, mit den Uniformierten zu reden. Ein Name ging ihm durch den Kopf. Aber nein! Sein Gehirn widersetzte sich, diesen Gedanken ernst zu nehmen. Sein Mund aber war schneller.

„Van Ravenstijn", sagte Bröker und konnte es selbst kaum glauben. Den beiden Polizisten ging es ebenso.

„Der verrückte Holländer", sagte der Kleine und damit war er Bröker zum ersten Mal ein wenig sympathisch.

„Eben der", bestätigte er.

„Na gut, Sie müssen es ja wissen!"

Wenig später war es dem Uniformierten offenkundig gelungen, den Polizeipsychologen ans Telefon zu bekommen.

„Wir sind in der *Sparbank* in der Fußgängerzone in der Bahnhofstraße. Hier ist ein Bankräuber, der behauptet, er habe die Bank nur deshalb überfallen, um die Polizei herbeizurufen. Hier sei der Mörder eines gewissen Max Linnenbrügger. Der Mann heißt …" – „Wie heißen Sie noch einmal?", fragte er Bröker.

„Bröker", sagte der.

„Er heißt Bröker und sagt, Sie können seine Geschichte bestätigen", fügte er hinzu. Dann lauschte er.

„Ja, ja … gut", hörte Bröker nur. Der Polizist nickte, drückte eine Taste seines Mobiltelefons und steckte es in die Tasche.

„Er sagte, er will nicht ohne Weiteres für Sie bürgen, aber er kommt her", informierte er die Anwesenden. Bröker stieß einen Fluch auf van Ravenstijn, mittelalten Gouda und alles Orangene aus. Aber was blieb ihm anderes übrig, als auf den Psychologen zu warten.

Kapitel 30
Holländische Impressionen

Nach zehn Minuten begannen Bröker die Arme einzuschlafen. Noch immer musste er die Hände erhoben über dem Kopf halten. Er wusste zwar nicht, was die beiden Polizisten noch fürchteten, da er nicht mehr im Besitz seiner vermeintlichen Waffe war, aber in diesem Punkt ließen sie sich auf keine Diskussion ein. Im Gegenteil, sie hatten ihm in der Zwischenzeit auch den Rucksack mit dem erbeuteten Geld abgenommen. Auch Schmalhorst hatte in der Schalterhalle bleiben müssen, ebenso wie alle anderen Bankangestellten. Doch durften die im Gegensatz zu Bröker ihre Hände unten behalten. Die Kunden hingegen hatten die Bank verlassen dürfen.

Brökers Fingerspitzen begannen zu kribbeln.

„Bitte!", flehte er. „Darf ich nicht wenigstens die

Hände runternehmen? Durchsucht haben Sie mich doch schon."

Der dicke Uniformierte schaute seinen kleineren Kollegen fragend an. Doch der schüttelte energisch den Kopf.

„Nein", entschied der. „Das ist mir zu gefährlich. Nachher haut er noch ab."

„Wie sollte ich denn abhauen?", protestierte Bröker. „Dazu müsste ich ja erst einmal an Ihnen beiden vorbeikommen!"

Der Kleine zuckte nur mit den Schultern. „Die Hände bleiben oben", sagte er auf eine Art, die keinen Widerspruch duldete.

In diesem Moment glitt die automatische Tür der *Sparbank* auf und van Ravenstijn betrat die Halle in einem quietsch-orangenem Lederanzug, den Bröker schon an ihm kannte. Mit seinem Hang zu extravaganten Outfits wusste er sich in Szene zu setzen. „Bröker, was machen Sie wieder für Sachen?", rief er vergnügt und mit unverkennbar holländischem Akzent. „Habe ich Ihnen nicht gesagt, Sie sollen keine Banken mehr überfallen?"

„Ich hab's doch gewusst", flüsterte der kleinere der beiden Ordnungshüter seinem Kollegen sofort zu. Dann wandte er sich lauter an van Ravenstijn. „Also macht er so was öfter?"

Van Ravenstijn bewegte den Kopf, als sei er unschlüssig.

„Na ja, er ist schon ein bisschen ein Wiederholungstäter", sagte er unter begeistertem Kopfnicken des einen Polizisten.

„Ravenstijn!", fuhr Bröker ihn an. „Jetzt ist nicht der richtige Zeitpunkt für Ihre Späße! Die beiden hier halten mich wirklich für einen Bankräuber!"

„Sie sind besser still", unterbrach ihn der dicke Polizist. „Wieso sollten wir Sie auch nicht für einen Bankräuber halten. Sie haben die Kassiererin mit einer Bombenattrappe bedroht. Und Sie haben damit einen ganzen Rucksack voller Geld erbeutet."

Dies wiederum versetzte van Ravenstijn in Staunen. „Wirklich, Bröker, Sie haben tatsächlich diese Bank überfallen?"

„Doch nur, damit endlich die Polizei kommt und diesen Banker dahinten mit der Goldbrille festnimmt! Er ist in den Mord an Max Linnenbrügger verwickelt!" Bröker war so aufgeregt, dass er ganz vergaß, die Hände oben zu behalten, und diesmal dachte auch keiner der Polizisten daran, ihn daran zu erinnern, sie wieder nach oben zu nehmen. Der beschuldigte Schmalhorst hingegen lief puterrot an, als sei er unschuldig.

„Dieser Mann ist verrückt, das hat er wohl schon zur Genüge bewiesen. Ich bin gespannt, wen er als Nächstes beschuldigt!"

Bröker musste zugeben, dass dies keine schlechte Strategie von Goldbrille war. Seine Aktion hier in der Bank musste tatsächlich seine Zurechnungsfähigkeit infrage stellen. Inzwischen hatte sich auch der Filialleiter der *Sparbank* in der Schalterhalle eingefunden und sprang nun seinem Angestellten bei: „So eine Anschuldigung in unseren Räumen, das müssen Sie begründen!", forderte er.

„Können Sie denn nun bestätigen, dass dieser Herr hier, Herr Bröker, kein gewöhnlicher Bankräuber ist?", wandte sich der korpulente Polizist noch einmal an den Psychologen. Doch statt Bröker endlich aus seiner misslichen Lange zu befreien, wand sich dieser noch immer sichtlich.

„Nun ja, man kann schon behaupten, dass Herr Bröker für die Polizei kein Unbekannter ist."

„Nun sagen Sie halt auch, warum!", zischte Bröker wütend. Auch die Uniformierten sahen den Holländer fragend an.

„Na ja, er hat uns mit etwas Glück bei der Aufklärung zweier Fälle zur Seite gestanden", brachte der selbsternannte Profiler endlich heraus. Nur um schnell noch hinzuzufügen: „Nein, ich korrigiere: Er hatte sehr viel Geluk!" Dabei lächelte er säuerlich.

Bröker ahnte, dass das das Maximum an Zugeständnis war, zu dem sich der Polizeipsychologe durchringen konnte, und hoffte inständig, dass es ausreichend war, um die Polizisten dazu zu bewegen, sich endlich etwas genauer um Goldbrille zu kümmern. Er sah die beiden an, die auch im Zwiespalt mit sich schienen, was nun zu tun war.

„Bitte, meine Herren, ich sage die Wahrheit!", flehte er sie an. „Ich bin Herrn Schmalhorst heute Morgen von der Hünenburg hierher gefolgt. Dort wollte er wichtige Beweise im Fall Linnenbrügger verschwinden lassen!"

Der kleinere der beiden Polizisten sah Bröker überrascht an.

„Dass Sie an der Hünenburg waren, will ich Ihnen bei Ihrer Aufmachung ja gerne glauben. Aber dieser Herr hier? Schauen Sie sich doch mal seinen Anzug an und dann das Schmuddelwetter draußen!"

„Er hat sich halt inzwischen umgezogen", konterte Bröker. „Werfen Sie doch mal einen Blick auf seine Schuhe, da sehen Sie, dass er heute Morgen nicht nur auf den Teppichen dieser Bank unterwegs war!" Der dicke Polizist betrachtete Schmalhorsts Schuhe und nickte bedächtig. „Ja, da könnte was dran sein!"

Bröker war nahe daran, aus der Haut zu fahren. Selbst wenn der Verdacht, er könnte die Bank überfallen haben, um ein paar 10 000 Euro zu erbeuten, allmählich von ihm abfiel, konnte es auf diese Art noch Stunden dauern, bis die Ermittlungen gegen Goldbrille in Gang kamen. Doch in diesem Moment glitt erneut die Eingangstür auf, die die Polizisten immer noch von zwei Kollegen bewachen ließen. Und im Eingang sah Bröker – Schewe! Ihm folgten nicht nur zwei weitere Streifenpolizisten, sondern auch Mütze, der es wiederum schaffte, Gregor, Charly und das Kamerateam des *WDR* in die Schalterhalle zu schleusen.

„Schewe! Sie schickt der Himmel!", rief Bröker begeistert.

343

„Eher ein guter Freund von Ihnen", zwinkerte der Kommissar und sah zu Gregor herüber. Der hielt den Daumen hoch.

„Danke!", rief Bröker zu dem Jungen hinüber und dachte, dass er noch nie so gerne einen Polizisten gesehen hatte. Na ja, Mütze mal ausgenommen, schränkte er dann für sich ein. Schewe gab den beiden Uniformierten einen Wink, dass sie sich nicht mehr weiter um Bröker zu kümmern brauchten.

„Wer ist denn nun der zweite Mann?", riss Schewe Bröker aus seinen Gedanken.

Der zeigte auf Goldbrille: „Dieser hier. Schmalhorst heißt er."

Der Beschuldigte war nun dazu übergegangen, nichts mehr zu sagen. Stumm starrte er an Schewe vorbei, als gäbe es einen Gedanken zu finden, der ihn mitten aus dem Geschehen an einen fernen Ort bringen könnte.

„Herr Schmalhorst, ich glaube nicht, dass es sonderlich viel Sinn hat, noch etwas abzustreiten", holte Schewe ihn souverän aus seiner Schockstarre.

„Ihr Kollege und Mittäter, Herr Rosenmüller, sitzt draußen im Streifenwagen und hat bereits alles zugegeben. Außerdem sind Sie sehr deutlich auf den Aufnahmen des *WDR* für die *Aktuelle Stunde* zu sehen."

Goldbrille fiel in sich zusammen. Er zitterte.

„Aber ... wir wollten doch nicht, dass es so endet, das Ganze war ein Unfall!", brachte er noch hervor.

„Das werden wir wohl besser auf dem Revier klären", befand Schewe. Dann sprach er die Worte, auf die Bröker nun beinahe eine halbe Stunde gewartet hatte: „Herr Schmalhorst, ich verhafte Sie wegen des Verdachts auf gemeinschaftlichen Totschlag an Max Linnenbrügger!"

Eigentlich hatte Bröker noch einen weiteren Satz erwartet, der den Banker über sein Recht zu schweigen und auf einen Anwalt aufklärte, aber das war vermutlich nur in amerikanischen Krimis so.

Kapitel 31
Epilog

Allmählich merkte Bröker, wie sich Erleichterung in ihm breitmachte. Gregor war zu ihm getreten und hatte berichtet, dass er sowohl Schmalhorst als auch Bröker komplett aus den Augen verloren hatte und mit dem Roller die Gegend um den Bahnhof abgefahren war. Als er schließlich an der *Sparbank* vorbeikam, hatte sich dort ein Pulk Polizisten versammelt und Gregor hatte sofort gewusst, dass sich dort etwas abspielen musste, aber nicht gewusst, was er tun sollte. Er konnte ja schlecht an der Polizeimannschaft vorbeispazieren. Und so hatte er Charly angerufen und in Windeseile hatten sich Schewe und Mütze auf den Weg zur Bank gemacht.

Bröker hörte die Stimmen um ihn herum nur noch wie das beruhigende Plätschern eines Baches und die Welt wurde hell und klar. Passend dazu sah er, dass am Himmel die ersten Sonnenstrahlen durch die Wolken brachen. Es würde also ein schöner Tag werden. Es war eigentlich nicht zu glauben, doch er hatte wieder einmal einen Fall aufgeklärt, bei dem die Polizei im Dunkeln getappt war. Er würde es noch Judith beibringen müssen. Sicher würden wieder ein paar Tränen fließen, aber schließlich war es auch für sie ein besseres Gefühl, endlich zu wissen, wer ihren Mann getötet hatte, und nicht mehr von irgendwelchen Schlägern bedroht zu werden. Ja, Bröker hatte für einen kurzen Moment das Gefühl, alles richtig gemacht zu haben.

„Wisst ihr was, das feiern wir heute Abend!", verkündete er und unterbrach damit die regen Gespräche zwischen Mütze, Charly, Jeannette und Gregor.

„Gerne!", rief van Ravenstijn sofort. Er schien noch keinen Gesprächspartner gefunden zu haben. Bröker rollte mit den Augen. Gregor hingegen trat ein wenig betreten zu seinem Freund.

„Muss das heute sein?", fragte er. „Die *CyberHoods* haben heute Abend ein furchtbar wichtiges Treffen. Hattest du nicht letzte Woche Montag auch eine Verabredung?"

Es war dem Jungen also nicht entgangen.

„Ach, das war nur so ein Kochkurs an der Volkshochschule. ‚Gesund kochen, gesund essen'", gab er zu. Er war gerade nicht in der Stimmung, den Kurs weiter geheimzuhalten. „Aber das ist ja heute nicht so wichtig", fügte er noch schnell hinzu. Er sah, wie sich Gregor und Mütze feixend ansahen.

„Doch, doch, Bröker", sagte der Junge dann. „Wenn du schon mal etwas für deine Gesundheit tust, werden wir dich nicht davon abhalten. Geh du mal zu deinem Kochkurs. Feiern können wir auch morgen noch. Passt mir eh besser." Bröker zog einen Flunsch.

Doch sein Freund war nicht zu erweichen. Und so machte sich Bröker am gleichen Abend lustlos auf den Weg nach Jöllenbeck. Er fühlte sich ein wenig abgeschoben und wenig feierlich. Sollte ein Tag, an dem er zwei Verbrecher dingfest gemacht hatte, wirklich damit enden, dass er Getreidebrei aß? Er beschloss jetzt schon, für den Fall, dass Frau Poggemanns Wahl erneut auf ein kerngesundes, aber vollständig geschmackloses Rezept fiele, den restlichen Abend in Klötzers Restaurant, einem Bielefelder Feinkosttempel, zu verbringen. Wenn Mütze und Gregor keine Zeit hatten, dann eben allein! Ein schönes Stück Fleisch und eine gute Flasche Bordeaux durften es an solch einem Tag schon mal sein.

Trotzig stapfte Bröker die letzten Meter zur Jöllenbecker Realschule. Unweit des Eingangs saßen im Schatten ein paar Leute auf dem Boden. Sie hatten zwei Grills aufgebaut, von denen schon Rauch aufstieg. Ein Geruch nach gebratenem Fleisch wehte Bröker in die Nase und ihm lief das Wasser im Munde zusammen. Die wussten, wie man einen Abend verbrachte!

Als er näherkam, winkten ihm einige der Teilnehmer des abendlichen Barbecues zu. Ob die Damen des Volkshochschulkurses gegen das strenge Regime von Frau Poggemann gemeutert hatten und nun zur Feier vor den Mauern der Realschule grillten?

Aber nein, nun erkannte Bröker, wer da winkte. Das war Gregor! Gleich neben ihm saß Mütze. Der hielt schon ein Bier in der Hand und prostete Bröker zu. Judith war auch gekommen, auf ihrem Schoß saß Julian und staunte die grillenden Fleischstückchen beinahe ebenso fasziniert an wie Bröker. Daneben hatten zwei weitere bekannte Gesichter ihre Campingstühle aufgeschlagen: Schewe und van Ravenstijn.

„Mensch, Gregor! Das hättest du mir doch sagen können!", begrüßte Bröker den Jungen. „Nun habe ich mich schon auf Schonkost eingestellt!"

„Kannst du haben!", entgegnete Gregor grinsend und hielt ihm ein Bündel Bananen entgegen. „Die kann man auch grillen. Wir wollen deinen Plan zur gesunden Ernährung ja nicht schon in einem so frühen Stadium durchkreuzen."

„Bleib mir bloß weg mit dem Zeugs!", reagierte Bröker mit angewidertem Gesichtsausdruck. „Gib mir lieber eins von den Würstchen! Als Vorspeise sozusagen."

Wenig später begrüßte er kauend auch die anderen. „Es ist ja die halbe Bielefelder Polizei hier!", lachte er. „Was macht ihr denn, wenn heute irgendwo ein Verbrechen geschieht?"

„Dann sagen wir den Zeugen, sie sollen die Leiche bis morgen liegenlassen", erwiderte Schewe schmunzelnd. Dass er heute mit Brökers Hilfe seinen Fall abschließen konnte, ließ ihn sichtbar entspannt den Abend genießen.

„Warum genau musste Max denn nun eigentlich sterben?", wollte Bröker vom Kommissar wissen.

„Das ist eine lange Geschichte", begann Schewe. „Wenn man es kurz zusammenfassen will: Bombi, also Frau Ebbesmeyer, hat versucht ihre Gewinne sinnvoll anzulegen. Vermutlich hat ihr Finanzberater Große-Wortmann ihr zu Gold geraten. Als sie das bei der *Sparbank* geordert hat, hat Herr Linnenbrügger das an seinen Stellvertreter Schmalhorst weitergegeben, ebenso an den Verwalter der Depots, Herrn Rosenmüller. Sie waren es, die die eigentlichen Transaktionen durchgeführt haben. Nun glaubten die beiden jedoch, dass Gold völlig überbewertet war. Sie sahen vielmehr enormes Potential im Sektor Windkraft. Leider besaßen sie keinerlei eigene Reserven, um diesen Glauben in Geld zu verwandeln …"

„… und da kamen sie auf die Idee, Bombis Geld anstatt in Gold in alternative Energien anzulegen", schloss Gregor, der Schewes Ausführungen ebenfalls aufmerksam lauschte.

„Und dann?", fragte Bröker und biss herzhaft in sein Bratwürstchen.

„Nun, sie haben sich geirrt", fuhr der Kommissar fort. „Der Goldpreis stieg und stieg, während der Kurs ihrer Anlagen mehr oder weniger konstant blieb. Schließlich fand Bombis Finanzberater, seine Klientin habe genug verdient, und wollte ihr Gold wieder verkaufen. Nur ein paar Tage, nachdem der Goldpreis sein Maximum erreicht hatte. Nun mussten die beiden handeln."

„Und was haben sie gemacht?", fragte der Junge gespannt.

„Ihnen blieb nichts anderes übrig, als sich das Geld zu leihen", erklärte Schewe. „Sie mussten ihre Häuschen verpfänden."

„Oh, wat jammer", brach es aus van Ravenstijn heraus. Vermutlich sieht er sie schon in einem Wohnwagen sitzen, dachte Bröker.

Schewe ignorierte den Anfall von Mitgefühl des Holländers und fuhr unbeirrt fort. „Nur brauchten sie dafür selbst als Bankangestellte Zeit. Die hofften sie sich zu verschaffen, indem sie Max Linnenbrügger für ein oder zwei Tage aus dem Weg räumten. So lange wäre Schmalhorst als sein Stellvertreter für die Konten verantwortlich gewesen – und hätte alles über die Bühne bringen können."

„Darum haben sie diesen Geocache erfunden – sie wussten, Max würde darauf anspringen!", rief Bröker aus.

„Ganz genau", stimmte Schewe zu. „Bei der Hünenburg wollten sie ihn überrumpeln und für zwei

oder drei Tage in einer entlegenen Garage von Schmalhorst gefangen halten. Vielleicht sogar pro forma ein
Lösegeld erpressen."

„Aber das haben sie nicht gemacht", erinnerte
Gregor.

„Nein, dazu kam es nicht", erklärte der Kommissar. „Bei der Aktion riss sich Max los, stürzte und zog
sich dabei eine tödliche Kopfverletzung zu. In ihrer
Panik haben Schmalhorst und Rosenmüller ihn dann
an der Hünenburg im Gebüsch versteckt."

Bröker und Gregor blickten sich seufzend an.
„Und darum haben Max und Judith all die Qualen
erleiden müssen?"

Schewe nickte. Er schien das Gefühl, das Bröker
und den Jungen überkam, gut zu kennen.

„Gut, dass wir es wenigstens zusammen aufklären
konnten", sagte Bröker und dachte dabei auch an Julian, der so gerne auf seinem Bauch trommelte.

„Stimmt, das ist wenigstens ein Grund zu feiern",
gewann der Kommissar dem Ganzen eine positive
Seite ab.

„Ja, manchmal muss auch ein kleines Feestje sein",
bestätigte van Ravenstijn. „Wir Holländer sind ja immer für gutes Essen zu haben." Mit diesen Worten
zog er einen Plastikbeutel aus seinem Rucksack.

„Lecker Frikandellen", kommentierte er.

Bröker versuchte den holländischen Aufdruck auf
dem Beutel zu entziffern.

„Fleischkroketten", las er und erinnerte sich, dass

er als kleiner Junge einmal wegen seines Gewichts an der holländischen Küste eine Kur hatte machen müssen. Bei den Versuchen, sich während dieser Zeit in der Kur nicht vorgesehenes Essen zu besorgen, war er natürlich auch auf die holländische Variante der Fleischbällchen gestoßen. Damals hatten sie ihn an Tiere erinnert, die auf einer Autobahn gleich mehrfach überfahren worden waren. „Fleischanteil 15 Prozent", hatte damals auf der Verpackung gestanden.

„Jetzt weiß ich endlich, Ravenstijn, weshalb Sie bei der Aufstellung Ihrer Theorien immer 85 Prozent der Wahrheit nicht interessiert!", lachte er. Der Niederländer sah ihn perplex an.

Bevor Bröker jedoch fortfahren konnte, sein Lieblingsopfer zu necken, bog eine breitschultrige Gestalt um die Ecke.

„Bombi!", erkannte er die Fitnesstempel-Inhaberin.

„Ja, auch wenn ich nicht viel Zeit habe, wollte ich mich doch dafür bedanken, dass du den Fall aufgeklärt hast und mir auch in Sachen Finanzberatung die Augen geöffnet hast. Damit bin ich fein raus, nicht wahr, Herr Schewe?"

Dabei zwinkerte sie dem Kommissar zu, doch der winkte bloß ab. „Ich habe dir auch ein kleines Dankeschön mitgebracht", ergänzte sie noch und überreichte Bröker ein Päckchen. Dem entnahm dieser einen glänzenden XXL-Trainingsanzug und ein Muskelshirt der gleichen Größe mit dem Logo ihrer

Fitnessparks und eine Jahreskarte für das Bielefelder Trainingszentrum.

„Damit wir uns öfter mal sehen", erklärte sie lachend. „Fühl dich geehrt, du bist der erste und einzige Mann, der Mitglied bei uns werden darf!"

„Oh, danke", stotterte Bröker und hoffte nur, keiner der Anwesenden käme auf die Idee, ihn um eine spontane Anprobe der Sportkleidung zu bitten. Am besten konnte er diesem Ansinnen vermutlich entkommen, wenn er rasch das Thema wechselte.

„Schön, dass ihr beiden auch gekommen seid", wandte er sich deshalb Judith und ihrem Sohn zu.

„Gerne doch!", sagte die. „Ich wollte mich noch für deine Gastfreundschaft bedanken. Julian und ich werden nun ja dank dir wieder in unsere Wohnung zurückkehren können. Auch wenn es schwer wird." Sie seufzte. „Ich habe irgendwie kein passendes Geschenk gefunden. Darum bekommst du das." Und bevor Bröker noch begriff, was geschah, hatte sie ihm je einen Kuss auf beide Wangen gedrückt. Ihm wurde heiß. Es war schon lange her, dass ihn eine Frau geküsst hatte. Die Umstehenden klatschten. Julian betrachtete die Szene, giggelte und klatschte dann ebenfalls in die Hände. Brökers Verlegenheit ging im Johlen seiner Freunde unter.

„Schade, dass Charly nicht hier ist", kommentierte Gregor. „Ich hätte zu gern ein Foto davon gehabt!"

„Wo ist sie eigentlich?", fragte Mütze.

„Sie hat versprochen, zu kommen", gab Gregor

Auskunft. In diesem Moment konnte man ein rotes Auto mit deutlich erhöhter Geschwindigkeit in die Tempo-30-Zone einfahren sehen. Es war Charly, die mit ihrem kleinen Sportcabrio und geöffnetem Verdeck um die Ecke bog. Ihr roter Zopf flatterte im Wind. Schon als sie aus dem Wagen sprang, wedelte sie mit einer Zeitung.

„Die neueste Ausgabe, druckfrisch!", erklärte sie, als sie Bröker den Lokalteil in die Hand drückte. „Hier, lies, ist über dich!"

„Mr. Marple als Geocacher", las er. „Bröker klärt Hünenburgfall."

Er griff sich ein weiteres Würstchen und biss ab. Dann schloss er die Augen und lächelte. Ja, er fühlte sich beinahe wie ein richtiger Detektiv.

Lisa Glauche wurde 1980 in Oldenburg geboren. Sie studierte Philosophie und Neuere Deutsche Literaturwissenschaft in Bochum. Seit 2007 lebt sie in Berlin und arbeitet als Projektassistentin bei einem Unternehmen für psychologische Personalsoftware. Zusammen mit Matthias Löwe betreut sie seit 2005 das Online-Literaturforum www.blauersalon.net.

Matthias Löwe wurde 1964 in Löhne (Westfalen) geboren. Er studierte in Bielefeld und wohnte in der Teuto-Stadt – mit Unterbrechungen – von 1985 bis 1998. Nach einigen Lehrtätigkeiten in der Bundesrepublik und den Niederlanden ist er seit 2003 Professor für Mathematik in Münster.

Pendragon Verlag
gegründet 1981
www.pendragon.de

Gedruckt auf holz- und säurefreiem Naturpapier

1. Auflage 2014

Originalausgabe
Veröffentlicht im Pendragon Verlag
Günther Butkus, Bielefeld 2014
© by Pendragon Verlag Bielefeld 2014
Alle Rechte vorbehalten
Lektorat: Eike Birck und Hai Ha Nguyen
Herstellung und Umschlag: Uta Zeißler, Bielefeld
Satz: Pendragon Verlag auf Macintosh
Gesetzt aus der Adobe Garamond
ISBN 978-3-86532-432-0
Gedruckt in Deutschland

Lisa Glauche und Matthias Löwe
Tod an der Sparrenburg

Brökers erster Fall
Krimi, Originalausgabe, 5. Auflage
280 Seiten, Paperback, Euro 10,95
ISBN 978-3-86532-257-9

Bröker ist Privatier und führt in einer der besten Wohngegenden Bielefelds ein beschauliches Leben. Ohne Stress und mit viel gutem Essen. Ein Todesfall in der Nachbarschaft reißt ihn aus seinem Trott und weckt seinen detektivischen Spürsinn. Bröker wittert Mord. Unerwartete Unterstützung erhält er von dem jugendlichen Hacker Gregor, der am Sparrenberg seine Sozialstunden ableisten muss. Als er endlich die Polizei davon überzeugen kann, dass das Opfer nicht an einer natürlichen Todesursache starb, ist der ansonsten eher gemütliche Bröker schon mitten in einem spannenden Fall.

Das Autorenduo Glauche & Löwe legt mit seinem Debüt einen spannenden Krimi vor, der durch seinen Humor, seine liebevoll beschriebenen Charaktere und vor allem durch viel Lokalkolorit zu einem lesenswerten Ereignis wird. »Tod an der Sparrenburg« ist der erste Band der neuen Krimireihe.

P E N D R A G O N - Verlag

Lisa Glauche und Matthias Löwe
Campusmord

Brökers zweiter Fall
Krimi, Originalausgabe, 2. Auflage
384 Seiten, Paperback, Euro 12,95
ISBN 978-3-86532-352-1

Bröker langweilt sich. Nachdem der gemütliche Privatier seinen ersten Fall gelöst hat, fällt er in ein tiefes Loch. Da kommt ihm ein Mord im Schwimmbad der Bielefelder Uni gerade recht.
Mit Feuereifer macht sich Bröker an die Aufklärung des Falls. Doch die Polizei kommt ihm zuvor: Rasch ist der Schuldige gefunden. Und die Beweislast erdrückend. Doch ist die Polizei wirklich auf der richtigen Fährte? Bröker vertraut seinem Instinkt und ermittelt weiter. Dabei stößt er zusammen mit seinem jungen Mitbewohner Gregor auf allerlei Ungereimtheiten. Stück für Stück tasten die beiden sich vor – und stoßen auf ein dunkles Geheimnis.

PENDRAGON - Verlag

31 Kriminelle Geschichten
Teuto-Tod

Krimi-Anthologie, Originalausgabe
432 Seiten, Klappenbroschur, Euro 14,99
ISBN 978-3-86532-379-8

Nehmen Sie sich in Acht!
Im beschaulichen Bielefeld schrecken gnadenlose Verbrecher die ruhigen Bürger auf. Schon bald liegen Altenheimbewohner und Tierparkbesucher unter der Teutoburger Walderde. 31 skrupellose Täter suchen das idyllische Ostwestfalen heim. Kommen die Mörder womöglich aus der eigenen, scheinbar ehrlichen und bodenständigen Nachbarschaft?

Gemordet wird am Alten Markt und im Ravensberger Park, auf dem Sennefriedhof sind nachts seltsame Gestalten unterwegs, während in der Bielefelder Uni gemeine Intrigen gesponnen werden. Als Taxifahrer getarnte Entführer treiben ebenso ihr Unwesen wie falsche Polizisten. Ganz zu schweigen von den tödlichen Gefahren, die überall in Ostwestfalen lauern.

Mit Beiträgen von Volker Backes, Mechtild Borrmann, Glauche/Löwe, Hans-Jörg Kühne, Sandra Niermeyer, Hellmuth Opitz, Que Du Luu, Reitemeier/Tewes, Norbert Sahrhage, Uwe Vöhl u. v. a.

PENDRAGON - Verlag ─────